大湾区文学选本

散文卷

杨丹丹 主编

人文湾区文艺书系

广东省文学艺术界联合会
粤海风杂志社 主编

南方日报出版社
NANFANG DAILY PRESS
中国·广州

图书在版编目（CIP）数据

大湾区文学选本. 散文卷 / 杨丹丹主编. -- 广州 : 南方日报出版社，2025. 8. --（人文湾区文艺书系）. -- ISBN 978-7-5491-2791-7

Ⅰ. I218.65

中国国家版本馆 CIP 数据核字第 2025UP3881 号

DAWANQU WENXUE XUANBEN SANWEN JUAN

大湾区文学选本 散文卷

主　　编：杨丹丹
出版发行：南方日报出版社
地　　址：广州市广州大道中 289 号
出 版 人：周山丹
丛书策划：周山丹
责任编辑：阮清钰　周丹丹
特约编辑：卢　瑜　李芷莹
装帧设计：邓晓童　劳华义
责任校对：阮昌汉　熊丽思
责任技编：王　兰
经　　销：全国新华书店
印　　刷：广东信源文化科技有限公司
成品尺寸：185mm×260mm
印　　张：10.5
字　　数：210 千字
版　　次：2025 年 8 月第 1 版
印　　次：2025 年 8 月第 1 次印刷
定　　价：48.00 元

投稿热线：（020）87360640　　读者热线：（020）87363865
发现印装质量问题，影响阅读，请与承印厂联系调换。

丛书编委会

总序

同书粤地新气象　共绘湾区同心圆

王垂林

在新时代的东风里，粤港澳大湾区建设正以磅礴之势，激荡着世界级的城市群崛起。广东省文学艺术界联合会组织辑选《大湾区文学选本》（以下简称《选本》），受到粤港澳三地文学艺术家的热烈响应，并获得国家新闻出版署“十四五”国家重点图书出版规划立项支持。《选本》的推出不仅是对这片热土文脉的深情回眸，更是广东文艺界回应国家重大发展战略的自觉行动。它如一座精心架设的桥梁，联结起现代文艺潮涌，为广东文艺高质量发展注入活水，更为大湾区宏伟蓝图增添了一道斑斓的人文亮色。

《选本》编选了湾区不同城市、不同代际作家、不同文本形态下反映时代变迁、刻画湾区风貌、传递人文精神的代表作品。这些作品以鲜明的在地性和开放的全球视野，构建起大湾区共同的文化认同，宛如珠江汇聚西江、北江，千百流涌，而后八门夺海，展现出一幅千姿百态又和谐共生的文学图景。字里行间，既有岭南风物的细腻描摹，亦有时代变革的深沉回响；既镌刻着湾区独特的多元文化印记，更升腾出湾区人民共同的价值追寻与精神气质。

粤港澳大湾区的独特优势在于“双向开放”——既向内连接广阔腹地，又向外辐射全球。粤港澳大湾区文艺事业的发展更离不开三地优势互补、资源整合所激发的创新合力。《选本》的多元文本组合，彰显这一特质，既有粤语方言写作的韵味、移民故事的张力，也兼备跨境叙事的包容性，向世界展示中国式现代化进程中的文化多样性，让读者得以从香港的都市律动、澳门的多元风情、广东九城的奋进脉搏中，真切触摸到那份植根于岭南沃土、流淌在湾区儿女血脉中的文化基因与情感共鸣，为粤港澳三地增进共识、携手前行提供强大的价值支撑。这种守正创新的创作实践，正是广东文艺界抢抓历史机遇、主动担当文化使命的生动写照。

岭南文脉相交融，人文湾区谱新篇。《选本》宛如一座精神堤岸，在珠江潮水拍打之处见证湾区文学由区域走向世界、从传统迈向未来的壮阔航程。广东文联将持续引领广东文艺界同书粤地新气象、共绘湾区同心圆，不断书写大湾区文艺繁荣发展的新传奇！

作者系广东省文学艺术界联合会党组书记、专职副主席

2025年7月1日

序一

历史、未来以及漂泊的人们

杨庆祥　李玉新

《大湾区文学选本·散文卷》由批评家杨丹丹教授编选，汇集了该区域内优秀的散文作家作品。在拿到这本散文集之前，我的一个小小疑虑是：粤港澳大湾区（后文简称为“大湾区”）的建设目标仅仅提出九年，出版“文学合集”是否有必要？毕竟，中国现代文学史上赫赫有名的《中国新文学大系》迟至新文学诞生后的第十八年才出版。但切身的阅读打消了我的疑虑，大湾区文学与新文学的发展历史有极大的不同：新文学属于开创的文学，“五四”一代人为国衰所刺，以新文体载新思想，需要一个艰难求索的过程，而大湾区的作家们在拥有大湾区这一地理概念之前，便已凭借既定的地理区位，共享了岭南文化的滋养。于是我们在文集中看到，不同作家的不同散文之间呈现出近似的质地和褶皱。他们的生命体验和文化想象相互勾连缠绕，组成了一卷协调有机的散文集。从这个角度看，这本散文集的编选是非常及时、有效、具有建设性的工作。

稍微需要展望的是，散文集映现出的大湾区文学受益于岭南文化，但也泛化于岭南文化，我们无法从中触摸到独特的大湾区生态。当然，这样的要求或许过于苛刻。大湾区文学并不存在新文学那样的急迫性质，也不必寄希望于外部力量的推动。在拥有大湾区这一地理概念之后，作家们需要漫长的时间形塑空间观念，孕育文化想象，这一过程自然而必然。一种在“地理—经济—文化”三位一体的特殊空间里产生的大湾区文学，也许会与既有的当代文学机制形成微妙的差异性结构，并将在未来一步步凸显其价值和意义。

一

在这本散文集中，大湾区作家们对历史书写的执迷最为瞩目：人物史、家族史、地方史、精神史……种种历史之间渗透交错，呈现出岭南人对传统文化的倚重。但这样的书写也使人困惑：这些来自对外开放水平和经济发展水平领先全国的大湾区的作家们，为何不愿探究城市的隐秘，而是执着于书写传统的迷雾？

中国近代向西方学习的历程，一般分为三个阶段。最初是以“中体西用”为指导的洋务运动，希望借西方的器物技术“自强”“求富”。甲午海战失败后，士大夫、知识分子把目光转向政治制度，对清政府尚有信心的部分人寄希望于维新变法，更有远见的一部分人后来则决绝地发动了辛亥革命。这一过程中的代表人物，康有为、梁启超和孙中山均为广东人。他们是面对古老帝国无力回天的晚清臣民，也是锐意进取、期望对现实有所助益的岭南人。历经两次失败之后，知识分子们试图以西方思想启蒙民众，猛烈批判传统文化和旧道德，新文学作为传播新思想的重要媒介诞生于其中。这是被视为第三个阶段的新文化运动。前两个阶段“出人出力”颇多的广东，在新文化运动中却似乎少有作为，曾经的先锋梁启超甚至被视为保守派代表——毕竟其宣称“今欲以一新道德易国民，必非徒以区区泰西之学说所能为力也……是所谓磨砖作镜、炊沙求饭也……然则今日所恃以维持吾社会于一线者何在乎？亦曰：吾祖宗遗传固有之旧道德而已。而‘一切破坏’之论兴，势必将并取旧道德而亦摧弃之……遂将以毒天下”[①]。

时易世变，新文化运动的“偏激”行为已经为论者反思，梁启超的“保守”也有了可取之处。王国华在散文里提到，“名人留踪一个地方，不仅赋予这个地方历史，更赋予这个地方气质”。或许还应该补充一句，名人可能首先由地方气质孕育而生，然后通过生平建树强化了这一地方的文化传统。岭南文化并非封闭保守的文化。不论是洋务运动、维新变法，还是辛亥革命，广东人都积极参与其中，引进新的器物、技术和制度，为民族兴亡奔走。大湾区当今卓越的对外开放水平和经济发展水平，当然更是其实例。但面对外来的思想文化，广东人显得格外慎重，思想启蒙应该进行，传统文化也不应偏废。在当代高歌猛进的城市化建设中，在大湾区汹涌澎湃的市场化浪

① 梁启超．新民说//李华兴，吴嘉勋．梁启超选集．上海：上海人民出版社，1984：261-262.

潮下，大湾区作家们对历史与传统的书写大有留存文明火种的意味，也有梁启超那种在激进风暴中坚守“固有之旧道德”不可废弃的孤绝意味。

一九一八年五月，鲁迅发表《狂人日记》，宣告了现代白话小说的诞生。然后有《孔乙己》《药》等小说，一时追随者众，“五四”小说逐渐取得了文学正宗地位。与此同时，农民的愚钝麻木也几乎成为当时乡土作家的主要书写内容。当我们从鲁迅对乡土的批判一路读到蹇先艾笔下草菅人命的野蛮民俗和许杰描绘的血腥乡村械斗，再来看当代熊育群的《双族之城》，总觉得有些格格不入。不过有意思的是，“五四”乡土作家中倒确实不见岭南人的踪迹。站立的位置决定了观看的角度，前者以批判的观念先行，后者则意在追述传奇。当然，这些可能并不重要，如加缪所说，“……全盘真实的认识是不可能有的。唯有表象可以计数，气氛可以感觉”[①]。更重要的是那些最终抵达我们的“气氛”，那些真实的触动。

乡土作家对乡村的批判切实推动了对民族思想痼疾的反思。而熊育群笔下那个风云变幻的赤坎古镇，仿佛穿越三百余年的历史来到我们面前，但又在幻觉与迷思中难以捉摸。它告诉我们原来一座城镇可以那样轻盈地从古典走向现代，但又载满厚重的历史积淀和文化氤氲。书写宗族对民风民智的开化并不新鲜，但熊育群在这里提供的经验足够深刻动人，一度让“乡土小说”形塑乡村和宗族想象的叙述者愿意首先为乡绅宗族叫屈喊冤。

对地方历史的书写，在熊之外，还有黄国钦的广州史，从公元前二百多年的任嚣谈起，历数成王败寇，直至讲学于万木草堂的康有为，同时是人物命运变幻起伏的历史。王国华在《握一握文天祥的手》中提到的本身便有正义感的文天祥后人，在“文天祥”三个字中“找到了着力点”，终使其“坚持有所依附”。这些先辈，呈现的不仅是人物史，还是一种精神史和尊严史。作为他们的后人，在某一天，某一个节点，我们同样可能在某个名字中找到着力点，找到某种精神的支撑和依附。

但我们毕竟不同于岭南人。这些被书写的人物多为岭南先贤，岭南人生活在他们留踪过的土地，甚至与他们有直接的血脉关联，当然也更容易传承他们的遗馈。大湾区作家对传统文化的书写，是在浮躁的当代文化中为民族点燃的火炬，但将首先照亮岭南，照亮他们自己。作为“他者”，我们敬畏这片延续传统香火的土地和生活于其上的人们。

① 加缪. 西西弗神话. 沈志明，译. 上海：上海译文出版社，2010：12.

二

中国近代向西方学习的三个阶段，同时是推进现代化的三次尝试：技术现代化，制度现代化和思想文化现代化。自此以后，中国的现代化之路经历了不少起伏和曲折，并最终于二十世纪八十年代尘埃落定。“启蒙/救亡论”接续新文化运动的启蒙理想，开放的市场经济，一度使我们陷入乐观主义狂热。然而随着九十年代改革的深化，一些人大呼上当，启蒙理想挫败，“大众文化”入侵，以市场经济为主导的现代化带来了知识分子们始料未及的负面问题。于是九十年代以来又有“国学热”“文化散文”等现象，人们试图从传统中寻找文化资源同现实的失落对抗。大湾区作家们对历史与传统的重视，在某种程度上是这一思想脉络的延续。

耿立从节气里发掘出古人对自然生养的顺应；杨文丰在自然笔记中书写天麻、空气和盆景，希望重建一种尊重自然的伦理；鄞珊从大海中寻觅到人与自然的情感羁绊；张鸿从砚台里发现的，是带着传统闲趣的江湖；而同样是牛铃叮当，对李清明来说，随着民俗衰落，今日的似乎已不及往日“悦耳和悠扬”。不可否认，和前面提到的历史书写一样，它们都基于各自真实的生命体验，并将对现实有所照亮。但我们还是需要警惕：单纯地颂扬和怀恋一种理想化的道德意识形态，是否会滑向空洞乏力？百年、千年之大变革势不可挡，谁能逃回传统文化的子宫？艾云感叹于卡夫卡传奇且悲怆的命运，在将其“个人叙事”与昆德拉的“历史叙事”的对照中感悟到“文学不是秀场，而是个人生命的需要”，从而发出“以诚实精神”表达人类共同生命体验的文学呼唤。

谢有顺在文章中提到，现代文化是岭南文化的重要优势，大湾区文学不应该“单一”甚至“简陋”地回忆过往，还应该强调对现代造物的思考和担当[①]。在他那里，康有为、梁启超和孙中山首先是变法革命的时代先锋，然后是呈递传统精魂的先贤。无论晚清，还是改革开放，大湾区都走在时代变革的前列。此间形成的现代都市文化同其传统文化一样光彩辉煌，不应偏废。对都市的正面描写在散文集中不是没有，只是相形之下显得单薄。

卡尔维诺曾敏锐地指出在我们头脑中作祟的情感结构——“首先应承认变成大都

① 谢有顺.“粤港澳大湾区文学”的现在和未来.光明日报，2019-05-29（14）.

市的莫利里亚所具有的繁华与壮观，可惜同昔日作为旧省城的莫利里亚相比，又不免失去些优雅的气质，人们只能在画片里欣赏这种优雅；然而当初作为省城的莫利里亚若是没有这番巨变，在人们眼里就一点优雅气质也显不出来；无论如何，今日的都市更具魅力，因为只有通过她变化了的今日风貌，才唤起人们对她过去的怀念，而抒发这番思古怀旧之情。”[①]——如果没有时代的巨变，谁会那么在意传统的乡村和礼俗，又赋予它们那么多乌托邦式的想象？在某些时刻，我们是否也恨不得城与乡的变化更剧烈一些，以更好地塑造一个“思古怀旧”而不得的孤独知识分子形象？谁也说不清自己的潜意识。我们未必需要像卡尔维诺这样把“更具魅力”一词赋予新的都市，但至少要承认新都市自有其魅力。

在周洁茹这里，对城市的某些隐秘体验已经甘之如饴。这位“70后”女作家写道：香港是这样的，有空位的情况下，人们都会选择单独一个人的座位，不与任何别人搭台。就人与人之间的距离，我认为香港还是保持得比较不错的。或许有几分反讽，但这种“人与人之间的距离”，恰恰是西美尔这位早期城市观察家认定的大都会带来的“典型危险”。在著名的《大都会与精神生活》中，他提到都市生活的种种使人“自我隐退”，导致人际交往中的冷漠和疏远，但提醒我们还是要从“两方面来看”这一问题，切莫全盘否定[②]。周洁茹不但没有否定，反倒是理所当然地接受甚至恋恋不舍了。

“70后”和“香港”两个关键词暗示了周洁茹对城市氛围如此眷恋的原因，也提示了大湾区文学书写现代文化的可能性。一是代际问题。散文集中的作家们多为二十世纪五十到六十年代生人，九十年代的失落深入他们的生命记忆，毫无保留地认可繁华都市并不那么容易。正像塞壬、林渊液和谷雨所书写的，前辈带给后辈隐秘的压力，后辈在对前辈的反叛中认清自己，不同代际终将相互理解并且“换位”。现代文化将在和城市一起长大的“70后”“80后”乃至“90后”作家手中焕发光彩，但到了那时候，他们或许也会固执地守候些什么。二是城市的发展问题。香港毕竟是成熟稳定的大都市，都市演变中的某些问题已经不那么尖锐。而随着时间的推移，大湾区无疑将拥有更多这样的都市。

---

① 卡尔维诺．看不见的城市．张密，译．南京：译林出版社，2012：29.

② 西美尔．大都会与精神生活//汪民安，陈永国，张云鹏．现代性基本读本下．开封：河南大学出版社，2005：643.

三

现代城市发展繁荣的过程，是一个接收外来人口迁移的过程，也是一个迁移者落地生根的过程。都市版图的扩张，依赖于大量劳动力。不仅仅是那些在一砖一瓦中为城市地图增添新标识的建筑工人，还有无数维持城市日常运转，集聚扩张资本的体力和脑力劳动者们。他们中只有极少数的城市原住民，更多的人来自远方，在旅途中沦为无名的漂泊者。对于这些人来说，在陌生的城市寻找一份工作或许容易，但要在那里扎下根系开枝散叶，却显得极难。

陈启文将自己区别于“打工仔”“打工妹”，声称自己是“更接近一种精神意义上的漂泊”。毕竟，抵达广州的时候，他已经声名在外，这个城市主动为他提供了职业和住所。但他还是需要面对广州“极其古怪的语言”，还是需要适应新的工作方式，内心深处还是盘踞着一种失落感。虽然他在那里找到了民性的强悍和隐忍，发现了情义和人伦美德，并为其无畏进取的人文精神所触动，但他还是找不到落地广州的方式，只能悻悻北上归乡。这个精神意义上的漂泊者，反倒不如他自己笔下的底层“打工仔”“打工妹”，他们的韧性是一方面，更重要的是，在生存压力之下，他们无暇关注精神的漂泊，也不存在那么多选择。

在陌生的城市重建一种个人化的精神结构或许很难，但并非不可能。在漂泊之中，我们不得不丧失自己的那份时间和空间，丧失安身立命的价值所在。周洁茹写自己嫁去北方的阿姨“年老时总是搬一把椅子坐在院子里，端端正正，面朝南方。可是直到去世，她都没有能回到南方”。但遗憾属于阿姨也止步于阿姨，周洁茹共情却不共鸣。她写起香港的利安邨信手走笔，静观他人冷暖，丝毫看不出对异乡的疏离感。

人口的种种迁徙和流动并不只属于现代，但确如鲍曼所言，流动性是当代生活的显著特征，资本脱离了地域性的束缚，得以更轻易地抛弃和更新劳动力[①]。对于我们国家而言，大规模流动爆发于二十世纪九十年代。“一九四九年以来居高不下的出生率为九十年代贮备了大量的劳动力人口，八十年代农村的基础性改革带来了基本的温饱并提供了可供使用的闲暇时间，由于人身关系的松动，这些闲暇时间可以被用来从事更有利润性的工作，更重要的是，被压抑了长达三十年的欲望现在得到了制度和舆论

① 鲍曼．流动的现代性．欧阳景根，译．北京：中国人民大学出版社，2018：111.

的双重鼓励和刺激”[①]。而今，这一人口流动正逐渐常态化为鲍曼叙述的场景。然而，当代文坛对流动和迁徙的有效书写始终有限，正面“强攻”这一问题的似乎只有一部路内的长篇小说《雾行者》。在这本散文集中，陈启文以回味人生的方式直接书写了漂泊者的生存状态和精神生活。但在这一书写中，复数已经变成了单数。更多的沉默的普通人在这二十多年间消失了，宏大的公共历史和记忆，没能给这些不具备发言能力的人留下一个显要位置。他们在漂泊之旅中怀揣着怎样的憧憬和不安，又如何在生存边缘苦苦挣扎？这些与我们共享了一个想象共同体的人们，我们又该如何窥见？陈启文点亮的灯，只有一盏。

人口的流动和迁徙是城市文化的重要组成部分，也是沉重的现实问题，值得更多更有效的书写。大湾区在四十年来迎来了无数流动人口，他们或者在这里落地生根，或者在短暂停留之后转身离开。塞壬、陈启文、周洁茹……我们或许会不无惊讶地发现，散文集中的大量作家并非大湾区土生土长，他们都属于这一流动的行列。这里吸收了大量流动人口，其文学在这一主题上具有天然优势，当然也应该发挥这种优势——以发掘个体生命体验的散文，关照群体命运的非虚构或想象另一种生存方式的小说——因为我们还没能看清，那些沉默的漂泊的人们。

四

总之，《大湾区文学选本·散文卷》折射了大湾区写作者的精神状态，也在某种程度上提供了一个关于中国的预言：面对愈发猛烈的现代化进程，我们对过往有所留恋，但也对城市逐渐接受，并将在流动与迁移中完成这一切。过往几乎完美无缺，未来似乎明亮光洁，而当下总有一个沉重的肉身。但如果把一切都寄希望于救赎的彼岸，便消解了所有问题的有效性。大湾区的问题也是中国的问题，存在的真实不容违背，我们时代的希望和失落，值得生活于这个时代的我们认真咀嚼和体味。

作者杨庆祥系中国人民大学文学院教授、博士生导师，李玉新系中国人民大学文学院博士生

① 杨庆祥．九十年代断代//张悦然．鲤·我去二〇〇〇年．北京：民主与建设出版社，2019.

序二

文学史视野、在地意识和文化共同体

杨丹丹

粤港澳大湾区不仅是由香港、澳门和广东省珠三角九个城市组合成的空间地理意义上的城市群，同时也是在重大国家战略发展规划下，以区域经济深度合作为核心内容，以建立粤港澳深度合作示范区为核心指向，以构建港澳与内地命运共同体为核心目标的，政治、经济、文化等多种要素相互交融而成的复合体和综合体。因此，我们在理解“粤港澳大湾区散文”时，不能简单地将其理解成粤港澳三地散文的随意组合，而是要在粤港澳大湾区的意义框架内来阐释。或者说，“粤港澳大湾区散文”针对解决和回答的是：构建粤港澳大湾区的共同的历史文化根基、共同的现实社会基础、共同的价值观念、共同的精神诉求和未来图景及其可能性是什么等问题。在此意义上，我们需要从四个层面来阐释“粤港澳大湾区散文”：一是从中国散文史和广东、香港、澳门散文史的脉络中重新审视“粤港澳大湾区散文”，从中发现“粤港澳大湾区散文”作为新的大区域性散文呈现出哪些常态和变量；二是从中华文化和广东、香港、澳门的地域文化视角，探寻“粤港澳大湾区散文”体现出的多种文化形态如何相互影响，进而构成粤港澳大湾区的共同的精神诉求和价值观念；三是从广东、香港、澳门独特的现实社会情境出发，探明“粤港澳大湾区散文”是如何从独特的现实社会情境中生发及表述的，它的现实价值和意义是什么；四是“粤港澳大湾区散文”呈现出哪些共同的审美特性，预示了怎样的未来文学图景。

一

学术界通常认为，中国现代散文的生发与“五四”时期西方文学的大规模译介和引进有密切关系，西方的散文诗、科学小品、通讯报告、政论杂文、社会批评、旅行杂记对中国现代散文的发生产生了重要影响。尤其是，英国的随笔对中国现代散文文体发展具有重要作用，胡适、周作人、王统照、胡梦华、毛如升、郁达夫等都曾撰文论述和认同这种影响①。例如，郁达夫在《中国新文学大系·散文二集》导言中认为，中国古代文学中与骈文对立的“散体”和“散文”在概念、理论和内涵上仍然十分模糊，“中国向来没有‘散文’这一个名字。若我的臆断不错的话，则我们现在所用的‘散文’两个字，还是西方文化东渐后的产品，或者简直是翻译也说不定”②，并以“无韵”的外在形式、无“分类细叙”的内容、“自叙传”色彩的审美风格、“人性、社会性和自然性”相结合的写作方式对现代散文的总体特性进行概括，同时确认英国散文对中国现代散文“影响之大且深”③。“五四”一代知识分子之所以有这种认识和逻辑与新文化运动的反传统有直接关联，中国散文作为中国传统文学的一种类型在新文化运动中受到否定、改造和重塑，并在白话文运动中逐渐向西方散文靠拢。但这种文学发展潮流却无法全部掩盖中国传统散文在漫长而厚重的历史中已经形成自身独特的理论体系、写作实践和审美特征的既定事实。

如果将“口头文学”确认为文学的起源，那么记载虞、夏、商、周各代的典、谟、训、诰、誓、命等上古文献的《尚书》可以称为中国第一部散文总集。散文在春秋战国时期进入第一个高峰期，至宋代，周益公（必大）、朱熹、吕祖谦、杨东山（长孺）、王应麟、罗大经和王若虚等人都提出和使用了文体意义上的“散文”概念④。在经历了宋、元、明、清不同历史阶段的发展和演变之后，中国传统散文已经形成了相对固定和成熟的审美特征，强调“去道统化、去政治化”，突出“自由抒写的特质”，确认以“《史记》、韩愈为宗”的散文传统，以及“说理而不求工，与求工而理短”的写作文法，提出了“万斛泉流”“胸襟流出”“独抒性灵”等散文理论⑤。由此可见，“散文”在中国有着悠久的历史传统，在概念辨析、理论建构、写作实践、审美探索、文体演变、文化影响等多个层面已经成熟而完备，涌现出词体散

① 汪文顼. 英国随笔对中国现代散文的影响. 文学评论，1987（4）：94-105.

② 郁达夫. 中国新文学大系·散文二集导言//蔡元培，胡适，郑振铎，等. 中国新文学大系导论集. 长沙：岳麓书社，2011：171.

③ 郁达夫. 中国新文学大系·散文二集导言//蔡元培，胡适，郑振铎，等. 中国新文学大系导论集. 长沙：岳麓书社，2011：183.

④ 杨庆存. 散文发生与散文概念新论. 中国社会科学，1997（1）：140-152.

⑤ 马茂军. 中国古代“散文”概念发生研究. 文学评论，2007（3）：152-157.

文、语体散文和文体散文三种类型，“词体散文关涉的主要对象是词语，‘散文’的‘文’意指字词；语体散文关涉的主要对象是文章的语言和语句的面貌，‘散文’的‘文’意指语句；文体散文关涉的主要对象是作品的篇章构成，‘散文’的‘文’落脚于篇章。”[①]基于此，以郁达夫为代表的“五四”一代知识分子认为“散文”是从西方文学引进的产物，是舶来品，是新生的文学类型的观念，有意忽略和掩盖了中国传统散文与现代散文之间的内在线索和传承，“是缺乏根据的，是不足为信的”[②]。

因此，我们在阐释“粤港澳大湾区散文”时，既要重视西方现代散文在中国的译介和传播对中国现代散文观念、理论审美特征的重要影响，同时又不能割裂中国传统散文与中国现代散文之间的显与隐、断裂与继承、否定与肯定等多重矛盾复杂的关系。也就是说，我们需要把“粤港澳大湾区散文”放置在中国传统散文史和中国现代散文史的脉络中去审视和衡量。具体而言，需要把“粤港澳大湾区散文”放在广东散文史、香港散文史和澳门散文史中去勘察，在历史中寻找理论资源、审美范式和经典参照，如此才能真实客观地提纯出“粤港澳大湾区散文”的同质性和差异性，才能呈现其真实样态。

陈柱在论述中国散文史时认为，中国古代散文发展史可以划分为虞夏至秦汉时期、两汉时期、汉魏时期、六朝初唐时期、唐宋时期和明清时期，“一曰，骈散未分之时代，自虞夏以至秦汉之际是也。二曰，骈文渐成时代，两汉是也。三曰，骈文渐盛时代，汉魏之际是也。四曰，骈文极盛时代，六朝初唐之际是也。五曰，古文极盛时代，唐韩柳、宋六家之时代是也。六曰，八股文极盛时代，明清之世是也。”[③]相对于中原地区文化和文学的兴盛，岭南地区的文化和文学长期处于混沌状态，虽然秦朝政权曾管辖岭南地区，但确切记载岭南地区的相关文献是汉朝赵佗写的《报文帝书》。从汉武帝开始，随着中原文化和文学不断向岭南地区输出，开始出现了陈元、董正、杨孚等散文作者；西晋后期，魏晋玄学在岭南地区产生了较大影响，葛洪来到岭南，在罗浮山炼丹布道，并留下相关散论；随着唐代禅宗思想、儒学在岭南地区的广泛传播，以及科举制的推行，中原文化和文学开始在岭南地区产生全方位影响，出现了张九龄的《请诛安禄山疏》《开凿大庾岭路序》、余靖的《乞罢迎开宝寺塔舍利奏》等散文名篇；宋末，赵必瑑的《祭赵北山文》、梁起的《与谢枋得书》等表现

---

① 罗书华．“散文”概念源流论：从词体、语体到文体．文学遗产，2012（6）：49-59．

② 杨庆存．散文发生与散文概念新论．中国社会科学，1997（1）：140-152．

③ 陈柱．中国散文史·序．南京：江苏文艺出版社，2008：1．

抗元战争的散文，进一步证实了岭南散文取得的长足进步；明代，岭南经济的发展推动了岭南散文的繁荣，孙蕡、黎贞、丘濬、陈献章、张家玉、陈邦彦、陈子壮等人的散文开始形成独特的审美风格和精神意蕴；从明末清初开始，岭南散文进入繁盛期，屈大均、陈恭尹、廖燕等人的散文开始呈现出独特的岭南地域特色；尤其是鸦片战争后，民族危亡孕育了郑观应、容闳、黄遵宪、康有为、梁启超、孙中山等一大批创作以救亡为主体内容和思想的散文家，以及《盛世危言》《欧洲十一国游记》《少年中国说》等在全国产生重大影响的散文名著名篇[①]。

从新文化运动开始，白话文取代文言文成为文学发展的普遍态势，大量西方文学和文化成为中国文学发展的参照，中国文学进入激荡的现代转型期。在此时代情境下，岭南现代散文开始出现，钟敬文和黄药眠、秦牧、林遐、杜埃、杨石、黄秋耘、林贤治、黄修己、郑晓琼等众多历经中国社会多个转型期的散文作家，以其丰富的作品拓展和延伸了中国现代散文史。可以说，岭南散文已经具备了形成散文流派的条件和特征，“首先，它是以一种轻松柔和、优美委婉的抒情笔调来表现生活。其次，岭南散文善于‘寓思想于闲谈趣闻之中’，讲究思想性、知识性和艺术性并重，散文美显得丰腴而厚实，充满美育与怡悦。第三，岭南散文以大量的小品、杂谈、随笔之类，继承和发展了我国春秋以来，到“五四”时期形成高峰的说理散文和笔记文学，扩大了当代散文的领域”[②]。

香港作为古代岭南地区的一部分，其文学发展史与岭南文学发展史类似，不过略晚于岭南文学。从唐代开始，香港以“屯门”一名出现在史籍中，直至明代才出现“香港”的名称。一八四二年开埠之后，随着报刊业的发展，文学开始步入快速发展期，尤其是新文化运动对香港文学的发展产生了重要影响。从二十世纪三十年代开始，香港散文创作持续发力，叶灵凤、曹聚仁、徐訏、刘以鬯、董桥、西西、钟晓阳等众多不同代际散文作家及其作品构成了香港散文厚重的发展史，并呈现出“文化传播和文化普及功能”“闲适性和趣味性”“新闻传媒主导的实用性”“商业运作机制和文化消费对散文创作的制约”“城市文化背景下的中西汇合和多元构成”等鲜明特征[③]。与香港文学相比，澳门文学始于明代中期，发展较晚，汤显祖等著名作家和明朝遗民游历或定居澳门，为澳门文学带来了生机，直至二十世纪三十年代随着大量内地

① 章必功，朱安群，郭纪金．岭南近代散文作品选注．北京：社会科学文献出版社，2011：1-18.

② 陈剑晖．岭南现当代散文史．广州：广东人民出版社，2015：136.

③ 刘登翰．香港文学史．北京：人民文学出版社，1999：335-340.

作家的持续输入，澳门文学才真正进入高速发展期，出现了冯骚、之西、浮云、李鹏翥、陶里、鲁茂、叶贵宝、苇鸣、黎绮、林蕙等散文家，并逐渐形成“直面人生，直面现实，直面社会，读来有一种清新、浓郁的生活气息”，书写澳门独特的人文地理知识和“托物言志、借物抒情”的文学特征[①]；进入二十一世纪，澳门散文展现出繁荣的气象，尤其是女性散文创作渐入佳境，凌棱、林中英、沈尚青、梦子、穆欣欣、胡悦、丁璐、玉文、水月、谷雨、凌之等女作家的散文创作呈现出新的审美特征。她们的散文更为关注女性独特的个体人生体验，“文字不猎奇，不滥情，不炫博，也不故作高深激烈状，无论是一颦一笑，都出自女性温婉柔和和自然秉性，感情饱满，笔触机巧，文字温婉，文风秀雅，有着典丽恬淡，亲切温馨的韵致，给人一种素面匀净、骨肉停匀之感，女性气质充溢其间”[②]；同时，校园散文创作开始崭露头角，东亚大学的一群学生作者从二十世纪八十年代中期开始，依托《镜海》《新园地》副刊开设的“东亚校园”“琼林燕语”专栏开展散文写作[③]。但与小说、诗歌、戏剧等文体相比，澳门散文发展薄弱，尤其是土生文学中的散文创作只有一部散文集《残垣间的风——我在澳门的童年》[④]。

中国散文史、岭南散文史、香港散文史和澳门散文史既是“粤港澳大湾区散文”的历史脉络，也是其文学资源、审美样本、思想根基和精神旨归，我们要在这种深厚的历史参照中寻找二十一世纪以来“粤港澳大湾区散文”的常量、动态变化和未来可能性。

二

书写岭南历史一直是广东、香港和澳门散文的恒定主题。熊育群将写作的触角伸向岭南历史，在对个人史、家族史的挖掘中发现岭南历史的独特性。《双族之城》把赤坎的司徒家族和关氏家族嵌入岭南大历史中，华侨在海外做劳工的苦难生活，对西方先进生产技术的学习，返回中国后重建家乡，中西文化之间的碰撞和交融，对本

① 张剑桦．澳门散文发展史略．衡阳师范学院学报，2010（8）：63-71.

② 姜建．澳门散文论．徐州师范大学学报（哲学社会科学版），2001（9）：96-100.

③ 陈辉．澳门散文一瞥．世界华文文学论坛，2004（3）：21-23.

④ 郑炜明．澳门文学史．济南：齐鲁书社，2016：155.

土人才的重视和培养等故事都被融入个体故事和家族故事中。可以说，关氏家族、司徒家族和赤坎的故事浓缩了岭南和中国曲折发展的历史。同样，黄国钦的《往事越千年》、王国华的《握一握文天祥的手》也都是将目光聚焦在岭南城市历史和岭南历史人物上，在历史回望中倾听历史的回响，为当下时代寻找历史的文化之本和精神之根。

“粤港澳大湾区散文”在回望历史时，也在凝视当下现实生活，或者说，关注现实城市生活是“粤港澳大湾区散文”共同的诉求。因为，广东作为中国改革开放的窗口和先行地产生了深圳、广州这样的国际化都市，而香港和澳门作为中国内地联结世界的枢纽本身就是国际化都市，因而描述城市景观，讲述城市生活，思考人与城市的关系，观察城市人的精神动态就成为“粤港澳大湾区散文”共同的写作指向，为城市文学提供新的生长点和拓展新的生长空间，或者说，在个体与城市之间建立内在的生命联系和精神体验，从而生成独特的城市面相和城市文化性格。陈启文的《漂在广州》淡化了隐晦和哲思的色彩，直接叙述“我”与广州之间的精神隔阂，从外乡人的视角呈现广州对“我”的重塑和再造过程，“尽管我最终未能找到让自己进入这座城市的生命通道，但在远离这座城市之后，我依然觉得离她很近”，也可以说，“我”是在城市生活中寻找对现代、城市、现代生活、个人命运的重新认知和理解，而不是在悲情的诉苦中寻找救赎的路径，因为“最重要的也许不是同情，不是救赎，而是必要的正视和尊重”[①]。鄞珊的《生的海》以大海为物质载体，讲述了自己离开近海的故乡、定居大都市广州后对儿时带着海水鲜美的饮食的怀念，书写了大海承载的情感与文化意义。周洁茹的《利安邨的空姐》在对香港日常城市生活的观察中，反思城市对人的异化。林中英的《一底年糕》、穆欣欣的《打牙祭·尾禡·无情鸡》则关注澳门日常生活中的民俗。

自然生态是散文写作无法跨越的主题，但在处理写什么、如何写、为谁写、写的目的等问题时却能体现出写作者的差异性，“粤港澳大湾区散文”在处理这些问题上体现出鲜明的特质。与普遍意义上的生态散文书写城市化进行中破坏自然生态平衡、反思现代性的后果、重建人类精神家园的叙述模式不同，在自然生态中提取人类存在的“道”，赋予其玄论、禅宗思想和美学特征是“粤港澳大湾区散文”的独特气质。耿立的散文《节气是一个一个的美学格子》在对中国传统节气知识的梳理基础上，提纯出人类应顺应自然生长的法则，在人与自然之间建立和谐秩序，由此才能参悟人和

① 陈启文. 一个人的南方经验. 北京文学，2011（2）.

自然的存在方式和存在价值，其中具有明显的对中国传统“道”的思辨，以及“现代文化精神和批判意识”[①]。与耿立略有不同，杨文丰更关注自然科学知识和自然生态中的人性之美、人与自然关系体现出的生存伦理，以及现代生活对自然和人的异化等主题，因为他认为“能否比他人更深入地思考人类的生存问题，文字是否能更深入地将宏观和微观结合，是否能更个性化地进入哲学的堂奥，作为中国作家是否能够建构起中国风格的生态写作，乃至提出创新型生态伦理观”[②]是决定一个生态作家文学成就的重要标准。因此，《天麻劫》一方面讲述了与天麻相关的自然知识，另一方面呈现了天麻被人工“圈植”之后的异化命运，“以科学性和审美性兼具的散文唤醒现代人对大自然的兴趣，呼唤现代人重建地球村式的生态整体观，颠覆盲目的人类中心主义，为生态文明的开创趟开一条绿色之路”[③]。

除此之外，林渊液的《出花园之路》、张鸿的《一砚一江湖》、李清明的《牛铃叮当》、冯娜的《苍鹭和它的幽灵》、艾云的《石头缝隙藏身的灰色寒鸦》、黄维樑的《香港中大校园的“文学家之径”》和谷雨的《换位》更为强调散文的哲理性，在个体成长、父女关系、乡村记忆、人文建筑、文学品味等方面进行了思辨。

三

“粤港澳大湾区散文”是一个新的文学概念，在看到它的生长性和未来可能性的同时，更要正视其存在的矛盾和局限。现阶段，“粤港澳大湾区散文”仍然存在概念内涵与写作实践之间的不契合、形成地区散文流派的条件不充分、作家代际分布不均衡、文化共同体和命运共同体意识不突出、地方知识挖掘不透彻等问题。

“粤港澳大湾区散文”是由粤港澳大湾区派生和延伸出来的概念，在此意义上这一概念突出的是文学与政治、经济之间的相互支撑和契合，契合点在于散文写作实践要贯穿政治意识和经济意识，把广东、香港、澳门的社会发展史在散文中呈现出来，尤其是讲述香港、澳门由受殖民统治到回归祖国的曲折历程，其中蕴含了中华民族的

① 祁春风，宋宁．解读耿立散文的三重维度．现代语文，2011（11）：51-53.

② 刘军，杨文丰．生态散文的指认与生发空间——杨文丰访谈录．粤海风，2021（2）：131-136.

③ 汪树东．科学精神与生态意识的诗性融汇——论杨文丰的生态散文．粤港澳大湾区文学评论，2021（1）：91-100.

屈辱史和建设现代强国的奋斗史、精神史和复兴史，这应该是“粤港澳大湾区散文”创作始终不变的核心意识、政治站位和文学表达。但这并不意味着散文写作要成为意识形态的附庸，而是强调散文写作要时刻保持其现实社会价值，成为建构和重塑价值观念的重要载体；同时，粤港澳大湾区作为重大国家战略规划，建设高水平参与国际经济合作新平台是其重要目标之一，这就需要散文创作充分表现这种“大经济”意识，粤港澳经济一体化带来的民众在职业、教育、居住、日常生活等方面的巨大变化都可以成为散文关注的话题。但现实情况是，“粤港澳大湾区散文”的这两种意识仍显薄弱，缺乏宏大叙事的气象，仍旧拘囿在区域历史、地域自然风貌、民俗、人文历史、存在哲思等散文的惯常性主题和内容上，仍旧强调散文的个体性，而忽略了粤港澳大湾区发展规划带来的新命题。或者说，“粤港澳大湾区散文”尚未能真正地植入粤港澳大湾区意识。

除了政治和经济层面的考量，“粤港澳大湾区散文”概念包涵了一种审美期待，希望形成具有同一性审美风格的散文流派。在百年中国新文学史上曾出现众多散文流派，如语丝派、山药蛋派、荷花淀派等，对中国现代散文发展作出了重要贡献。这些散文流派的形成需要几个必不可少的条件：一是文学社团和同人文学刊物的支持；二是相对稳定的散文作家群体；三是比较相近的文学主张和散文观念；四是长期不懈的创作实践。例如，中国现代文学史上围绕着语丝社、创造社、太白社、野草社形成的散文创作团体及其流派。在此意义上，“粤港澳大湾区散文”仍不具备形成流派的外部条件，虽然《特区文学》主办了一系列关于“粤港澳大湾区文学”的讨论和对话，但距离形成固定的散文社团和同人刊物仍存在不小的距离。但“社团或同人刊物具有转化为流派的可能性和有利条件，但是否实现这种转化，取决于其作家创作是否形成某种共通性”[①]，“粤港澳大湾区散文”流派的形成还需要持有相近的散文观念和相似的审美风格的作家群体和散文作品的集中出现。虽然，粤港澳三个区域的散文作家众多，也产生了经典性的散文作品，但在散文观念和审美风格上的差异性大于同一性，多数作家停留在个体作业而非“集团作战”上，难以形成散文作家群。而且，作家代际不均衡问题突出，从事散文创作的“50后”“60后”“70后”作家居多，“80后”“90后”作家很少涉猎散文创作，致使散文创作群体出现断档现象，这也为“粤港澳大湾区散文”的持续发展注入了不确定性因素。事实上，我们提倡形成“粤港澳

① 汪文顶．中国现代散文流派及其演变．中国现代文学研究丛刊，1986（4）：107-123.

大湾区散文”流派，不是通过强行规约的方式来统摄散文的写作和发展，使其呈现出脸谱化特征，而是要处理好差异性和同一性、个性和集体性、一元性与多元性之间的矛盾冲突问题，“如果这个问题没有辨识清楚、被有意忽略和掩盖，那么‘粤港澳大湾区文学’的概念在某种意义上是无法真正确立的”[①]。

粤港澳大湾区蕴含着鲜明的文化共同体和命运共同体意识和精神。在当下的时代语境中，这种精神和担当显得尤为重要。“粤港澳大湾区散文”关于自然生态危机的书写已经显露出人类意识，但如何把这种自然生态的人类意识转化为文化共同体和命运共同体精神显然还需要不断深化，这也成为“粤港澳大湾区散文”能否具有真正世界意义的关键因素。总体而言，“粤港澳大湾区散文”作为新生概念和新生事物展现出了多种可能性，值得我们期待。

作者系河南师范大学文学院教授、博士生导师

① 杨丹丹．“粤港澳大湾区文学”概念与“新文学”的经典化．粤海风，2020（6）：4-11.

目录 CONTENTS

（按姓名首字母顺序排序）

石头缝隙藏身的灰色寒鸦

艾云

一　黄金巷22号

从捷克布拉格那巍峨肃穆的圣维特大教堂出来，穿过一条寂静的小路，便来到标识卡夫卡生前重要写作时间的旧址，位于黄金巷的22号房子。中国旅游者大都会来这里。卡夫卡，中国读者耳熟能详。我发现这样一个现象，比较而言，中国读者对西方作家的熟识了解，远远胜过西方读者对中国作家的研读兴趣。我们有许多专门机构和分散的译者，他们偷运天火，把古今的西方作家、诗人、哲学家、社会政治理论家的著作译介过来，帮助我们了解人类复杂的共同情感与事务。

卡夫卡出生、工作在布拉格，22号是他想要躲开尘嚣，欲找一个独立的工作间写作，特意租住的一个房子。

房子的外观是灰蓝色，门楣上端有“22号”字样。进到屋子里，房间狭仄，到处是书橱，摆放着卡夫卡的各类图书，里边有一个年长的白发男子，他是这家小型书店的售书者。我们在那里翻看图书并拍照留念。

回转身来，我发现进门的墙壁两端张贴着卡夫卡不同时期的一些照片。年轻时的他，面庞有些方圆，神情稚嫩，这是他葱茏青春岁月的形象；进入中年以后，他面容瘦削、神情冷峻，从他带有警觉的双眸里，可以看出某种紧张和抽搐。

这后一种表情，是真实的卡夫卡。

我环顾四周，想象着一九二二年这间房子的样子：放有一张简易的床，床头有盏台灯，床头一侧应该有个书柜。那么，在靠近窗子的地方，就应该是书桌了。卡夫卡在这里，写下他的每一字每一句，沤着沤着，像深翻自己疼痛的心。

我临窗向外观看，但见窗外是一片低凹地带，到处是灌木和树林，那些橡树、楸树、橄榄树和银杏树，在深秋的下午，发出金黄色的光泽。风中的树，哗哗作响，那华美的凄迷一下子笼罩心头。俯瞰着不远处有灰白色寒鸦飞过，在树丛和空中啁啾，如不祥的咒语。此等情景，当年的卡夫卡一定看到过。

房间如囿，心绪如铅。我想象着当年的卡夫卡，他常常会在写作之余向窗外远眺。秋风劲吹，将爽适和明媚收走；接下去，寒冬就会来临。然后，坡地、沟壑、树杈都将被银白的霜覆盖，大地只有寂寥。黑夜来临，卡夫卡蜷缩在孤冷的床榻。沿街的作坊，黄金制作的手艺人已停止敲打锤子；漆黑如墨，他更深地陷入负值情绪里。这个家庭环境并不太差劲儿的人，却执拗地将出生和存在当成了无可摆脱的梦魇与困局。

一八八三年出生的卡夫卡家境良好。一九〇八年七月，他大学毕业并获法学博士学位，而后比较顺利地进入保险公司工作。这在外人看来的确是个体面的职业。

热爱写作的卡夫卡却在办公室日益感到压抑和厌烦。自由时间被剥夺，他在夹缝中喘息。不知是因为书写与工作的矛盾挣扎让他形成某种病理学特征，还是因为躯体内部早已植入伤痕累累的病态质地，总之，卡夫卡只想躲开人群，躲开喧嚣的外部事物，只想更深地沉溺于绝对的自我孤独里，只想静卧床榻，慢慢咀嚼心事。

外部事务的奔走不息，让卡夫卡日益感觉涣散、语言枯竭。要改变这种情形，只能停止行走，拒绝人群，甚至拒绝一切的阳光、鲜花和任何喜乐欢娱；必须将一个人彻底陷进去，陷入很久，陷入世界的内部乃至深渊，多少招幌都不放自己出去。可能在某一个神秘的瞬间，才可以听到上帝的箴言。身体在停止行走时也会变得羸弱，但这是另一种情形；大多数进入语言的人，早已习惯了静居幽隅。这些人天生有着阴郁、忧伤的个性。他或者早已携带着病理学特征：长久的不舒服，只有躺下才觉得不那么难受；跑动太多则觉得消耗。室内生活的主动性或被迫性，可以在外部世界远遁之后，发展出丰富敏锐的内心。当然，这只是之于创造性禀赋者而言。人在静冥沉思中，正在探究世界之内奥，一些神秘通道在悄悄打开。想想真是奇怪啊，那些身体结实、习惯奔跑的人是坐不住的，他们必须借助于腾挪跳宕才能够让自己保持活力；而创造者则身体孱弱、灵魂茁壮。

卡夫卡苦笑了。他羡慕强健有力的人，可自己却做不到。是身体跟不上，也是灵魂排斥。

即使心理上如此拒绝，慑于父亲强势之威，妥协的卡夫卡在几乎撑不下去的情境下，居然在保险公司工作了十四年，直到一九二二年才被批准退休。他终于可以自由支配自己的时间了。

十四年，他活得异化。所有的写作，那扭曲变形都是自我画像，都是隐曲表达。他活给别人的十四年，是不堪回首的往昔。他之所以三次订婚三次悔婚，皆是因为他连自己也驮不动了，怎么可能再去驮一个家庭？他写信给订婚对象菲利斯，不是他不爱，而是他爱不动。一个活死人，一个连自己都照料不好的人，怎么可能去照料妻儿与家庭？

在寂静的冬夜，寒风呼啸，躲在被窝里的卡夫卡只觉难受与恐惧，他如在利刃上挣扎，劫难的序幕拉开并上演，死才能获得自由意志吗？冬夜，悄悄下起了雪，早上，推开门扉，但见白雪皑皑，覆盖在街道、枯条、屋顶之上。黑色也被遮蔽，一切的不尽如人意都在银装素裹中变得肃穆圣洁。银色映衬着小屋里的木床、书桌、杂物柜。这默默飘雪，有一阵子让他发现有一种甜蜜的解脱，身心有恍惚的超然，随后，却又听到寒鸦呱呱叫着，格外凄厉瘆人。而自己的名字卡夫卡，就是寒鸦的意思，这是宿命的安排吗？

我望着窗外，窗外有一群鸟儿，其中还有寒鸦在金黄的秋叶中啁啾，时而飞起，惊起一片幽光。

卡夫卡从来都是作为失败者的存在。他对自己、对文学从来没有怀抱俗世成名的希望与信心。他只是每天都感觉不舒服。他患有胃病、便秘、神经衰弱、失眠，还有肺结核。这样的情况必然导致头痛。太阳穴四周像重锤一样在敲打，像要随时爆炸。这样的身体情况下，他居然可以将一切的谵妄幻化成文字，这也是一个勇者所为了。在稍稍好一些的时候，他将一切的感受转化成语言。写作是他摸索出的自救办法。后来的心理治疗中有一项治疗方法就是让病人将自己的种种不适、难受写出来，将自己种种的情绪感受写出来，这样可以在宣泄与释放中达到某种治愈功能。文学之于卡夫卡，也是这种救赎方式。他躲在阴郁地带书写，他不认为这些病态的呓语、变形的人物书写有什么价值，一只甲虫的蠕动、人的扭曲嘴脸和狰狞面目有什么值得阅读的。面对光天化日之下的真实生活、面对呼啸前行的历史趋势，自己的书写只是为了抗拒自我孤独，以便挨过那令人心碎煎熬的黑暗时光。是身体出了问题，他的精神才出现那么多妄念。他之于现实与历史是做着空耗与无用功，他想努力抗争，唯一的办法就是从胸膛里沤出那些污秽，从噩梦中驱散纠缠不清的魇魔，这样，才会感到轻松一些。他从来没有想过建功立业的宏志，没有荣膺道德文章的不朽。卡夫卡从来没有自恃过高，他的沮丧、虚无、孤独、恐惧，这全是不那么胸怀远大、不那么理直气壮的负面情绪。于是，他在临终前告诉他的挚友马克斯·布罗德，希望在他死后能将这些笔记、通信、手稿一点不剩地予以焚毁。卡夫卡说他也同时不希望已经出版的著作重版，他不希望这些劳什子浪费读者的时间和精力。

布罗德曾经听到过卡夫卡向他朗读自己手稿的片段，他知道这都是闪烁着个人血脉独特焰光的珍品，他不忍心付之一炬。卡夫卡一九二四年六月三日死于肺结核，享年四十一岁。

布罗德进到卡夫卡的住所，发现那些笔记本只留下封面，手稿已毁。布罗德将未及毁掉的遗稿整理出来。一九二五年，《诉讼》得以出版。随后布罗德又相继出版了卡夫卡另外的作品。幸亏布罗德善意地违背，这才使卡夫卡的作品得以重见天日。没承想，著作出版以后，卡夫卡的创作居然成为文学的一个重要流派，成为影响人类灵魂的大事件。

二十世纪以后，尤其经历过第一次、第二次世界大战，人类的英雄主义、整体性神话破灭。摧毁了至上和信仰，战争、死亡、瘟疫、谬论，在那无神的庙宇，何处是人类依托之所？在这个千疮百孔、分崩离析的时代，个体生命和社会形态都生病了，没有人可以给出综合治愈的方案。人文学者只能呈现诸多病理学特征，于是，弗洛伊德是心理病灶的考察者，海德格尔是存在病灶的考察者，福柯是疯癫病灶的考察者；而卡夫卡则通过病体，穿透病体，直到临渊，来到语言的边界。他不是考察而是亲自体验众生的疾病与挣扎。

窗外的寒鸦在茂密的树林或稀疏的虬枝间聒噪着盘桓，卡夫卡禁不住联想：我是一只很不像样的鸟，一只寒鸦，一只卡夫卡鸟。我的翅膀已经萎缩，对我来说不存在高空和远方，我迷惘困惑地在人的中间跳来跳去。我缺乏对闪光东西的意识和感受力，因此，我连闪光的黑羽毛都没有。我是灰色的，像灰烬，一只渴望在石头之间藏身的寒鸦。

他给好友写下这样的话：刚才我四处行走，要么就是呆坐，犹如笼中一只绝望的困兽，到处都是敌人。

卡夫卡心悸胸闷、头痛欲裂，深受失眠煎熬。他感到处处是敌对者的目光。

久病经年，他是一只连自己也驮不动、耷拉着脑袋在虚白的空中挣扎的寒鸦。

二　疾病与现代派

我从卡大卡故居出来，走在黄金小巷上。小巷不长，房子低矮。这里之所以叫黄金小巷，是因为过去许多制作金饰的手艺人在这里工作和居住，黄金小巷的名字因此留了下来。这条路并不长，现在街道两旁的店铺卖一些旅游手信。石子路面很是干净，走上去有笃笃的响声。

出塔楼的门扉，来到一个坡上，从这里的围栏处可以向下俯瞰布拉格的市容，坡上有一棵银杏树。

我在想，当年的卡夫卡也到这里散步、驻足吗？

奇怪，自己来到布拉格，已经对各种风光不再上心，满眼都是卡夫卡时而清秀时而佝偻的身影，以及由他而来的延伸性思考。

我在坡地停伫。银杏树冠盖嵯峨，那些心形薄叶金灿闪光，无比奢华地飘落满地。向下俯瞰，布拉格城尽收眼底：青灰色教堂的尖塔直入云霄，闪着瑰丽色泽的皇宫、塔楼，橘红色各式屋顶。隐隐约约，还可以看到给城市带来灵性的伏尔塔瓦河像一条银链缠绕，风格各异的美丽桥梁横跨水域。

布拉格之美享誉世界，人们称她“千城之城”“文艺之都”。这里是欧洲大陆的中心，交通便利，位于德国柏林和奥地利的维也纳中间，有着重要的地理位置，也有着古老而悠久的历史传统。更早的定居者不用赘述，只说九世纪之后，陆续迁徙而来的人们在伏尔塔瓦河的右岸建起城堡。再往后，人们又在左岸安家，布拉格逐渐成为文化、宗教、政治、经济的重镇，神圣罗马皇帝查理四世在这里建都。因为布拉格太美，招来许多觊觎者贪婪的目光，十七世纪时她被外族占领。这个外族指的是日益兴旺起来的哈布斯堡家族。我写过特蕾莎女皇，因此还比较了解这段历史。哈布斯堡家族的特蕾莎女皇一七三七年统治奥地利、匈牙利及波希米亚四十年，是这三个国家的女皇。波希米亚指的正是捷克，正是我现在站立的布拉格的土地。特蕾莎女皇继承了她的先辈们对波希米亚的占有权。布拉格太美，日后又有许多对布拉格侵入的辛酸往事，这里就不细细言说了。

我在想，出生、成长于斯的布拉格人卡夫卡，他会站在坡地去欣赏这全城景观，并发思古之幽情吗？不一定。他顾不上，身体的难受让他没有这闲情，也没有回望历史的逸致。

从坡地一路走下来，我们坐上老爷车游览市区。风吹着，有一种呼啸而过穿越历史的恍惚。让我比较惊诧的是，布拉格道路两旁很少种树，兴许是为了让沿街楼房外那精美绝伦的浮雕完整呈现于世人面前。是的，近距离欣赏这些风格各异的建筑真是更加美丽。在这里，世界各种风格的建筑都能看到，这座绚丽璀璨之都，哥特式、文艺复兴式、洛可可式、古典主义、新艺术运动、立体派、超现实主义等建筑风格楼宇鳞次栉比，大楼外墙刷有本白、赭红、褐色、蓝灰，颜色都非常耐看。

坐车经过旧皇宫，门前有卫兵把守；车子经过伯利恒教堂，这座建于一四一〇年的教堂，尖塔是钢灰色，沧桑沐雨之中，那浓烈深重的色泽比艳丽更夺目，比新潮更动人。然后，我们来到享誉中外的老城中心广场。

市区处处让人思古幽怀，把其称为欧洲最美丽城市毫无虚言。

卡夫卡来过这些地方吗？当然来过。他在布拉格生活四十一年，这里的角落、街巷、缝隅他都熟悉。但是他不会兴致勃勃陶醉于美景的欣赏和对历史进行的叙事中。有病的人不会有心情观看什么美景，只有健康的人才有闲心四处溜达欣赏。

我记得二〇〇三年秋我们省作协组织到云南采风。面对大理、丽江、香格里拉、泸沽湖、玉龙雪山的曼妙之姿，我全无兴致。我看到团队里的人那么兴高采烈，十分不解。那时，我在生病，只有难受，没有快乐，对美景无动于衷。

因为我有过长期生病的经历，对于卡夫卡的感受深有共鸣。身体有恙的人，只想躺在幽隅。躺的时间长了，脑子在虚白的史前状态下，会渐渐泛出些记忆的涟漪。然后，他就从那里抠出些有毒的籽粒。他进入疾病与死亡的阴暗地带，写作是为了宣泄，这样才不会那么难受。这是解构自身而不是建构历史。你若说有了创作上的收获，也只是腐殖之壤长出语言之花，一切是化腐朽为神奇而已。卡夫卡对写作从不寄予奢望，他只为倾吐。对人类普遍性命运的挂虑，只是后来评论家附着于他的说辞。

我曾经长期处在亚健康的状态，我是如此厌恶疾病，从来不会将疾病美学化。

疾病中的人如一条虫，这虫蠕动着喘息着，浑身散发着腐败的气息，这正是我病中的写照。我生病的日子，对那个面部肌肉扭曲、衣饰不洁、蓬头垢面、邋里邋遢、蜷缩床榻的自己心生讨嫌，觉得像垃圾一样。疾病中的我想远离一切人，连身边最亲近的人也想回避。不要说人在艰辛时会互相照料携助，并不是这样的。曾经再亲近的人，都不希望终日面对一个被疾病折磨得面孔浮肿、眼神焦虑、体态虚胖的人。谁都希望看到身边人是衣着芬芳、面容鲜艳、状态饱满、笑靥盈盈的模样。这是人性深处的真实感觉，与道德无关。这也正是卡夫卡订婚三次又毁约三次反复之心境。

如果不是慢性病、器质性疾病，仅仅是急病，比如感冒发烧拉肚子，生病反倒是给人一个提醒。颓丧中会想，赶紧好起来吧，好起来以后要穿最漂亮的衣服。干吗不呢？买来的美丽贵重的衣服干吗要放着呢？总想将美服放到隆重一些的场合去穿，可人有多少好时光呢，每天活着都应该算作过节。在疾病中会想到人赴死而生的生命。西方哲学中的“先行在死中”，是说人从摇篮到坟墓的一生很是迅疾，为对得起必死的自己，没有什么是不可跨界的；只要是活在快乐喜悦那充沛的感觉里，什么都不是罪过。欲望化叙事都是那么动人心扉，青春、健康、丰盈，为抗拒衰老与死亡，哪怕是以逾越的形式，这何尝不是被上帝允准的。

可惜，卡夫卡以及许多悲剧性神学的书写者，他们不是一时生病，而是长久生病，具有亚健康、不可调治的病理学特征。如此糟糕的身体，不会奢谈欲望化叙事，也不关注历史性叙事，他所可能投注的只有对自己变形、颠踬、幻灭的呈现与描述。这便是后来被称为现代派作家的精神气质与文学特征。

是的，类似于卡夫卡，以及尼采、叔本华、克尔凯郭尔、普鲁斯特等现代派作家，你不要指望他们有推动宇宙乾坤的正能量。但现代派又是如此重要，其重要意义就在于他们将人内心深处的真实予以展现：那些溅着墨汁的诸如软弱、无奈、烦躁，以及虚空，那看似夜色轻如飞羽般之物，却有着比金属箭镞更具穿透灵魂的重之能量。

疾病派生出现代派，现代派最大的特征是关于虚无与虚无感的体会。过去，你以为你无所不能，但是现在你得明白，无论你怎样的建功立业，无论怎样的钵满库盈，无论怎样的著作等身，到头来都是在世的游戏。这样的以为不是不让你奋斗，而是让你明白在奋斗过程中，人因虚无、荒诞而有着清醒。一生中在各个领域都需要努力，这是个体生命充实的需要。但这里所做的一切，是为了给世界带来善行而非罪愆。那汲汲功名利禄者，到头来实则都是一场空。这就是现代意识。一个人若是有了这种虚无的现代意识，并在想透之后依然抖擞前行，那么，这个人所做的一切就有了几分可以令人信赖的东西了；否则，就必须打一个问号，写作尤其如此。

三　作为失败者的存在

白天在布拉格的游览暂告段落，晚上我们在市区酒店住下。房间整洁，东西不多，合用就好，空气中散发着净爽好闻的味道。

晚上我躺在床上，脑子却是依旧活跃，依旧围绕着卡夫卡在想自己的写作。二十世纪八十年代，西方现代派传入中国。我有过对现代派的迷恋，这和自己生病、不健康的身体有关。很小的时候我得过伤寒，虽然活了下来，但是肾与肺都不好。我早早就是虚胖体形，常年头痛、胸闷。我不知道自己这些年是怎么熬过来的。我喜静不喜动，只觉躺下才舒服，这被迫性蜷曲，兴许格外发展了我对内心精神生活的爱好；因某种敏感气质，对文学有着热爱。但我从来都是在幽隅中独语，是个胆怯、羞涩、后退的人，是作为失败者存在的人。我从卡夫卡以及一切低抑的现代派作家那里找到共鸣，我对语言的虚无感深有体会。

谁的文字能如铜铸金鼎般留诸历史？我们留不下什么，我们的文字在急遽晃动之中注定了易朽性。人类的历史早已留下先哲的铭碑，那才是刻在石头和青铜器上不朽的文字，其光泽永不衰退。

我们这些弄文字的有多少人明白这真相呢？那知之不多的人注定无畏。他们不知思为何物，当然也看不起那忍受孤独、斗室枯坐的入思者。他们认为那寂寞无边的语言者是陈旧、落伍、跟不上形势发展的迂阔之人。他说，多少信息需要我们去捕捉。他在频仍闪回的信息中兴致勃勃，以揭露和否定他人引起轰动效应为乐事。他说，总要弄出些声响来。他认为即使是荒谬的、毫无理论规范的吵闹，也可以留给文学史，也是绕不过去的一笔，因此可以青史留名。

他热衷于潮流和运动，为自己廉价的鼓噪而兴奋。他不会依靠自己的作品说话，况且他也写不出什么作品。他害怕寂寞，每天总在外部逗留，这一个会议接着那一个会议；从这个城市跑到那个城市，心根本就静不下来。一旦有空闲时间在屋里，他把电话攥在手里，拼命向外打电话，否则就会心头发慌。他自诩自己多有名望，总有许多被邀参加的会议和活动。他嘲笑别人不被邀请的挫败，他说，这些人多可怜哪，总无人邀请，不在舞台不在中心。他说，那个可怜的人，虽说文章写得还行，可就是没有出名。出名就是被很多人知道，混个脸熟。

热衷运动的人认为自己被关注而颇有影响，他们将自己贩卖出去，溅起一阵浪花，便认为自己是文坛重要人物。

这真是道不同不相为谋。

那些于孤独中等待上帝箴言和神谕的人，他们必须在苦捱中，不被任何人记起和理会。他们背转身来，让世人忘掉自己。他们埋在思考的落叶中，与天地万物同在。他们挖掘人性的神秘通道，如辛苦的劳工默默流汗。他们掘进越深，越不可能被很多人理解。寻找世界的彻底性而非通俗性从来不是众者的事业，而只是人类中的极个别人，这些人必然会遭受冷眼和睥睨。如果没有开初就作为失败者存在的心理准备，有人会中途失踪。真正入思者是冥冥中听从了一种天命召唤，愿意九死而不悔去寻堂奥。他们会为每一个难题的破译而欣喜。他们不计前程和功利，充实于苦寂寒窗。他们不会让纷至沓来的外部图景占据自己的视听。那通俗易变的传闻逸事，很快会被新的风潮覆盖，而成虚飘流云。

可为什么又有那么多人容易作秀、容易逗留于外部事物呢？中国的写作者，固然是接受了现代思潮以及现代派的影响，但相当一部分人只是认为现代派很先锋、很前卫，只是文学时尚；他们实在没有得到现代派的精髓。

作秀、喧嚣，唯恐他人不知。这个没有学会思考的人，他没有胆量和禀赋在孤寂中一个人前行。他略有一点小感受就急惶惶大声喧嚷，力图占有话语高地。他嚷嚷着，急于引起别人的注意。他不知道引起别人注意不一定就会得到肯定、让人由衷敬佩。他不了解，在他手舞足蹈、自我感觉良好时，人们侧目而视，记住他的只能是那浅薄的言辞、拙劣的表演。人们记住这个人的同时已经将他遗忘和否定，因为他选择的路径不对。

一个致力于语言的人，首先必须把路走正。走正路者，那致力于精神原创性的人，不惜以身殉言。他连命都搭进去了，他不会在乎他人的注意与否，或者有无鲜花、掌声和荣耀。他不会工于心计、不会以文字为敲门砖给自己以物质或名声的猎取。致力于原创性，同时带有致命性，这让人不寒而栗，许多人惊怵地退出这条道路。

当松弛取代深刻，当数据取代灵魂，当赝品取代瑰宝，一些不好的信息的确在误导人，以为闹哄哄形成吸引眼球的事件就会被载入历史。历史会记住君子，也会记住小人。在一些人的惯常思维里，做小人也比做凡人好，只要被人记住，哪怕是为人不齿的小人，也终归是被记住了。做君子代价太大，差不多又都是悲剧结局，做小人却可以自在逍遥，得到在世的既得利益。这种误导让人憋气。

可是，如果以思考和语言为生的人都如此不堪和堕落了，人类还有什么可指望的？

且慢，人类尽管在曲折、反复中，但总有明理之人存在，无论在明处或是暗处，人类不可能只听凭一种谬误的声音让自己走向万劫不复之深渊，这正是人类可以如野火般生生不息的密码传递。

我今晚思绪一直在活跃，恐怕要失眠。想到明天还要游览，我要求自己赶紧打住。可思绪并不那么听话，我又想起了捷克另一位著名作家、我们中国作家和读者极为熟悉的米兰·昆德拉。

我对昆德拉的小说和随笔读过不少。

东欧的社会体制与意识形态与我们极为相似，他们写下的东西与我们的感受与体会总能共情。

明天，我得问一下导游，布拉格市区是否有米兰·昆德拉的旧址可供参观。

四　智者序列

第二天清晨去问导游，他说在布拉格没有参观昆德拉旧址这一项内容。

实际上，不是游览路线没安排，而是昆德拉早已移居法国，布拉格没有专门保留他的旧址。

昆德拉在卡夫卡去世五年以后的一九二九年出生，他的家乡不在布拉格，而在捷克的另一座城市。但他青年时代是在布拉格的查理大学读哲学系，后又在这里的电影学院教书。昆德拉的写作才华在青年时代就已显现，这是个犀利、有锋芒、有批判精神的作家。一九六八年苏联控制了捷克，昆德拉被开除党籍，被解除教职，其书籍也不能出版发行；在书店等待销售的，也得下架。

在布拉格很难待下去，一九七五年，昆德拉和妻子移居法国巴黎。说是移居其实就是流亡。

无论居于何地，摹状人类命运的复杂、吊诡和隐晦曲折，是昆德拉创作最吸引人的地方。他的作品《生活在别处》《生命中不能承受之轻》《笑忘录》《不朽》《缓慢》《身份》《无知》等，无不具备流畅迷人的叙事特色，闪烁着深刻思想内涵的异光。他在小说中，借人物之口传递自己的社会观念和哲学认知。他不是生搬硬套，而是在故事情境与细节中，一切是如此水乳交融。

昆德拉对社会政治有着强烈关注，这和他健康的身体有一定关系。脑子好使，有灵动清醒的思维，如晨曦的风在清扬中。时而俯身，向着大地的本相逡巡。有足够的力气可以搬动上下千年的巨石，对社会政治的利弊、人类的真实看得透彻，也就有了对外部事物的兴趣。有足够的脑力，去分析事物内在的逻辑，铺陈稿纸，像个战地指挥员一样运筹帷幄，历史之幕徐徐拉开。

多少年来，昆德拉获得诺贝尔文学奖的呼声甚高；一届又一届，他被猜测可能获奖，但结果都是铩羽而归。他的创作在人们心目中早已有着标高与赞誉，但他总没那么幸运。这很重要吗？之于一个坚信自己有蓬勃创造能力的作家，他的职责就是书写，在书写中完成自己对生活、世界及历史的认知，从而完成自己精神的淬炼与生长，其他都不重要。组织机构给予的官位、奖项的得失就一定很重要吗？有的人看重这些，有的人则处之淡然。不在话语权力的中心，在边缘地带，又有什么不好？文学不是秀场，而是个人生命的需要，用不着因为文学之外的原因，为成为举世闻名的人物而沾沾自喜。机构、组织的承认不是文学真实的价值，不要去谈所谓评奖、排序的公正和公道；只要自己在写作中不打诳言妄语，写出有启迪性和警策性的好作品，就足够了。

重要的是，捷克拥有着卡夫卡与昆德拉这样两位蜚声世界的作家。他们两个的写作风格全然不同，但在精神气质方面却有神秘交融，那就是：对人类深层命运的开掘。

卡夫卡面容苍白而抽搐地活着，在低处和幽隅。即使他喘息着勉强而活，却通过手中之笔独自倾诉无奈与忧伤，他表达着自身以及人类的怯懦。他是个人叙事，用寒鸦凄厉般的嘶鸣、用战栗的虚无感，让人类认清真实的生存境况。

昆德拉眉峰紧蹙，在颠沛流离中顽强地活着。他以揭示批判的拳拳情怀，反省人类的媚俗。他进入历史叙事，啄木鸟般不停地凿啄和敲击，对那些夸饰、狂谵的沾沾自喜、骄横跋扈予以反讽和戳穿。那些因谄媚、逢迎占据道德优越高地，并认为已经很舒服地拥有既得利益者，在睿智如昆德拉的摹状中，原形毕露。这是对人类的警策和自省。

文学不一定直接作用于社会政治与社会生活，但是有意味的文学则被赋予另一种无可估量的力量。卡夫卡对人类卑微的体验，昆德拉对人类卑琐的描述，都是在对人类命运真相与本质做着洞悉。

不讨喜的昆德拉去国经年，其作品的深远影响，让他成为人类精神的灯盏式人物。二〇一九年末，捷克驻法国大使德鲁拉克在巴黎昆德拉公寓拜见了昆德拉，送给他捷克公民证，这意味着他已重获捷克公民资格与身份。二〇二〇年九月二十日，捷克卡夫卡协会主席泽莱兹尼宣布捷克作家米兰·昆德拉获得年度弗兰茨·卡夫卡国际文学奖。昆德拉十分愉快地接受了这个奖项，他感到荣幸，“因为这是卡夫卡奖——一个我感到非常亲近的作家命名的文学奖项”。

卡夫卡患疾而短命，在无力中以失败者语言，无意于潮流，却掀起现代派巨澜。昆德拉，这个在屈辱中挣扎的倔强的高寿老人，年已九十三岁，依旧如斗士般活着。

作家生命无论长短，只要以诚实精神、精湛笔致、深邃内涵表达人类的歌与哭、爱与恨，他们就都已进入智者序列。

本文收录于2024年9月出版的散文集《万水千山都藏着有趣的灵魂》

赏析：

“灰色寒鸦”既是卡夫卡姓氏的原意，也是其精神困境的象征。这篇文章以“石头缝隙藏身的灰色寒鸦”为核心意象，将探访布拉格的所见所感与对卡夫卡人生、创作的深度解读相融合，描述出卡夫卡对喧嚣世界的逃离、对孤独写作的坚守。文中既有对卡夫卡故居环境、卡夫卡生平细节的细腻描摹，如狭小房间里的书橱、不同时期的照片、窗外寒鸦啁啾的秋景冬雪，也有将其置于现代派文学谱系中与尼采、普鲁斯特等作家的对照思辨，探讨“疾病与现代派”的内在关联，批判文学界的浮躁风气。文章还通过对比卡夫卡的“个人叙事”与昆德拉的“历史叙事”，显示二者在精神气质上的交融与差异，共同指向对人类生存真相的洞察。文章也借此批判文学界的浮躁风气，呼吁“以诚实精神”书写“人类的歌与哭、爱与恨”。

（华新越）

漂在广州

陈启文

一

抵达广州已是深夜，长途客车在城市的边缘停了下来。停在哪里，十几年后我已没一点印象。那条一直载着我奔驰的路，突然就像中断在那里了。

在那之前，广州我已经来过不止一次了，每次都是坐火车，这次是坐长途汽车来的。我想通过另外一条路更仔细地看看这个和湖南只有一山之隔却像分属两个世界的地方。一九九三年京珠高速还在纸上，从湘西到长沙，再从长沙开往广州，一〇七国道沿途都在修路。客车开过南岭之后，车辆一堵就是一两个钟头，有时还不得不从粤北山地的县乡公路上绕行，这一路上竟走了两天一夜。印象深刻的是，广州并不能代表整个广东，广州以北的曲江、英德、清远那些贫瘠而苦寒的山乡生活景象是一望伤目的。但耳畔时时都会响起开山炸石的轰鸣，这轰鸣声既让人惊恐莫名又奇怪地激动人心，给那些穷愁潦倒的山乡带来了一阵阵震撼的力量。同湘西那些沉默的大山相比，广东毕竟是广东啊。

下车时我满身都是尘土。车灯射向一片如潮汐般低声吼叫的噪声，仿佛想用眼睛来探测一座大都市的深度。在亮光里攒动的都是小旅馆里来拉客的男人女人，为了争抢客人，就像为了争夺俘虏而打仗似的。我感到自己一下子被四面八方伸过来的手紧紧拽住了，他们都大声叫喊着，暂时我还听不懂他们极其古怪的语言，只觉得那一双双紧拽着我的手，正把我拉向不同的方向。我也在拼命喊叫：“我有地方住，听见没有，我有地方住！”

一个人在广州有个地方住，那臂膀无形中就显得十分坚强有力。很快，我就突出了拉客者的重围，迅速叫上一辆的士，直奔我的住处。而在我的身后，那些和我坐一辆车过来的人或坐着不同的车在同一时刻来到这同一个地方的人，他们最终将会被命运拽向哪儿，是我永远也不知道的了。那声音已经离我越来越远，既真实又虚幻，没人能说清在一九九三年的那个深夜有多少茫然的生命在这座大都市的边缘沉浮、挣扎、呻吟。

后来我大致知道了，在漂向广州的无数外省人中，基本上可以分为两类，一是像我这种，出于种种原因离开了多年赖以生存的单位来沿海地区打拼的，更多则是从各地涌来的打工妹打工仔，广州只是他们短暂的中转站，他们会在那些廉价的小旅馆里住上一晚，做个好梦，等到天一亮，又将漂向更远的天边。或许，他们才是真正意义上的漂泊者，不知从哪里来，又不知会漂向哪儿，甚至从来没有仔细想过，过了这一晚，下一晚又该在哪儿栖身。我在广州住下后，就时常看到那些睡在街边上、车站广场里或像幽灵一样趿着鞋在夜晚的城市里慢腾腾地走着的他们，光着脊梁，纷乱的长发抖动着，眼里透出流浪汉特有的绝望而又凶狠的神情。他们走得悄无声息，却让你生出莫名其妙的恐惧。一个人大喊大叫反倒不会让人感到某种危险，可怕的是他们以沉默的方式面对这个世界。

同他们相比，也许我更接近一种精神意义上的漂泊。在这座大都市的中心，我有自己的住处。我在广州的第一个住处是区庄，九楼的一套三居室，这是广州某著名出版社的宿舍。虽然我只能住其中的一间，但可享用它宽敞的客厅、厨房和卫生间。另两间房子是出版社专门用来接待客人的，但客人不多，大多数时间整套房子就我一个住。那两间房子虽然上着锁，但我有办法把门巧妙地弄开，接待我自己的客人。那时我真的感到太幸福了，不要水费，不要电费，不要房租费，出版社还安排了专人，每天在我离开房间去上班时，把房间打扫得干净整洁，我的被套床单每半个月一洗一换，一点也不用我操心。然而，一到夜深人静时，我便真实地感觉到了自己也是寄居于这座城市的一个客人，在这座城市里，我没有家，没有亲人，没有户口，没有这座城市给我的身份证。我来到这座南方的大都市，原本是想重新活一遍，实在想，可我持有的还是湖南某个地方的身份证，那才是我真实的身份。

在广州的几年里，我从来没甘心像一个外省人那样漂在广州，我一心只想融入这座城市，沉下来，哪怕是成为这大都市里的一粒沙子。但语言首先构成了我和这座城市的一道障碍，这倒不是因为广州白话特别难学，我有几位外省来的朋友，他们都能讲一口流利的白话了，可广州人还是把他们当成了外省人。他们在清醒的时候把自己当成广州人，在喝醉了或做梦时又把自己当成了外省人，他们的醉话和梦话里没有半句白话，只有他们故乡的方言俚语，这才是他们最真实的语言，或许也是他们思考的语言。当他们以流利的白话同广州人周旋应酬时，我感到他们身上有了一座大都市所应有的气度，那么机智，那么高贵，那么优雅不凡；而当他们一旦在酗酒后胡言乱语或在睡梦里磨牙时，我立刻就想到了那些在街边和车站广场胡乱地睡去的打工仔打工妹们，他们的骨子里和这些人是一样的。

我因此而放弃了学讲广州白话的打算，或许我应该学会一口纯正的普通话，骄傲地、一点也不含糊地把我的心里话清楚地表达出来。

二

我上班的地方位于东山寺右一横路，我所在的那家出版社的发行部位于那条路的尽头。

我所在——只因我是一个聘用人员，我不敢说我供职于那个单位。尽管社里以正式文件的形式给我任命了一个中层业务管理人员的职务，但我知道它的“临时”性质，我的组织、工作关系，我的人事档案，尚在离这座城市十分遥远的一个地方。这意味着我的人生已隐含着某种“断裂”，这使我的身份也变得很可疑甚至十分暧昧：我拥有这座城市给我的工作证，但没有它给我的身份证。这让我内心深处十分失落，我究竟属于哪里？

发行部占据了整整两层楼。

楼上，写字楼，白领；楼下，仓库，蓝领。楼上楼下，隔着的不只是一层楼板，而是两个世界。站在楼下，可以看见楼上窗台上的鲜花，挂着窗帘的明亮窗户，还有空调；而在楼上，偶尔从窗户里探一下脑袋，就可以看见楼下那些下苦力的汉子，卸车，装车，把一捆捆书，打包，装进编织袋，然后用双手使劲地扳起来，一个大背跨，肩膀猛地抖了一下，腥臭的热汗直扑脖子，这时你才感到，书原来是如此沉重的东西。

只在看到此种情景时，我才为自己在楼上拥有一张办公桌而深感庆幸。我知道，在楼下这些下苦力的人中，大多就是那些外省来的打工仔。有一个四川来的小伙子，姓贺，只要有一小会儿喘息的工夫，他就会擦干汗水，用粗砺的大手捧起一本什么书，就那么偏着头看，两只脚向前叉开，汗从解放鞋里漫出来，那么多的汗，他坐在自己淌开的汗水里，读得那样入迷，那神态，就像那个时代里的最后一个读书人，竟奇怪地让人感到一种读书人所特有的尊严。这是我在广州的一个深刻记忆，一个外省人给我的深刻记忆。

那时，我这个所谓的“文人”眼里已看不进一行字。我上广州来，一开始就不是为了当文人，而是为了当商人，那时我格外渴望中国这座最有商业气息的大都市把我制造成一个精明的商人。离开湘西，确切地说离开张家界时，我至少有三条路可以走，一条是去深圳一家出版社编刊物，一条是去山东泰安的一家旅游文学杂志社，再就是来广州，来之前我就说好了，干发行，如果干编辑我就不来了。现在想起来，我不知道那段时间怎么对文字那么讨厌，可能是刚惹了一场文祸还心有余悸吧，我被那些更会玩文字的人暗算了。我宁可贩书，也不愿编书，更不愿意提笔写一个字，那墨写的文字只让我感到阴郁而悲哀。

或许看我是个外省人，又戴着眼镜，小贺常拿了书上的疑问来向我讨教。他告诉我，他原本是可以去一个工资更高的饭馆里打工的，可一听说这里是卖书的，就毫不犹豫地来了。他念书念到了高二，只差一年就要高考了，可家里太穷，实在念不下去了，可他还想念。他的话我听得懂，是那种没受过任何语言污染的干净的四川话，就像他本人一样经历单纯、心地透明，我却佯作没听懂他的话，内心里其实有一种十分阴暗的东西，不想同这个打工仔挨得太近，我这个外省人，已经属于被真正的广州人用余光打量的那一种了，我怕自己被人也当成一个打工仔而受到双重的歧视。我那时的心情就是那样乖戾、复杂。这个复杂或许与随着时代变化越变越复杂的社会关系有关。我的冷淡，或故意的答非所问，让小贺总是使劲地睁大了眼睛。他不谙世事，真的很单纯，对另一个人心中所有的复杂，显然难以理解。他或许以为我真的听不懂他的话，垂头丧气地走了，而我，只能眼睁睁地看着他离去。隔着一层楼，一扇窗户，我时常会听见仓库主任冲他吼叫，问他是来搬书的还是来念书的，叫他别把干净的书弄脏了。这时候小贺总是一声不吭地拼命干活，他力气大，别人搬一包书，他一次搬两包。看那样子，就像要付出双倍的艰辛，来为他看了几行字赎罪。每晚下班，小贺都是最后一个走的，连那些洒落在地上的纸片，他也要拾起来看。纸片儿上踩满了脚印，他伸出被劣质香烟熏得黑黄的手指，把沾在文字上的泥垢剥开了，还是那么偏着头，久久看着。

这一看书的形象在他身上牢不可破。十多年后，小贺已在广州大沙头开了一家自己的书店，也算混出一番人模人样了。我差点认不出他了，浅灰色的西装，笔直的裤线，笔直的腰，远远地，向我伸出一只手，黄昏的阳光，从他身体的一侧映入，把那只手照得一片光亮。而从他嘴里脱口而出的，竟是一句很标准的广州白话，已经听不出一点儿外省人的口音。

不知怎的，我的嘴角竟下意识地颤抖了一下。我在广州打拼了几年，最终还是离去了，他，一个打工仔，却渐渐在这里站稳了脚跟，现在，他已经在广州买了房子，落了户，有了这座城市给他的身份证，还娶了一个广州妹为妻，膝下还有了一个天真顽皮的儿子。他妻子、儿子满口广州白话，这是这座城市的语言，也是他家里的语言。我不知道他是否已经真正融入了这座城市，但在广州至少有一个真正属于他的家了。唯一不变的是，他还是那样喜欢看书，就那么偏着头，久久看着，在自己开的书店里，他可以站在书架前看一整天。没人会再说他把干净的书弄脏了，这是他自己的书。

三

广州的生活节奏很快，但丝毫不乱。我到广州那年三十一岁，参加工作已十多年，这十来年教过书，在文化馆、文联搞过专业创作，后来又到湘西的张家界编杂志，事儿没少做，却从未形成明确的上班、下班概念。

来广州后我的生物钟突然上紧了发条，每天早晨六点我会条件反射般地准时醒来，半个小时后走出宿舍，下楼，过环市东路人行天桥，走农林下路，转中山一路、达道路，一路步行，七点半钟就到了我上班的东山寺右一横路，还有足够的时间让我来尽情品尝广州的早茶。广州的早茶十分丰富而且极对我的胃口，即便在那些街边的露天小排档上，也不缺少我想要的那种宁静而闲适的氛围。在这里，每个人都像是优雅的绅士，抽烟喝茶都进行得极其缓慢，是一种典型的消磨时光的做法。也有在谈着什么的，显得非常神秘，你甚至会觉得喝早茶这件事情本身也显得非常神秘。这段时间也的确是广州最宁静的一段时间，你甚至会看见鸟群无声地从头顶上空飞过，然后消失不见了。各种新鲜的带着露水气味的芬芳，若有若无地飘过来，很淡很淡的。这时候，所有的人都一言不发，感觉有种什么东西正飘然而至，深入人心。许多年后，在我早已远离了广州之后，仍会时常回忆起在广州街头的某棵树下静静地品味着早茶的情景，甚至是在品味某一种气味——广州的气味。

现在，我所在的这座洞庭湖畔的城市，一些大宾馆里也可以品尝到广州早茶，但总是品咂不出那种纯正的味道。这不能完全怪厨师手艺不行，可能与水土有关，甚至与气候有关，喝广州早茶，你脱离了广州那个具体环境和特有的氛围，总觉得隔着什么。

中午一餐饭是在发行部吃的，免费的午餐。广州的许多单位都提供这种免费的午餐。我在那里时，经历了两位厨师，都是地地道道的广州人。前一位是个五十岁左右的大婶，很是利索精干，印象深刻的是她做出来的例汤，特别好喝，汤里浮着的生菜，嚼着时，发出清脆新鲜、饱含液汁的声音，这使我们的午餐充满了欢乐。这位大婶后来却被辞退了，原因是食堂里丢了什么东西。丢东西的那天早晨，门和锁都好好的，窗户上也没人撬过的痕迹。我们头儿也并没说是她“偷”了，只让她把工资结了，走人。她也没说什么，结了工资，还做好了那天的午餐，她才离开了灶台，拖着疲惫的身子朝门外走，两眼里充满了无限悲凉的幽怨。那一刻我突然十分伤感，我知道她又得为了生计而努力寻找工作，广州人也不容易啊。

在她走了几天后，那些丢了的东西又被人在厨房里找到了。这位大婶枉担了一个贼名，可在走时竟没有为自己分辩一句，这更使我感到了她身上一种潜在的气质，一种徒忍徒屈的精神。在广州的几年里，我也的确很少看到为自己鸣冤叫屈的广州人，他们的忍耐让我感到他们内心的强大。而我，是受不了一点小小的委屈的，我从内陆城市来到广州，是因为受了一点小委屈，我后来从广州又回到内陆城市，还是因为受了一点小委屈，我那貌似强悍的性格，同广州人一比，真是脆弱得不堪一击。

那位大婶走后，发行部没再请厨师，让楼下门房守传达室的大爷搭着干。这老头一人干着两个人的活，却没加工资，好像也没什么怨言，即便有怨言，我也听不懂，他除了广州话，什么话也不会说，也极少说话。传达室在楼下，厨房在楼上，每天只看见他一会儿楼上一会儿楼下地忙活着，不声不响地就把饭菜做好了，味道虽然不如那位大婶，可大伙儿吃着还挺香，因为那省下的一份工资，可以给大家多发点儿奖金。我们吃饭时，老头儿端坐在一旁，脸色苍白清癯，手里捧着个水烟筒，叽咕一声，嘴里冒出一股烟。他舒服地哼哼着，好像有一股特别舒服的感觉弥漫到了全身。我受这感觉的刺激，要了他的水烟筒，猛吸一口，又"啊"的一声吐出，果然十分舒服，似乎释放了无数快感。我想，这老头憋在心里的所有委屈，也是这样一口一口地吐掉的吧。但我还是替他抱屈，找个机会给头儿说了，我觉得多少也该给老头加点工资。我们头儿却笑了笑，说："你以为老头会在乎这几个钱？你太不了解广州人了，他家里有的是钱哪，最少也是个百万富翁。"

"什么？百万富翁？"这太令人感到意外了，我迅疾地看了头儿一眼，又失态地大笑起来，一个百万富翁会在这里蹲门房守传达，打死我也不相信。然而事实就是事实，没过多久我就知道了，这老头家里仅供出租的门面就有三个，年收入就有几十万，儿子还在内陆城市开了一家工厂，家资何止百万？老头的确不在乎那几个小钱，后来真的要给他加薪时，他谦逊地推让了，说他现在的工资已足够他花的了。他的确不在乎那几个钱，那他在乎的到底是什么呢？或许他只在乎力所能及地为这座城市做点什么，以诚实的劳动和谦和忍让、善解人意的平常心去获得一种平常的尊重。对于广州和广州人我的确还太缺乏了解，很难真正穿透这座城市的表面，发掘到它的内在本质。

四

广州培养了我泡吧的习惯。至今我还想念天河宾馆那间不大的像船一样狭长的酒吧，窗外就是一个花园。窗户都开着，夜晚湿漉漉的花香如层层细浪般涌来，在钢琴的伴奏下时常会给人身在隔世的感觉。

酒吧里看不见小姐，只有朋友，这样才可能让你把话题和思考不断深入下去。来这里悠悠打发夜晚多余时光的大多是文人、编辑、作家、诗人。他们在城市夜晚的寂静一角，谈构思，谈选题，谈一些同城市距离比较远的事。我所在那家出版社许多后来引起广泛影响的图书选题，最初就是在这样宁静的酒吧里开始酝酿的。也有一些作家，干脆把稿纸或笔记本电脑拿到了酒吧的桌子上，空气中充满了新鲜的浓酽的啤酒的香味、咖啡的香味，这使他们的感觉变得相当敏锐，也使孤独而单调的写作有了一丝生命的暖意。

据我所知，广东出版界是全国率先实行策划编辑制的，一个策划编辑从选题开始一直到发行的终端都要全程跟踪负责。像我们发行部，除了一位从省新华书店调来的副社长主管发行，其他几位大区发行经理原本都是社里的编辑精英。我在内陆城市也是干编辑的，来广州后，不但要分管西北西南、湖北湖南十省区的业务，而且很深地介入图书选题策划。每次召开选题会，社长（也是总编辑）都要亲自点将，让我去做主题发言，这一度让我陷入了非常尴尬的境地，我发现这里的管理方式和内陆城市截然不同，它不是按照程序化的轨道运转，如果是在内陆城市，去做这个主题发言的只能是我们发行部的头儿（主管发行的副社长），不知别人如何想，反正我是有点诚惶诚恐，但我的婉言谢绝，又会招来社长的批评，我也就只好硬着头皮去适应他的规则。我后来离开广州，这种不适应是其中的原因之一，在我尽力适应的过程中肯定在某一个关键的地方出现了差错。

其实，我更愿意待在这样的酒吧里，一边喝着散发着麦芽清香的鲜啤，一边和编辑、作者交换我对选题的看法，在这里，甚至可以消除一些猜疑和误解。社里的另一位业务主管老温，是恢复高考后中山大学中文系的第一批高材生，和北京大学著名学者陈平原是同班同学。老温是从编辑部主任的位置上调到发行部来的，比我来得早，他一开始对我抱有十足的偏见，以为我是来抢他的位置的。事隔多年之后，我在这里老实交代，社里当时把我从湖南聘来，的确有换“将”的想法，是我婉言谢绝了，我想先熟悉一段情况后再说。尽管老温那段时间对我横挑鼻子竖挑眼，我还是发现此人身上有许多我远远不及的能耐和优点，发行部可以没有我，但不能没有他。这话我当然没跟他说，但跟社里的许多领导说了，就在这样的酒吧里。这里没有火药的味道，但有很浓的人味儿，也的确是一个可以说说人话的地方。

直到今天，我也不知道老温知不知道我在这间酒吧里对他的评价，但至少在后来的许多事中，老温开始正视我这个外省人的人格，而且成了我最好的朋友。在精明的广州人面前，你最好别玩小聪明，和他们交往不但要有胸怀，更要有赤子情怀。他们的精明，表现在他们的嗅觉与视觉高度敏锐，你来到这座城市，意味着你就要对这座城市完全敞开胸怀。这是我在这座南方大都市里获得的最重要的人生经验。

广州和别的大都市一样，对外省人同样抱有一种偏见，甚至是歧视，总觉得你是穷地方来的穷人，你是到广州来揾食（混口饭吃）的，连街上那些摆摊的老太，一听你操着满口的外地口音，看你也是一种睥睨的眼神了。生活在广州的确要有坚强的神经，她异样的目光考验着每一个外省人，尤其像我这种清高而脆弱的所谓文化人。

这可能与外省人给广州留下的恶劣印象有关。我在广州先后买过三辆自行车，一辆是刚买回来就被偷走了，一辆是半个月后又被偷走了，还有一辆是被所谓朋友借去后没还。这些小偷和“朋友”都是外省人，这也难免广州人对外省人十分瞧不起。要让广州人消除对你的偏见，你不但要有足够的人格力量，还要与他们肩并肩地保持步调一致的姿态，从头开始学会忍受，学会诚实，学会谦让。在人多的地方不是一个劲地往前挤，先要学会让出空隙，在受了委屈之后先别急着解释，而是另外做一件事让他们看看，而且不要担心他们看不见。广州人一旦认可了你，也就一辈子认可了你。比如说老温，每次到湖南来，再忙，也要上我家里来看看，看见了我老丈人，给一百元，看见我母亲了，又是一百元，看见我孩子了，给两百元。他并不是为了摆阔，看他的眼神就知道，那里透着对你的全部友情和真诚，每次我都在重重地叹了一口气之后更加深刻地感觉到，广州人是比我们更有人情味的，更有一种尊老爱幼的人伦美德。一次听说我要去广州，老温弄了几只大闸蟹养在家里，后来我改变了行程又未及时告诉他，这大闸蟹死了两只。他扔掉死蟹时不停地叹气，而我也没作什么解释。在广州人面前，任何解释都是多余的。他认可了你，他就觉得你的任何失信都是有原因的，至少是可以原谅的。从这件琐细的小事上也见出广州人的心性与气度。

五

我一度把广州视为“文化沙漠”，但很快我就发现这是外省人的偏见。

广州有那么多著名的报刊，或是先锋文学的前沿阵地，或始终不渝地坚守着人文精神与良知，或以无畏的理想主义精神显示出中国最强大的媒体力量，这样的报纸杂志，放在内陆地区的任何一个省份都不可思议。当内陆城市的许多纯文学刊物被廉价地出卖给商人时，广州却成为除北京、上海之外的另一个文学重镇。广州除了本土滋养孕育出来的优秀作家，还有许多外省来的作家，这是因为，它为纯文学创作赢得了足够宽阔的自由度。

即便在广州的酒吧里，你也很少看到那些与世无涉、超尘出世、一味清谈的高蹈者。在内陆城市倒是可以看见这种毫无实践能力和行动能力的大小“知识分子”，满嘴的良知却不能主持最起码的正义。而这正是我们今天大多数文人的精神状态：消极与退缩。广州很少有这样的文人，他们都是一种随时准备出发的姿态。我所在那家出版社的资深编辑老林，就是这样一位。他也住在区庄宿舍区。这个人没事就穿着被汗水浸黄了的大背心和一双厚厚的木板拖鞋在环市东路的边缘游荡，也时常爬到九楼来，一边喘着粗气，一边跟我谈鲁迅。这位从广东阳江走出来的赤脚医生，那时已是全国知名的鲁迅研究专家，他研究鲁迅，不是从学问开始，而是从鲁迅的精神源头着手，然后渗透到更广泛的人文领域。十多年后的今天，老林已是一位在知识界拥有更大发言权的自由知识分子，但那时他也陷入了苦闷和彷徨的境地。一方面他因许多重要图书选题的成功策划而获得了出版社的重奖，另一方面他以更独立的意志著述或编辑的许多更有价值的读物却没有几个人买。那时他格外渴望有一个自己的精神园地，并且已经着手办一份全国性的报纸，或许在他眼里我还不算俗物，他恳切地邀请我加盟。但我碍着我所在那家出版社的情面，毕竟是人家先把我聘来的，多少怀着一种“士为知己者死”的感念，也就没有答应，只是给他推荐了一位干发行的朋友，去助他一臂之力。报纸不久就办起来了，但没办多久就无疾而终。根本问题是定位不准，报纸是大众媒体，有一个强势的文化板块可让它如虎添翼，但如果完全是人文精神方面的内容，那是注定要失败的。

广州永远不会嘲笑失败者，区庄一侧的黄花岗烈士陵园埋的几乎全是“失败者”。老林虽然失败了，在我看来，他却是最像广东人的广东人，他以失败的方式完成了自由知识分子的一次实践，这比那些永远都不会失败的高心空腹之论者更让我尊敬。即便那些开店设档做小买卖的广州底层人民，在打开店门之前就先做好了失败的打算。广州人不像我们一开始就盘算着要赚多少钱，而是先预算好可能要赔多少钱，有没有可能赔掉身家性命。他们有自己的一个底线，失败的底线，他们也就比我们更能经受住折腾，因为早就有了心理准备。我的朋友老温去年赔掉了几十万，欠了别人一屁股债，每晚还开着车到处去唱歌。

我时常在心里把广州和深圳作比较。在我的想象中深圳应该是一座天真未凿的城市，然而她给人的第一个感觉却是生猛海鲜，在你感觉这座城市的年轻气盛时，同时也感到了她的年轻浮躁，成长的快感大有淹没一切之势，每一个角落里都充满了潮流带来的泡沫。

从一开始她就不是广东人的城市。在持有深圳居民证的上百万人口之中，只有极少的人以白话、客家话为母语。深圳是除北京之外另一个在语言上最接近标准汉语发音的城市，这座城市里没有对外省人的歧视和偏见，海纳百川成为一种集体意识，每个人的躯壳之中都有一个热烈而冲动的灵魂。一个人没有创造的激情，没有奔放的热情，是不会来到深圳的，他们只会在自己的故乡恋恋不舍地一直住到老死。从四面八方涌来的人共同创造了深圳这一制度化的杰作，她更多的不是作为文化环境，而是作为制度的强有力的证据。

但深圳的文化并不像我想象的那样芜杂，她到处弥漫的现代气息以及那种一味追求时尚的价值取向，使她成为一个最具国际化的移民城市，连非洲人住在这里也没有远离祖国的感觉。你在这里绝对没有精神局限。深圳有一大批靠写作为生的自由作家，他们都以深圳民俗文化村和世界之窗的精神姿态进行写作，这两处风景是深圳制造的“民俗”和“世界”，视野开阔但根底很浅，却没有人不交口称赞：很洋气，很美。可惜的是，这人造的风景里很少的一点文化内涵也被稀释得了无痕迹。深圳的作家们也很少回溯自己的精神源头，在他们的作品里也很少看到有失败感、挫折感的文字，每一个文字都简洁、明了，油漆光亮。

在我决定离开广州时，一度萌生了去深圳做一个自由写作者的想法。那天，我一个人在黄花岗烈士陵园待了一整天，我感觉这就是我在广州待的最后一天。漫长的夏日，太阳把一切东西都晒得冒了烟，一切都像在这热气中飘飘摇摇的。这也是我在广州几年来的真实感觉，我一直未找到进入她的方式，一直是在这座城市漂着，落不到地上。

最终，我没去深圳，而是登上了北上的列车。那时我已经老大不小了，我得为自己的生活找到一个坚实的底部。广州，也因此成了我生命的一道深深的印痕，把我的一生隔成了两大块。对于广州，或许我只是一个失败者，一个匆匆过客，但我感到有许多难以言说的东西渗透了自己，她的沉潜与隐忍，她浓烈馥郁的人文意蕴和独放异彩的城市景观，她深情的召唤和对我意志的磨炼，都已深深地渗透了我的生命，一直渗到心的尽头。尽管我最终未能找到让自己进入这座城市的生命通道，但在远离这座城市之后，我依然觉得离她很近。

或许，一个曾经在广州生活过的人，和一个从未到过广州的人，生活的意义是完全不一样的。

赏析：

漂泊一般是因为无处扎根。陈启文在广州拥有职业和住所，无须像争取氧气般追赶生活，但周遭的一切无时无刻同他强调着：他是个外来客。于是在古怪语言、新式工作、陌生的人际模式包围中，他依旧经历着“精神意义上的漂泊”。即便随着时间流逝，由外省带来的“偏见”一一破除，发现并感动于城中人的情义与美德，甚至在不知不觉中很多习惯也为之改变。但广州之于他的意志之根仍是铁板一块，扎根无门，最终又乘着北上的列车离去。陈启文的视角是对“广漂”队伍的一种补充，将以往被忽视的精神角落照亮。

（沈梓昕）

苍鹭和它的幽灵

冯娜

夜间飞行

我默记它的顺序：开膛、填进火药铁弹子、上膛
捂着左眼模仿真正的猎人怎样用一只眼瞄准
一只鸟掉下去，山林抖过之后跌进更深的寂静
铁质的冰冷，冒着生灵附体的腥气
成年后我常常会在人群中嗅到这种气味
我知道扣动扳机的时刻和走火的瞬间
我知道在一个不允许私人持枪的国度
太多人空着的胸膛

——《猎枪》

那只苍鹭被带到我家的时候大约是早上。当地的猎人们结束了整夜的围猎，天擦亮前回到家中整理这一夜的所获，他们发现了这只好看的、还活着的苍鹭。他们商量着把它送来给我——一个外来教师的女儿。我揉着还未睡醒的眼睛，就看见一只灰色的大鸟站在院子里，细长腿、细长脖子、长喙鹅黄，耷拉着灰色的翅膀。刚刚受过轻伤的鸟，转动着它的长脖子和尖喙，惊恐地与人对视，褐色眼睛水气濛濛的。我打着激灵醒过来，但不敢上前抚摸它：作为一只宠物鸟，它真是太大了！

猎鸟的最佳时分是黄昏。暮色像一个漏着沙子的口袋，一点点把白天埋进沙堆里。

鸟兽们感到了这沙子的重量，窸窸窣窣穿过丛林田野，开始归巢。猎人们就藏在草窠或树干后面，举起装满铁弹子的老火枪。我的父亲也是他们当中的一员，但他经常穿着一套旧了的中山装，有时还戴着黑框眼镜；跟那些套着羊皮褂子挎着烈酒的猎人们格格不入。他的队伍也十分精简——只有上完课的父女才是同步的。我们一前一后走在旷野之中，走过一片野花正在枯萎的草甸就是黑黢黢的大松林。走着走着，父亲小跑起来，他回过头嘱咐我蹲在一丛灌木背后，他则侧身躲在一棵大树背后。

光线的沙子还未漏尽，蹲在地上我还可以看到各种匍匐着的小草小花：龙胆草、蓝布裙、飞廉、玉龙蕨、火绒草……高海拔的小草花瘦削单薄，香味寥寥。我热衷于把它们一朵一朵揪下来，再用灌木的枝条编成一个花冠。时不时抬眼去看父亲青灰色的身影，在灰白的树干底下仰起头和枪管。如果听见枪响，我就会抛下手中的花冠跑过去——有时父亲也会跑起来；有时他会挥手示意我继续蹲在原地。不是每一次枪响都会落下鸟来，可能连一根鸟羽都没有。天色倒是一如既往地暗下去，父亲越往树林深处走，我就越难辨认那个青灰色的身影。等直起身来朝四周看，远远近近的草木变得模糊。我就像站在磁石的边沿，黑暗被源源不断地吸附过来向我围拢。我心里感到害怕，但答应了爸爸在原地等他，只能朝磁石的中心松林深处大声喊："爸爸——爸爸——"父亲听见后会应声，我就飞快地朝他的方向跑去。

战利品以斑鸠、火雀子、山鸡为主。大多数鸟的毛翳灰突突的，被父亲用草绳扎成一串。我拿树枝挑起，扛着回家，一路上颇为开心和得意。餐桌上野味并不难得，它们都还没有出现在"野生保护动物"的名单上；在我童年的记忆里，只有苍鹭是不多见的。这么骄傲、美丽的大鸟，怎么会降服于猎人的火枪，它不过是误入了夜间的捕笼。

猎捕容易，但喂养苍鹭是一件多么艰难的事。米谷不食、虫豸不食，它冷冷地用一只细长腿站立，偏过长喙盯视你。父亲说它的翅膀飞不了了，放归山林也活不长。于是，黄昏又成了一天之中垂钓的好时辰。我和父亲并排坐在水库的岸上，他让我不要说话，不要在浮漂轻颤时就迫不及待地提杆……这些教诲无助于延缓苍鹭的死亡；哪怕我们钓取更多的小鱼、掰开它的长喙灌食进去，它的眼睛和羽毛还是日渐黯淡。

我已经记不清那只苍鹭最终的去向。父亲回忆起我们的夜猎生涯时根本就不记得存在过这样一只大鸟，他总是提起当他正要瞄准的时候我就会大声喊他。父亲略带嗔怪地说我胆子小，其实他离我一点都不远；我一喊，本已栖定的群鸟全部都惊起飞走了。我当然害怕，夜晚的事物那么神秘而不确定。就像那只苍鹭，它羽翅丰满、仪态翩然地走过自己时常饮水的河边，怎么会想到一个陷阱正在黑暗中向它收紧？

黑暗是不安全的——这几乎是绝大多数昼行动物的觉察，它们需要在最后一丝光亮中回到巢穴。只有人类发明了能在夜晚飞行的巨大壳子——飞机。我喜欢搭乘傍晚的航班，透过舷窗，看天边黄金在燃烧，云湖在吐纳。我不知道在那些轰沛的气流层中，有些什么事物会随黑夜降临，伴随我们飞行。飞机在黑夜中剧烈颠簸的时候，偶尔会遇到身旁坐着信徒，他们念念有词、在胸前划着十字架祷告。而我，会掏出一支分装的小剂量香水，抹一抹手腕，再抹一抹耳背。他人的祷告和冰凉的香味在万丈高空给我的镇定是一样的。那么多植物的精魂能让我闭上眼，回到童年的旷野之中。那些黑暗的沙子涌动着向一处聚集，我仔细聆听它内部的秩序：我们呼喊，必有人应答。

二〇〇九年，我出版了第一本诗集《云上的夜晚》；二〇一六年，我又出版了一本名叫《无数灯火选中的夜》的诗集。无独有偶，它们似乎都携带了大量来自黑夜的讯息。有人在公开场合追问我：你的“黑夜”是否是翟永明、唐亚平等前辈诗人“女性意识”的赓续？而我，根本没有意识到这其间的关联。或者说，我并未受过这种“黑夜意识”的规训和引导。在我这里，黑暗的来源是时序，更是无数未知的事物。早在1933年，法国著名的时尚品牌娇兰推出了一款名叫“午夜飞行”（Vol de Nuit）的香水，它以柑橘味为基调，混杂了佛手柑、柠檬、橙花、伊兰花、安息木等植物的香气。传说这款香水设计师的初衷是要赋予它“优雅与冒险、神秘而刺激”的风情。在我看来，世界上所有的香水，它们的矜贵之处在于汇聚了人们记忆的来历，以及那些来历不明的记忆和心智。它的昂贵不在于提炼、粹取、无数种采撷、无数次的实验，更在于那些试炼过后的幸存——那是体形湮灭过后的凝结；对于植物，就是久久不散的气味。与其说我喜欢香水的慰藉，毋宁说是在那些气味里找到了童年旷野的氛围和一只苍鹭的记忆。它们如今粼光闪闪，在夜间飞行，像一行诗中的隐喻。我深深知道，越往生命深处走，我不知道的事物会越多。那些被黑暗掩盖或安抚了的事物，就像浩瀚的深海，我们站在甲板上，知道脚下有令人心醉神迷的奇遇，也有让人不寒而栗的冰冷。

黑夜到来前，我们捕猎、垂钓、采花剪草、喂养看得见也摸得着的动物。也渐渐明白，人类的恐惧并非完全来源于黑暗，也不来源于黑暗中大胆疾速的飞行。成年后我再没有养过动物，笼中驯服乖巧的小鸟小雀都没有。当山林被连年休猎的禁令围困，猎人们脱下皮褂上缴了猎枪，在异乡学会了说普通话、喝城里人的洋酒。我像是被他们抛弃了——我还能讲出纯正的方言和土话，还记得我的旷野、苍鹭和水库。一个从小擅长在黑暗中摸索和等待的人，除了独自坐下来写作，似乎无处可去，哪怕身处几百万人孤独生活的城市（梭罗语）。在卡夫卡那里，“写作是一种祈祷的形式”，像那些在艰难航行中的祈祷者，我不晓得他们的上帝是否回应了他们，也许是他们的祈祷惠及了我。一个人在写作中，如果常常能够感到被童年的那种暮色所环绕，我们呼喊或者噤声，都是其他形式的祈祷。

多年来，我不断在城市和山野间逗留和迁徙，没办法与动物毗邻，倒是成了一个植物爱好者，热衷于了解全世界各种经纬度上生长的植物。它们遵循这颗星球的自然秩序，亿万年来也参与了塑造这颗星球的面目。我很羡慕拥有敏锐嗅觉的人，他们能根据植物散发的气味来判断它们的生长环境，那里土壤酸碱度如何、日照时间是长是短、水分是否充足等。这样天赋异禀的人能成为一流的调香师，他们能将植物魂魄中最精华的部分析出，并让它们相互辨认、缠绕、熔为一炉。植物的慰藉无疑也是一种祷词，让人安于山川草木的不回应，安于在世事变迁中领受属于自己的独一无二的命运。

从岭南到岭南路

在这里住过的人不一定去过边远的滇西小镇
住在那里的人接受从这里颁布的律令、课税、无常的喜怒
尽管门敞开着，钥匙在拧别处的锁孔
尽管珍宝摆在玻璃柜中，影子投射在人群触不到的位置
穿红戴绿的人走来走去，讲着全世界的方言
母亲问我，早上最先听见的鸟鸣是喜鹊还是乌鸦
我想了一会儿，又一会儿
不知这里的鸟是否飞出过紫禁城
不知鸟儿可会转述我们那儿的风声

——《陪母亲去故宫》

飞机快要降落时在城市上空盘旋，最好看的还是大都市的夜色。人类用顽强的创造力及破坏力在大地上累砌出众多星座，灯火璀璨、彻夜不歇。我在一年之中无数次抵达夜间的北京，俯视这片拥有过辉煌皇室的北方大地，它的光芒四通八达、纵横交错。

北方道路两侧种植着杨树、洋白蜡、国槐、银杏、月季、玉簪花……走出机场，干燥的空气瞬间让岭南人脸上的皮肤紧绷起来。

——“小姐，您好。您去哪儿呢？”

——“您好，我去西三环，岭南路。”

在街灯的暗昧中，我回答着司机，心里窃笑起来：我以一个诗人的名义（首都师范大学第十二届驻校诗人）来到北京，我暂时的居所就在一条叫“岭南”的路上。兜兜转转机缘巧合，人类有限的命名似乎让我们回到了原地。打开车窗，干燥的凉意扑面。槐

树、白杨都已经落叶，萧瑟的剪影拖过车窗，植物悄无声息，它们的香气并没有跟着落下来。寓所前的高大白杨也裸露出银白洁净的枝干，按亮房间里的灯，就看到它的臂膀斜斜伸过来。要是夏天的夜晚，起风时我总会跑到阳台去看，“哗哗——哗哗——”的响声原来不是下了大雨，而是风翻动着稠密的叶片，发出雨水般的喧哗。

最美的季节已经过去，无论南方还是北方。我依赖暖气，出门甚少。只和母亲一起，穿上厚厚的羽绒服，帽子、围巾、手套，全副武装走在当年慈禧太后闲游遮阴的长廊上。眼前是冰层结实的昆明湖，据说测试过冰层深度的安全区域被圈了起来，租冰车收费、租冰鞋收费，按小时。身后的万寿山也微微瑟缩，松柏苍色，但其他草木很是凋敝，在不太暖和的日光中反射着湖面冷冷的光。人们分散在冰湖上，像一个个自转的陀螺，孩子们尖叫，像冰裂。这不是园子里最热闹的时候，但肯定热闹过古代。诗人陆忆敏曾写道：“为什么古代如此优越？”而我想问：“为何古代如此寂寞？”热闹幽禁他处，帝王的威仪让天下的热闹都属于自己，又离得如斯遥远。

穿过雾霾，我们跟随长队进入紫禁城。来自世界各地的游客拥挤在这里，咂摸我们老祖宗富丽堂皇又幽深如谜的生活。人气沸腾，驱走了部分寒意。人们起早排队，逛到日上三竿已然困顿。我们打着哈欠坐在高墙深井的后宫苑囿里歇息，不怕人的乌鸦和喜鹊从琉璃瓦上飞下来，在铺满松针的地面扒拉着啄食。多么令人恍惚，经历过数个朝代的更迭，这里成了享誉世界的著名旅游景区，每天接待的访客以几万人次计。他们中间有漂洋过海的亚裔“香蕉人”，也有入侵者们的后代；他们面容相仿，都带着外来者的好奇和热忱。我们呢，也像散漫而称职的游客，足迹辽阔。在大英博物馆、美国大都会博物馆、法国卢浮宫……兴致勃勃、唏嘘感叹观摩着众多来自故国的珍宝。

太多的珍藏发掘于墓穴，大地深处的黑暗把它们擦拭得更加耀眼；太多的遗物因战争和死亡而不朽，它们本身已经成为传奇。人类的印记在器物上凝结，犹如地域的气候可以用植物作为表征。一位对陶瓷器具研究颇深的朋友带我去琉璃厂喝茶、逛老胡同、在国家博物馆看宋代的器皿。那些釉质、水色、造像，就是一部流动的历史，它们直观而活泼地体现着当时人们的审美质素、生活状态、想象力和局限。我们用脚步丈量着的这片土地，每一步都有根可溯，这里发生过的故事在后世拥有各种版本的演绎。只要你跟着那些嘴皮子特别顺溜的京城导游走过故宫，每一个宫每一个殿，他都能给你滔滔不绝，讲出无数段正史野史混杂的掌故。在地底下，还有数不清的遗迹和碎片。考古学家们孜孜不倦地搜索着只鳞片爪间的信息，试图在宏大盛衰中复原那些蓬勃跃动的篇章。偶尔，我会觉得他们的踪迹与诗人属于同样的行当。鲁迅先生曾说，“人类的血战前行的历史，正如煤的形成，当时用大量的木材，结果却只是一小块。”我们不断反刍历史，捕捉那吉光片羽的“一小块”。被焚毁的大量木材，沉入底部。所有经历过战乱与创痛的民族，都知晓为了那金字塔上光辉的一瞬，付出过多少无声的抗争和建造。那些最终依然无声的建筑，是历史的残酷也是历史的宽忍。它们和诗歌一样，在未来的时代，也许会找到它的同路人，也许不会。

远在西域龟兹古国（今新疆吉木萨尔县）的克孜尔千佛洞就保存着这样的光辉和这样的创口。未被损毁的洞窟里还保留着切割完整、编上号码，没有来得及带走的壁画——这是德国人的“杰作”，他们的精密技术和艺术品位在这里得到了长足的发挥。他们已经运走了许多精美、完整的壁画，至今还在他们的博物馆中展出。另一些被剜去了双眼的佛像，则是本土大规模的宗教屠戮，人们认为毁掉眼睛就能夺走其灵魂。在这里，神佛曾承受了如此沉痛的损毁；但是它们也是如此寂寞，无声无告、甚至无眼无魄，在悬崖石壁之间存在了十几个世纪。

年轻的导游家住不远处的吉木萨尔县城，她在外地上大学，暑期回老家来做景区义工。上山途中她跟我们讲出生于此地的鸠摩罗什，滴水之岩“千泪泉”的爱情传说，土坡上极其耐旱、枝条柔韧的沙地红柳……在光线昏暗的洞窟里，她打着手电，扬起好看的下巴问我，“你看到那些棱形方格里的飞天吗？这种画像是克孜尔千佛洞里独有的。”我看到了浓眉大眼、异域风情的男性飞天形象，怀抱并弹拨着不知名的乐器。是多么自在的审美和想象才能将这样的情景绘制于洞窟之中？是充盈着怎样神思妙想的心灵和双手绘制了他们？这一定是一个被神恩普照过的地方，很难想象，那些剜去佛像双眼的人也同样居住在此地。导游的手电又一指，“你看到那几个跳舞的人了吗？他们是古代的波斯人。”我点点头，画中人俊美可亲，身姿松弛，手舞足蹈，人神共欢。这就是他们理解中的乐国了吧？除了熟悉导游手册上的要点，导游懂的不是很多。也是，236个洞窟，足够后来者穷其一生来领会和研究它们的存在了，我们都只是浮光掠影的过客。小导游皱着高挺的鼻子问我们，“波斯在哪儿呢？德国离这里很远吗？”她的愿望是能有机会到德国去看一眼“他们从我们这里偷走的壁画”。

几年后，我从一个朋友的手机里看到了那些“被偷走的壁画”，拍摄于德国柏林亚洲艺术博物馆。看着那些切割精密、运输得当、保存良好的壁画，我心情复杂，想起了那个年轻的克孜尔姑娘。不知她是否已经亲眼去看过了那些壁画。在远隔重洋宽敞明亮的博物馆中，想起家乡那些昏暗的洞窟，她又会是怎样的感受？德国人会怎样跟他们的后代讲述这些壁画的来历呢？每一代人都在筛选和记录自己所能感知的历史，再向未知者或下一代转述我们的认知。正如诗歌并不属于写作它的人，而属于需要它的人（马里奥语）一样；到底哪一种历史，被我们所需要？

要是去柏林，我也会去看这批壁画。柏林没去成的夏末，我去北京郊外看永定河。凌晨的河流缓缓流淌，即使在水量丰沛的夏季，北方的河也是平坦迟钝的。岸上和桥上的灯光在波浪上颠簸，天空裹着沉重的铅。苇草高过了人头，散发着好闻的香气；不敢伸手去捋，我早已领教过这些植物叶片的锋利。

在山西宁武，这条河叫做桑干河，它发源于这片焦渴的黄土地。不久前，我们过境山西。汽车在晒得冒油的公路上行进，没有听到水声，也没有看见牧人，到处长着沙棘、刺梨等灌木，水分充足一点儿的地方长着老头杨。这种杨树十分抗旱，但比不上北京一带的杨树英姿挺拔。由于缺水，它们像老头儿一样弯腰驼背，长出疙疙瘩瘩的皮肤。车上人昏聩欲睡，王菲的歌声还在环绕，“高架桥过去了，路上还有好多个……”司机突然刹车减速说，“看到没？那是桑干河。”我什么也没有看到，其他人和我一样，迷迷糊糊地问，“哪儿呢，左边还是右边？”司机又开始提速向前，懒洋洋地回答说，其实也就是一条小干河，现在不行了，源头这儿，几乎没水。我往后张望，在灌木林间没有任何水流潺潺的迹象，我该如何描述我们到过太阳照着的桑干河？直到溯流而下，沿着水汽饱满的永定河走，我才找到了一点儿夏天的感觉。对于一个岭南人来说，哪怕住在岭南路上，也揣着一颗被火烤着的心。我已经非常依赖空气中浓密的水分和湿度，每天抹两遍润肤乳还不够。长时间在一地生活，会塑造我们执着的生活习惯和行为模式，人就像扎根的植物，适应着自己的热带和寒带，应和着自己的高山和洼地。我在每个地方的河流、湖泊、海岸边散步，喜欢看夜钓的人在半梦半醒之间提杆。在陌生中，我们还是习惯搜索记忆中熟稔可靠的信息，但这并不是守旧。我们总是要在经验和确信之中获得新的方向，比如在探索其他星球时，总在寻找与地球相似的环境，水源、光热、地表温度……要有足够多的积累才能获得新的启示，要有无数条支流的汇聚才能形成江海。

又一次，我从岭南路回到岭南。站在同样平坦开阔的南海入海口，潮湿的海风灌满咸腥味，潮气扑在脸上让我感到愉快。在夜晚的飞机上看不清这茫茫水域，只有通往港口的道路灯火闪烁，一路向南。我想起一位诗人，他的墓志铭上刻写着，“长眠于此的人，他的名字，写在水上”（济慈）；而另外一位诗人说，“我写作，是为了光阴流逝使我心安。”（博尔赫斯）

图书馆迷宫

我并不比一只蜜蜂或一只蚂蚁更爱这个世界
我的劳作像一棵偏狭的桉树
渴水、喜阳
有时我和蜜蜂、蚂蚁一起，躲在阴影里休憩

我并不比一个农夫更适合做一个诗人
他赶马走过江边，抬头看云预感江水的体温
我向他询问五百里外山林的成色
他用一个寓言为我指点迷津

如何辨认一只斑鸠躲在鸽群里呢
不看羽毛也不用听它的叫声
他说，我们就是知道
——这是长年累月的劳作所得

——《劳作》

如果不是博尔赫斯，我与文学同行们初次见面时的话题又少了一个。也不是所有文学爱好者们在一起都要谈到博尔赫斯，主要是我和博大师一样，在图书馆工作。只要听闻我的职业，经常会有人搬出博尔赫斯以及他的名言——“如果有天堂，天堂应该是图书馆的模样。”每每我都觉得对不起博大师，一是博尔赫斯全集就搁在我的办公桌上，高山仰止，岂敢造次，引为同行；二则整天在“天堂”里穿梭，你就会发现它不仅是博尔赫斯那个六角形的“通天塔”，它更是嵌套式的环形迷宫。

图书馆是一座迷宫——这不完全是一个譬喻，它是真的迷宫。假如你去过一些现代设计的大型图书馆，并在里面搜寻过你想要的书籍，你就会相信我所言不虚。虽说现代图书馆布局合理、文献管理也科学规范，但是图书馆的格局通常是以读者互不打搅为基准的，书籍的集中和分布也造成了空间上的疏离感。你要是轻手轻脚走在图书馆的环形走廊上，就能领会到近年流行的“性冷淡风”是什么意味。某种程度上，图书和香水拥有同样的密码，它们是提纯过后最精粹的部分。人类最为智慧、深奥、隐秘的思想和愿望都被一行行铅字收拢，关阖在纸页当中。也请相信我，在闭馆过后的深夜图书馆里游荡，那感觉完全不像在天堂中那么美妙。你会感到幽邃的静谧中，所有纸张都在呼吸，甚至试图开口说话。当你屏住呼吸，借着落地窗外的光线走到书架与书架之间，无数轻飘飘的事物与你若即若离，在你耳畔、颈间、发梢上一张一翕。我将其称为“Ghost of Books”（书之幽灵）。在西方世界，幽灵有善灵恶灵之分，书籍亦如是。在读者消隐后的夜色中，书之幽灵检视着自己的复活：白昼里被翻阅过的篇章、被人摘抄过的词句、被朗读过的片段、注脚处被划下的红色……你从它们身边经过，你也能体验到博尔赫斯说过的“觉得自己是一座完整无缺的秘密宝库的主人”，那种奇特的幸福感或许会抵消黑暗迷宫中奇异的恐惧感。

闲暇时，翻看旧书藏书票和借阅记录卡是非常愉悦的事情，就像岩井俊二的《情书》般古典和唯美。但这是在非常陈旧的书籍和传统的图书馆中才能体验得到的。现代的图书馆普遍采用数据化系统，已经不存在手写的借记卡，也找不到画着女孩儿肖像的纸片了。年轻的读者隔着书桌用网络工具谈情说爱，他们懒得抱回笨重的典籍，转向大量下载电子数据库资源、装进电子阅读器。也许，不久的将来，书之幽灵要以云盘的形式存在了。这样一来，博尔赫斯的通天塔能够建成也说不定呢。

此刻，我坐在图书馆迷宫的第五层写这些字，身边全是来自美国哈佛大学的“幽灵”。它们很少被人翻阅，因为语言不通，也因为人生苦短，人类着急去做些更容易的事。我习得的外语有限，常常坐在一堆无法交谈的幽灵中间用汉语写作、偶尔用英语回信。它们既不跳出来指正我的语法错误，也不理会我重复着它们早就洞悉的生活。日复一日，我在它们中间度过了自己的青春，很像我在灌木丛后、水库岸边度过的童年。迄今为止，我的人生保持着这样的连贯性：静默、劳作、等待。有时我挺感谢博尔赫斯，因为他，很难一下子融入热络人际的我，可以和知晓他的人谈及图书馆，也因此可以从人群中识别出自己的同类。但这个环形迷宫的精妙是无法和任何一个人解释和分享的。

有一次，一个女性朋友打电话给我，“亲爱的，我昨天去一个图书馆面试。”

“哦？”

她已经多次向我抱怨受够了整天围着客户转，在家里吃饭次数屈指可数的繁忙工作。

“他们问我一个问题，嗯，于是我想到了你。”

“哦，是吗？这么荣幸。”我笑起来，心想，你又过度发挥了吧。

“他们问我为什么想要辞掉那么好的职位，到图书馆来工作。”

“嗯，这是例行问题。”是呵，她是“白骨精”，雷厉风行，年纪轻轻已位居总监。

“我回答他们，博尔赫斯说，图书馆就是天堂的模样，我在人间工作太久了，想体验一下在天堂工作是什么感受。”她的笑声清朗，还有点洋洋得意。

我亦忍俊不禁。她接着问，你说他们会喜欢这个答案吗？

他们是否喜欢这个答案，我不得而知，但我知道她在面试表格推荐人一栏填写了我的名字。有一项调查说，在日本，图书管理员是最受成年女性欢迎的职业。要获得这个职位还需要通过一项专业的、通过率并不高的考试。我从不向人鼓吹这个职业的好处，更无法推荐谁来图书馆工作。就工作本身而言，它远远不止是想象中的管理图书、向读者借还图书这样清淡的事务。博尔赫斯为什么把它描述成天堂的模样？因为他深谙了时间的奥秘，他研习着“通过寂静战胜时间”的魔法。就像科幻电影《星际穿越》中所说的，“父母是孩子的幽灵”，只有那些能穿透时间的情感和智慧才能在未来的时间复活。如果将此处的生活仅仅视为一份营生，它永不可能成为天堂的模样。

女友的图书馆求职之旅以失败而告终，她讪讪地跟我说起此事，认为是自己表现得“太过理想主义了”。但理想主义的失败难不倒这些精明能干的人儿。没几天她又生龙活虎、打着飞的满世界赚钱和花钱去了。她的下一个小目标是把自己家的书房四壁排满书架，装修成一个小型图书馆的模样。后来，她所应聘的图书馆有个熟人与我见面聊天，说起曾有一位女士在面试时大段引用博尔赫斯的《通天塔图书馆》，还搬出很多西方图书馆学学者压阵。我哑然失笑，不确定她说的是不是我的女友，但效果应该是一样的。人们习惯了“背书”，我们忍耐不了师出无名的寂寞，更忍受不住籍籍无名的不存在感。近年大热的美国HBO电视剧《权力的游戏》（*Game of Thrones*）中，背负着国恨家仇的史塔克家族的小女儿流落孤岛，一个“无名者”要将她训练成世间顶级的刺客，第一步就是要让她忘记自己的名字，放弃自己的身份，将自己视为“无名之辈”。

人若无名，便可专注于自己的“术”和“道”。这不仅是古典的侠剑之风，亦是圣贤之道，中西方皆如是。我知道跟女友谈论这个，她一定会觉得我迂腐至极。但是，当她引用博尔赫斯时，难道没有被这个说自己“我的经历很少，但我的阅历很多”的人打动过么？当她为各种职场纷扰焦头烂额夜不能寐时，她想到的是图书馆。哪怕是逃离，也便是归依。在这个天堂里，人们早已写尽了人世的种种，香水被瓶子密封，我们用纸页将世相和冥思一一装帧。今年新出的美剧《西部世界》中，讲到了人类历史的进程，是一个又一个谬误的集合。当这种进程成熟到一定阶段，人类的进化也就难以向前了。在剧中，不甘心进化停滞的人类拥有潘多拉魔盒一样的狂想：赋予人工智能以“冥思”，让他们获得某个谬误的编程，他们的自我意识就会逐渐觉醒并参与到世界更高阶的进化当中。

科幻作品日益精湛的同时，我们通过互联网看到荷兰的“火星一号”计划向全球征集四名火星永久移民。他们可不是在开玩笑，而是真正投入了高达六十亿美元的雄心，筹备着这个伟大的探索火星计划。不需要经历很多，在数代人的经验和梦想中，我们也可以获得很多阅历。不管是科幻还是现实的科技探索，我觉得人类的想象力其实从未超越过我们所处的真实世界。只不过，我们对自己所处的房间、图书馆、广场、城市、旷野、冥王星、太阳系、宇宙都所知甚少。一粒沙中的世界，一本书中的通天塔，我们都只是无名的访客。

那么，你想知道我最神奇的际遇吗？某个夜晚，我结束一天的工作，站在图书馆环形的走廊上。五楼至二楼的灯逐层熄灭，物业阿姨也完成了一天之中最后的清查。我忽然看见一个硕大的影子从图书馆中部的玻璃穹顶落下来。影子扇动着翅膀，忽高忽低，是一只大鸟。我抬起头，只看见墨蓝的天宇压迫着拱形的穹顶，穹顶坚固，被白色的钢管骨架支撑和分割。我确信那是一只鸟，不属于岭南也不属于岭南路的大鸟。也许是那只未被猎人捕获，而我的父亲也从未见过的苍鹭。它米谷不食、虫豸不食，在我看不见的地方遨游。也许，它偶尔会与书之幽灵结伴。在天擦黑的时候，它会用一只细长腿站立，鹅黄长喙随意翻动着我的诗篇：

一个老朋友，生物学家
在研究人类如何返老还童
我与他最后见面一次
是上一次金星凌日，十一年前
一个学生，工程师
在研发人工智能如何模仿人类的感情
和他午饭后，我要赶去爱一个陌生人

关于时间，我是这样想的：
如果他们真的创造了新的时钟
作为他们的同行
我，一个诗人，
会继续请孩子们替我吹蜡烛

——《孩子们替我吹蜡烛》

那么，你应该也知道了：人类为什么会钟情于黑暗中的事物；为什么有的人终日在植物间劳作，有的人彻夜在书堆里独坐；为什么有的人敛紧羽翅，而有的人，会写下诗行。

本文收录于2017年9月出版的文集《听江声浩荡》

赏析:

这篇散文首先回忆童年时期与父亲一同打猎的往事，而记忆的载体或许是某种气味，冯娜正是从一瓶香水中想起童年时遇到的那只苍鹭。成年后，冯娜从故乡走向北京，她对故乡的记忆最终被埋在岭南路两旁的建筑里。同样被埋葬的还有克孜尔姑娘心中难以割舍的“被德国人偷走的壁画”。在图书馆工作的冯娜相信“书之幽灵”的存在，那是一些极少被翻阅的外国书籍，她在深夜与书为伴，从它们身上体会到超越语言阻隔的情感。在黑暗中，重温那些被现代人逐渐淡忘的感知——包括多年后重现的苍鹭和它的幽灵——来自野性和自然的呼唤。

（邓秋鹏）

节气是一个一个的美学格子

耿立

一

何谓节气，有一年农历春节前和朋友策划，让书法家谢先生把有关二十四节气的诗词写下，准备出成线装可翻阅的节气册子，让人感受节气的名字和起伏。就像有双手握着雕刀在岁月的立柱上刻着什么，那自然的刻度就在咫尺，带给当下负重的心灵一点温慰。但这计划最终搁浅，人们看到节气的内容只是摇头，谁懂节气？这有何用？收藏古董吗？

那时我有一种无名的伤怀，这种规矩没人遵守了。

我说你懂寒来暑往吗？春来草青，秋至木叶尽黄，这是先人给我们的实用美学啊。时间是走的，发明滴漏的人看到了，就画出了格子，节气也是一个个格子，是古人给我们画的美学格子。我们在这些格子里可以读到古人的匠心。立春、谷雨、小满、芒种、寒露、冬至……一个一个的格子里，储满了皑皑的雪、柳间的蝉鸣、稻田的流萤、木叶的尽褪。

这是节气的规定，冷的时候就冷，热的时候就热！节气在哪里？节气就在我们的身边，可惜很多人已经失去了感悟节气的能力。大家都懵懂地活着，不知今夕何夕，没有了精神的线条，有的只是岁月的肚腩、腐败的肠胃。没有了和自然同步的生活，自然被我们关在了门外，其实节气是自然与秩序美的约定，该来的时候都来，该走的时候都走。

但现在即使是我，也要翻看日历才知道哪天是哪个节气。对一些节气望文生义：小雪，雪下得次数少，雪量不大，故称小雪；惊蛰，是谁把地下蛰伏的虫子打搅了吗？

后来见《月令七十二候集解》中有：“小雪，十月中。雨下而为寒气所薄，故凝而为雪。小者未盛之辞。初候，虹藏不见。”多么诗意，虹躲起来了，到该出来的时候，绝对误不了事，该酣睡的时候就酣睡，该藏起来的时候就藏起来。

“惊蛰，二月节，万物出乎震，震为雷，故曰惊蛰。是蛰虫惊而出走矣。”惊蛰的意思是天气回暖，春雷始鸣，惊醒蛰伏于地下冬眠的昆虫。

这时暗暗脸红了，才知望文生义的不准确。小雪，不是雪下的次数少，而是雨遇到寒气，开始凝结，但雪不大，这个时候，天上不再有彩虹。而惊蛰，天上开始有了隆隆的雷声，这是自然的事情，人管不着，一切自然里的东西，都有看不见的道存在。所谓的依天时顺天意，按老天的脸办事，是有深刻道理的。就像闻鸡起舞，人听到鸡司晨，马上爬起。而冬眠的虫子，一听到雷的呼喊，也开始蠕动身子，睡了一冬了，把骨头都睡疼了。

在我眼里，古人的眼睛特别锋锐，如鹰隼，又特别温和，如佛目。古人的皮肤也特别敏感，心很静，自然界一有什么声响，他们就在心里刻下痕迹，或者是在墙上、树枝上。

那种日子才叫淡定、从容、有板有眼、不潦草、不妄为。

那时的人有一颗肃穆的心在，那时的人做事特别虔敬，有古意。一年之计在于春，当春风来的时候，古人是那么庄重。在古人眼里和概念里，风是上苍的使者，从不误时，来的时候就来，是那么守信。人们对风是崇拜的，从老天那里来，带来的是上苍的口信，古时朝廷有专门的乐官负责听春风，发现春风开始吹拂了，就要报告天子，然后朝野上下，全面动员，举行盛大的春耕仪式。

“孟春之月，……东风解冻。”

“季夏之月，……温风始至。”

“孟秋之月，……凉风至，白露降，寒蝉鸣。”

“仲秋之月，……盲风至，鸿雁来，玄鸟归，群鸟养羞。”

风有雄雌，风有脾气。风也有喜怒哀乐，它的表情和语言，告诉我们：所有物种都离不开风，人也一样。

我猜：所谓的节气，是以气的大小缓急来划分的，古人知道老天的脾气，顺着老天的脾气，不惹老天生气，对老天和和气气。不像现在的人处处拧着老天，战胜老天，把老天打得血肉模糊。

二

节气的美学格子里储满了声音，古人的耳朵特别敏感，不像现在人耳朵里塞满了噪杂，脑子里塞满了嘈杂。现在的人对自然的动静麻木，如古人形容的那样春风过驴耳。

有时我想要是能从古人那里借一双耳朵该多好，那样就可躲在节气里饕餮各种声音，四季各有声音的标签。整个世界就如一个共鸣箱，但那声音，我们听得再多，也不烦。

若是惊蛰了，就听黄莺叫。

惊蛰：仓庚鸣，仓庚的名字好。《章龟经》曰：仓，清也；庚，新也。感春阳清新之气而初出，故名。其名最多。《诗》曰黄鸟，齐人谓之搏黍，又谓之黄袍，僧家谓之金衣公子，其色鵹黑而黄，又名鵹黄。谚曰黄栗留、黄莺莺儿，皆一种也。

这是一只能搅乱深闺的鸟，这声音是撩人的，也可以挑破人的梦。惊蛰了，情欲也从某个部位蠢蠢欲动，鸟声本是上苍给人类的音乐，是耳朵的享受。这黄鹂对老杜是一种神思旷远的清幽，而对梦到辽西的女子，无疑是“重金属”，把她的梦击碎了。于是她就开始想到打跑鸟儿，把声音也打跑。

夏之烈，一半是各种声音的聒噪。立夏，蝼蝈鸣，蚯蚓出。芒种，伯劳鸣。夏至，蜩始鸣。各种声音在夏天的节气里，扯着嗓子，有低音、高音，如同一场音乐会，青蛙有和声，分多声部。

少年夏日，曾与父亲拉排子车到县城送货物，天晚归来，走到村北的泥之河上，躺在车厢里，睡意朦胧的我被铺天盖地的星光和蛙声包围。我仔细分辨不同的蛙鸣，然后默默地计数：一、二、三……怎么也记不下那壮观的旷野合奏曲，似鼓似锣，有弹有拨，有裂帛、有碎花、有茶盅跌落的清脆。但感到那时的喧闹乡村竟然是一个“静”的所在。

热是夏日节气的主调，要选夏日的代言，非蝉莫属。这些声音渲染炎热，让你的血管就如一个温度计，能清晰感到地表的温度从脚趾爬升，一直随着蝉的“知了啊知了啊”到达腋下直至额顶。

但蝉是跨界的，立秋，寒蝉鸣；而到了秋分呢，雷始收声，那就开始听蟋蟀叫。我有个幻想，吾之同乡王禹偁在黄州太守任上，破如椽的大竹为屋瓦。他说住在竹楼上面，夏宜急雨，声如瀑布；冬宜密雪，声比碎玉，而无论鼓琴、咏诗、下棋、投壶，共鸣的声音特别好。现在，若是捉千百只蟋蟀，放在竹瓦下，一只蟋蟀说话，千百只蟋蟀说话。缓缓地、徐徐地说、沉沉地、快快地说，舒舒缓缓舒舒，从立秋说到冬至，把秋凉奏成冬肃，那该多令人神畅。

可如今，推土机占领了城市，推土机斫伤了历史，也斫伤了现代，蟋蟀的唧唧愈是迥不可闻。记得有一个朋友的女儿问我，什么是地平线？我无法回答，现在的孩子们远离了乡野，远离了夕阳，亦远离了黄昏与地平线。马达的隆隆代替了青蛙的咯咯、蝉鸣的嘶嘶，只是在夜里，也许还有一些坚韧的蟋蟀，从郊外潜回城市，为人们收拾一下前夜的残梦，让幻想留几个脚步在现代。

推土机占领了城市，污染肆虐了城市，大自然无一不受伤，诗意逃遁，蟋蟀也像是一种惧怕污染的植物，从市中心悄然退隐，一直撤到城市的边缘，乃至死亡。

大雪呢，鹖鴠不鸣。冬天需要安静，所谓大美无言，热闹够了，就需要调养，一静一动，天地之道也。冬天是储藏的季节，一切的声音在储藏、在蓄积。那也是各类动植物乃至人修复自己听觉的时候，那也是对一年的声响反刍的时候。曾在友人的文字中读到这样的故事：有一长年居住山里的印第安人，受一纽约人盛邀，邀他到钢筋水泥的城里做客。等出机场穿越马路时，那印第安人突然喊道："你听到蟋蟀声了吗？"纽约人大笑："您大概坐飞机久了，是幻听吧。"走了两步，印第安人又停了下来，说："真的有蟋蟀，我听到了。"纽约人乐不可支："瞧，那儿正在施工打洞呢，您说的不会是它吧？"印第安人默默走到斑马线外的草地上，翻开了一段枯树干，果真，趴着两只蟋蟀。

为什么城里的人听不到节气深处的声音呢？是他们的听觉退化了吗？不是的，而是他们的耳朵里满是车轮声、演奏声、打桩声、滑翔声，种种人为的声音遮蔽了自然之声，久而久之，他们的耳朵淤塞了，劣币驱逐了良币，美好的自然之声，就被关在了外面。

三

先人的精神空间广阔不失天真，有些事现在看来没道理，荒诞，但无理而妙。我想，我最浪漫的事就是按照古人二十四节气的规定重新生活一遍，而后在节气的某个时段终老。

古人一直是一年一年复制二十四节气的生活啊。

古人认为，惊蛰的最后五天，鹰化为鸠。鹰，鸷鸟也。此时鹰化为鸠，至秋则鸠孵化为鹰。

谷雨的时候，田鼠化为鴽。阳气盛则鼠化为鴽，阴气盛则鴽复化为鼠。

立冬之日水始冰，又五日地始冻，又五日雉入大水为蜃。

最妙的是大暑，腐草为萤。这是多么浪漫的事，那些可爱的萤火虫是腐草而化，这才是化腐朽为神奇啊，这是古人的愿望。古人相信万物有灵，且这些动植物可以互相转化，像串门那样方便。

古人的浪漫和迷信是意境与想象，拿现在的科技来要求诗意，无乃关公秦琼之类太过乎？如果多一点务虚之美，就会使我们的生活多了神秘，有了梦幻的色彩，使我们的生活、我们的周遭不再那么生硬。如果一切都拿科学说事，人的审美、智力也许会下降，美的情愫失落了，生活就失去了美感，多了疼痛。

想到我的老父亲，已经故去二十年了，早已和泥土融为一体。

记得，每到霜降的时候，他都把地瓜藏窖里。那是如地道战里的地道那样的井窖，他把地瓜码在窖里，一块一块的地瓜，如婴孩那样肉嘟嘟地卧着。再用一层沙土覆着，那沙土讲究白，讲究细而软，你抓起来，就如水般从你的手指缝里漏下。

一层沙土一层地瓜。一层地瓜一层沙土。有时那里面也放上白菜和柿子，挤一块儿在冬天里取暖、热闹。

最妙的是父亲给这窖井留一个气口。父亲说："地瓜要喘气，像人一样。"是的，特别是冬天埋辣萝卜、胡萝卜，随意在院子或村头挖一个坑，把萝卜放进去，用黄土盖上，那坑的中间位置就竖一个秫秸秆，就像现在病房里的呼吸机一样。父亲说："萝卜也喘气。"果然，一年的大雪时节，下了一天一夜的雪，到了半夜时分，雪停了，月亮出来了。

外面是月白和雪白，屋里也是雪的白和月亮的白。我半夜下床解手。光着脚丫，一踩地上，就如踩一层白白的冰，那种透心的凉使我打了个激灵。

父亲让我往外看一看有什么变化。

我看见家里的院子如裹了雪的被子，埋萝卜的地方，那个秫秸秆立的地方，特别是那个秫秸秆，一节一节地冒着热气。

我怔住了，说不出原因。

父亲沉吟地说："谁都逃不过节气啊，该落的时候都落。"当时我并不明白父亲的意思，该落的要落，是指雪吗？好像又是又不是。

如今，我一年四季都脱离了大自然，像被土埋在坑里的萝卜，但我有一根呼吸自然的秫秸秆吗？

现在埋我们的不再是土，而是一个个的商场、一个个的橱窗，是案头的电脑、推不开的酒场。我们忘记了我们是要喘气的，在这样的环境下，我们会越来越窒息，直到枯萎死亡。

我想起有次要在雪天里吃包子，父亲弄了二斤羊肉，用刀剁碎，要吃羊肉胡萝卜馅的包子。

父亲派我一个活儿，就是到雪地里挖胡萝卜。

我蹚着雪，在有秫秸秆冒气的地方，把雪弄开，那时的地，也冒热气，其实大地冻得十分结实。

我干活干得把棉袄脱了，那胡萝卜才露出脸来。

那胡萝卜真好，红红的、肉肉的、鲜亮饱满，看得出汁液鼓鼓囊囊的。奇妙的是，那萝卜的身上竟然长出了细细的根须，头上也有了绿莹莹的芽。

这是雪的梦吗？

父亲说："喘气的萝卜不死！"

是啊，如果冬天农人在窖里、坑里埋藏萝卜的时候，不给它留一根秫秸秆，等你吃的时候挖出来，那时的萝卜或者糠了或者腐烂了。

我们如蒙眼的驴子，在黑暗里消耗着生命，没有一根秫秸秆给我们输送养分。我们忘记了我们首先是生物，然后才是人。

若生物忘记了呼吸，若生物被剥夺了呼吸，你试试？那只有死。

父母故去多年，有时我回到那片土地上，像一个陌生人在寻找着什么，在酒肆、在饭馆、在乡间野炊，乡音尚存，但少了一些滋味，年没有了年味。那时多好啊，冬至了，腊八了，一家老小高兴地聚在一起讨论怎样置办年货，淘麦子磨年面蒸花糕包饺子，求有学问的人写春联，期待着踏着雪走亲戚，讨一些压岁钱。现在的故乡，一些习俗一些东西已经被肆意地篡改了，置身在被污染的河流与化工厂之间，有一种怆然，想大步离去，但我还是不死心，目光炯炯的，四处搜寻。

想迎面碰到一座老房子、一株上年岁的树、一调来自父老的乡野俚曲，想到集市上被那些喧闹的肩膀抗一下，被那脚板踏一下，被大奶的农妇骂一下。但故乡太过纤弱，他的一些历史已经被挤压到可怕的虚无。到处是喧闹，内心里只想呐喊一声，故乡，你脚步放慢一点，你的灵魂已气喘吁吁，赶不上你匆忙的脚步。

有时发现一个民俗馆，我总是挤进去，即使到了闭馆时分，还是那么贪婪地看着、念叨着。看到一件件农具、灶台、织布机、唢呐、纺车、虎头帽，霎时，我就像被一种巨大的幕布围裹起来。唢呐响了起来，织布机也唧唧复唧唧，纺车的吱扭声，红车子的鸣叫声，还有风箱的呱嗒，牛羊鸡狗出栏、回窝的声音，整个展厅成了一个音箱，我走在其中，左顾右盼，我被那些声音和气息覆盖，像回到了童年。但我又想，这无疑是一些木乃伊，是一些悲怆的化石和僵尸而已。

现代的文明太霸道、太自负，这些浑朴未凿的原初生活、这些节气下的民俗，被无情地抛弃了，那些原本天然的东西变成了民俗馆的缅想。那些非物质文化遗产，像是医院里的呼吸机，故乡的风情，像是临终的抢救。

故乡已经毁容，故乡已被凌迟，再临终抢救、再临终关怀也挽救不了故乡的性命。

四

节气的格子就是天人合一的格子，是古人用墨线放线，然后用斧子锛，用凿子、锯子。这些结构是榫卯结构，依据天然，不改变自然的习性，与野草为邻，被露珠包围着，被雪花包围着。这格子里的房舍、草垛、牲畜，还有黄昏，都是谐和的，即使有些虫子喋喋不休，大家都能容忍。有些老中医会把脉，而一些农人也会为土地把脉，一些风雅的士人为风霜雪雨把脉，为鸟巢把脉。

古人认为万物有灵，古人认为万物有情。古人的生活是与自然同体。

雨水的节气到来是正月中，所谓天一生水，春始属木，然生木者必水也，故立春后继之雨水，且东风既解冻则散而为雨水矣。

在这个季节，应该举行一些祭奠，这个活儿是獭干的，古人解释雨水用了这样一句陈述："獭祭鱼。獭，一名水狗贼，鱼者也；祭鱼，取鱼以祭天也。所谓豺獭知报本。岁始而鱼上游，则獭初取以祭。"多么令人感动的祭奠场面，水獭来祭拜上苍，满怀敬畏，先祭拜再食用。我想到母亲，在春节的时候，把饺子舀出，先是祷告上苍，然后让我们吃。

到了立春，古人会喝春酒，古人的素常生活多的是情趣、是飘逸。就如司空图的《二十四诗品》有一品《典雅》："玉壶买春，赏雨茅屋。坐中佳士，左右修竹。白云初晴，幽鸟相逐。眠琴绿阴，上有飞瀑。落花无言，人淡如菊。书之岁华，其曰可读。"这样的画面，我是十分欣赏的，常把"落花无言，人淡如菊"看作人的至高境界，但我对"玉壶买春"一词一直疑惑，是"小楼一夜听春雨，深巷明朝卖杏花"？把淡荡的春光买来，把杏花枝头的春意插在梅瓶里，作为案头的清供吗？古人是有这样的雅趣的，《红楼梦》中有这样一情节：妙玉把梅花瓣上的白雪收集在一个坛子里，在地下埋了三年，再拿出来泡茶喝。而在都市，这样的雅趣怕是受到了阉割，已杳如黄鹤。雾霾来了，煤烟和汽车尾气造成的混合型污染，酸雨和二氧化硫污染面积扩大，雪还是白的吗？如果再像妙玉一样收集"纯洁"的雪水，埋在地下三年，不知那水馊了几次，死了几次。含有几多的致癌物质、几多的细菌、几多的无奈，哪里能喝？即使漱口，也是满嘴白牙变黑齿，徒呼呜呜了。

后来我知道所谓的"玉壶买春"，在中国古代的意思就是去打酒，买春酒。古人的生活寒素，一般的人家冬日是没有取暖具的，不像现在的我们，暖气、空调、水暖、地暖一应俱全，放逐了寒冷。所以古人到了立春日，就会聚在一起喝酒祝贺：寒冷去了，春天来了，大家去踏青喝酒，这是多么雅的事。"酒"字前头着一"春"字，好像红杏枝头春意闹一样的喜庆、一样的欢快。我想，所谓立春日的春酒，一是指立春当天喝的酒，再是指为迎接春天酿造的酒吧。

但现在的人少了诗意，少了雅致，没有了敬畏，也没有了禁忌，禁忌是迷信吗？禁忌毋宁被认为是一种怕，我们古人是知道害怕的，但后来这种怕被灭失了。我们是在不怕的教育氛围中成长的，天不怕，地不怕，不怕牺牲，不怕祖宗，对自然的一切都敢踏上一只脚。怕是一种可贵的精神素质，有个哲学家说，这种怕与任何形式的畏惧、怯懦都不相干，而是与羞涩、虔敬相关。这是当人面临虚无时，幡然悔悟其自身的渺小和欠缺。

也许这样的解释有点拗口，但怕在古人那里，在我母亲逢年过节对那些习俗的虔敬里，我看到了美的仪式，所谓的怕变成了一种爱。

其实古代很多的节气习俗，是关乎心灵的，关乎虔敬的。上苍造人，是要人有所顾忌，有所节制，有所不为，而不是为所欲为，胡作非为。人如果狂妄僭越，那就离发疯不远，离癫狂不远，离死亡也近。

我想到了《本草拾遗》的记载："正月雨水：夫妻各饮一杯，还房，当获时有子。神效也"；"夫溺处土，令有子。壬子日，妇人取少许，水和服之，是日就房，即有娠也"。

《本草拾遗》里开出的这些药方子，我们关注的不是这些药方给出的具体药物是否含有有效的物质成分，而是这些药物以及这些药物名称所蕴含的精神意义，以及由这些意义所引出的——人虔敬的举止。正月的雨水能催出男女的精子卵子？答案是否定的。雨水肯定不能促进夫妻的内分泌，但正月雨水所暗示的万物复苏、生机勃发的语义却具备这个作用。人的粪尿作为肥料，具有肥沃、繁殖、生命的意蕴，妻子是供丈夫耕作、施肥、播种的土地，药方特别叮嘱要在壬子日服用，壬子者，妊子也。

这些药物对经过现代科学洗礼的现代人肯定是无效的了，那是因为那个曾经赋予这些药物以精神意义和有效性意义的世界已土崩瓦解，不再引人遐想，从而也不再能激发身体的反应和生机。而丧失了这个意义世界的依托，本草医学，也就从曾经行之有效的技艺，一变而成为遭人诟病的江湖骗术和伪科学。人心不古而使山水不古、草木不古，自然伤痕累累，古老的秩序和天然逻辑被破坏，它冒犯的不仅是神性，损害的不仅是生态，更是对人类精神家园的摧毁，对一种精神美学的摧毁。有什么样的人民就有什么样的山河草木，人心不古，何求江山千古？

古时，无论动物、植物、人，大家是相让的。山有柴，春天，人把斧头封住；春天，河里有鱼，人管住自己的嘴巴。人知底线，有良知，那时土地庙里的神明，是正常值班的，百姓是心怀敬畏的，小人是会得到报应的。那时的人生活得古风古意，冬天了，大家一起过冬，兽长了绒毛，人蜷缩在屋里，顶多弄上个火盆，不像现在空调破坏臭氧层。

节气来了，最先能感知到的是植物，那主要的是风与水。春天，水足风暖，春暖花开，动物交配，农事繁忙，植物发芽，大地一片绿色，生机盎然。夏天，风热水蒸，热风载水，滋润着万物茁壮与茂盛。秋天，风凉水静，水收风干，植物果熟叶凋。冬天，风寒水冻，植物藏而归根，动物也进入了冬眠。

水动风暖，春天来了；风热水蒸，夏天到了；风凉水静，秋天来临；风寒水冻，冬天一统。缺水定旱，水泛成涝，风急多损。

讲究点风水不是坏事情，让风和水按时值日多好。古人对节气的遵循与敬重，隐含着中国人“敬天知命”的精神，随着时间的过往、世事的迁延，古风不在，还有多少人懂得节气蕴藏的富饶的旨趣呢？一年有四季，四季有二十四节气，这些既形象又诗意的制式化概念，在我们的内心悄悄安置一个“时间”的结构，仿若诗意的齿轮，但现在这个齿轮的齿磨秃了，大家像生活在一个高速旋转的陀螺里，上气不接下气。

亲近节气就是亲近自然的一种方式。我们应该找回被我们抛弃的节气，我们应该修复现在看来不再管用、不再应时的节气。

为什么节气不再应时？是人们把自然的生态毁掉了：河流被改变了，大雁栖息的芦苇没有了；山岳被改变了，狐狸的巢穴没有了。天然的本性被改变了，有几只鸡是不吃饲料长大的？我知道现在的鸭子，昼夜在灯泡的照耀下成长，只是吃、吃，然后被吃。

节气是自然的存在，是人发现的一个一个的美学格子，是自然的秩序，人不能创造自然的秩序。人其实很渺小，要低眉躬下身子在自然里安生。但人太吵了，处处按着自己的性子。很多生物没有了，人不能创造自然的生物，不能创造自然的美。但人可以毁弃自然，违反自然规律，违犯节气，逆天而动，没有了质朴，少了敬畏。而今，雾霾如鼠疫一样开始肆行在城市与乡村，天空不再蔚蓝，在上年的冬至，北京让我如此恐惧，那天一下火车，我的喉头就如辣椒灼烧，鼻子奇痒。当时以为就是感冒的前兆，但几日一直如此，吃药打针一直无效，我感到了呼吸的急促，看到天灰蒙如盖，令人无措。

冬季的京城，整个天地淤滞呆沉。冬至到了，本来是应该贺冬的，但早已没有了那种心情，其实在我的鲁西南老家，冬至这天，是要吃饺子的。据说这风俗来自医圣张仲景，他曾在江南为官，当他告老还乡，时值大雪纷飞的冬至，寒风凛冽。他看见家乡的乡亲衣不遮体，有不少人的耳朵冻烂了，悲悯之心油然而生，就叫随从弟子在家门口搭起医棚，用羊肉、辣椒和一些驱寒药材放在锅里煮，捞出来剁碎，用面皮包成像耳朵的样子，再放锅里煮熟，做成一种叫“祛寒娇耳汤”的药物施舍给百姓，大家服食后，耳朵都治好了。后来，每逢冬至这天，人们便模仿做着吃，是故形成“捏冻耳朵”此种习俗。以后人们称它为饺子，我家乡的人称为“扁食”，人们都说吃了冬至的饺子不冻耳朵。

也许节气是我们最好的读本，我们可以诗化地还原它，回到原本，回到优雅，回到朴素与从容。我们对节气的倒行逆施，正如加缪在《反抗者》里所说：“反抗永远不是一种浪漫主义，相反，它支持真正的现实主义。若它要求一种‘革命’，那它为的是生命而不是反对生命。这就是它为什么首先依靠最具体的现实：职业、村庄、存在物与人的跳动的心脏……”

是啊，让我们修复被我们践踏的节气吧，让我们从GDP迷信中醒来，修补我们的生活，修补我们的诗意。

本文刊载于《人民文学》2016年第5期

赏析：

今天还有多少人能够熟练地背出二十四节气？耿立敏锐地察觉到节气这种凝聚着中国古代劳动人民智慧的传统文化正逐渐退出现代人的记忆。这篇散文体现了耿立独特的艺术风格：反思现代、文化意识与乡土情结。耿立毫不避讳地指出“推土机斫伤了历史，也斫伤了现代”，其结果就是一个个饱含诗意的节气正成为历史的“古董”。这篇散文让我们回忆起那些被忘记的“节气”，这不仅意味着对古代劳动先民的敬重与对文化的传承，“节气”的背后还是生态美学、实用美学和生活哲学的统一，是现代人所缺失的诗意栖居。

（邓秋鹏）

换位

谷雨

要出门去上班了，老母亲问："你去哪里？我也一起去吧。"

跟她说是去上班，她一下子泄了气，垂下眼帘，不高兴了。

像是做错了事，我低下头换了鞋，交代母亲记得做操，多喝水。离开时，感觉到了背后那双眼睛，正不舍地盯着我。

以前母亲住在珠海，每周去探望。离开时她总要送我到路口等车，定定站在路边，在车窗中慢慢淡出视线，每次叫她不要这样，但不肯听，令我也有做错事的感觉。她一直执意不肯来澳门住，说有一群小区的老太跟她每个早上一起做操，她要领操。

因为记忆衰退，她开始频频出状况。经常开不了电视，找不到钱，忘了这忘了那，继而有幻觉，说有人入屋行窃……到去年十二月，决定无论如何要接她回来了。刚好女儿也回了澳门，老老少少们开始在一起生活。

以前下班总是笃笃定定，家里没人等我，几点回去都行。现在因为有个"嗷嗷待哺"的老妈，一到下班时间就往家里飞奔。但即便如此，母亲也每日必站在门口等着："都要急死了，你怎么这么久才回来？"

好多次中午吃过饭，离家回公司时她会惊慌地问：你去哪里？不是已经下班了吗？是的，她常常把中午当成黄昏。有时觉得，现在的母亲像极了小时候在托儿所里的我。

因为父母是工作狂，每天我都是托儿所里最后一个被接回家的孩子。常常是看着天色渐沉，扒着托儿所的半截木门，焦虑地张望，还要被托儿所不能下班的阿姨不耐烦地数落。

所以到小学，我一放学就冲去托儿所先把弟弟接回家，他就不会成了那个望眼欲穿的我。

岁月无情，当年专注事业的女子如今成了无助的老人。我能做的也只不过是尽早回家，让这个已像小孩一样的老太太少等女儿几分钟。

赏析：

谷雨的这篇散文篇幅很短，这是一件我们每个人都可能切身经历的事——成家立业的子女如何与因年迈而记忆衰退、逐渐丧失生活能力的父母相处？文中的母亲执意与“我”一同去上班，甚至记不清“我”上下班的时间，而“我”则从母亲身上回想起当年期盼父母来托儿所接送的自己。这篇散文所营造的温情氛围也许会让读者淡然一笑，但对于那些父母正在老去或已经老去的人而言，却往往是“笑中带泪”的。人世中的很多事都需要“换位”思考，对于年迈的父母“换位”可能意味着一次理解的共情和记忆的回返，这篇文章也正因此有强烈的现实意义。

（邓秋鹏）

往事越千年

黄国钦

一

住在广州，总想知道，广州的前世今生，番山在哪里，禺山在哪边，中轴线在哪个地方，城市如何变化。

自从有了这个念头，我就变得有点不安分，有点不由自主，有点情不自禁。在一个个华灯璀璨的夜晚，又一个个市声喧嚣的白日，顺着一座座骑楼相接的连廊，我走向历史，走向时间指引的深处。

一座赭色的城堡一样的建筑，横亘在骑楼的后边，沉稳、肃穆。从对面的大楼俯瞰下去，它就像一个巨大的张开着的口，对着天空，要诉说一段远去的历史。

一个人，就是这个时候，从赭红色的城堡里走出来，赵佗。城堡曾经是他过去的王宫——南越王王宫。如今，城堡是南越王宫博物馆。

走在赵佗前面的还有一个人，任嚣。对，任嚣。广州有城的历史，就是从这个人手上开始的。

二

任嚣没有想到，公元前二一四年他督兵营建的任嚣城，历二千二百三十二年后，如今，依然是皇皇广州的城央。

现在，广州城里，很多人都不知道任嚣是谁了，也没有几个人愿意去了解，任嚣，以及他做过哪些。但是，英雄决不会落寞，有人，总会记得，这片土地上开疆拓土的先人。

瞭望上古，就像瞭望上空。透过模糊了的时间，你会看到，任嚣是历史上，广州建置的第一任首长——南海郡尉。再往前，就是岭南的部族、部落时期——百越中的一支南越。

岭南不像中原、江汉、淮海，有商周、有春秋、有战国。秦朝以前，岭南没有历史的记载，没有民风的采集，没有王权的存在，有的，只是人们印象中口传里的瘴疫、蛮荒、异俗。秦灭六国、败匈奴以后，始皇帝雄视天下的眼睛，就一次次越过五岭，扫描这片波涛汹涌的南方。

当时，广州只是珠江口内的一片丘陵、洼地，山冈起伏，林莽遍布。越人，就栖居在这片阳光强烈、雨露沛足的水边山林，渔樵狩猎，椎髻箕踞，夜伏昼出。

战争，就在一个阴晦的早晨，在五岭的一个隘口，短兵相接。

那个短兵相接的晦暗的早晨，是公元前二一九年，始皇帝纪元的二十八年。这一年，应该是一个和风细雨的丰年。经过十年摧枯拉朽的征战，灭韩、灭赵、灭魏、灭楚、灭燕，最后灭齐，又休养生息了两三年，始皇帝统一天下，征服百越的壮志雄心，又如火如荼。

这一年的春末，还是夏初，是雪雾，还是轻风，都已经不要紧了，要紧的是始皇帝在几个不眠之夜以后，在一个黄道之日，在咸阳章台宫中，拜屠睢为国尉，发兵五十万，分五路大举进攻岭南。历史，从这次战争起就进入了拐点，岭南，开始了与中原的互动，不管这种互动是什么形式；开始了开发的步伐，不管这种步伐是如何的踉跄、曲折。《淮南子·人间训》当时是这样记载这次秦朝的军事行动：

乃使尉屠睢发卒五十万，为五军，一军塞镡城之岭，一军守九嶷之塞，一军处番禺之都，一军杀南野之界，一军结余干之水。

那时候，黑衣甲胄的秦兵，旌旗猎猎，军容肃整，挟灭六国之威，败匈奴之勇，五路铁骑兵车，滚滚而来。

东边一路，自今江西向东进发，攻取瓯越、闽越；居中二路，直指南越，其一经今南昌，越大庾岭入广东北部，其二经今长沙，循骑田岭直抵番禺；西边二路，一路由萌渚岭入今贺县，一路经越城岭入今桂林，攻西瓯、骆越。

秦瓯战争的风云，自公元前二一九年起，就在百越，此起彼伏。

先不说东边的一路，当年就攻下瓯闽，把浙江、福建，纳入秦帝国的版图。中、西路两广的越人，却不像闽浙那样轻言放弃，他们依据险岭高山，荆棘丛林，溪涧峡谷，与秦军相持游击，回旋拉锯。

一场旷日持久的战争，是所向披靡的秦军所没有料到的。灭六国的时候，一年两年，就攻下一个国家。强大的赵国、楚国，也只是两年多一点点的时间。而今，秦军深陷岭南，已经漫漫五年，依然毫无胜算。《淮南子·人间训》载：

而越人皆入丛薄中，与禽兽处，莫肯为秦虏。

历史，就是从这种字里行间，向我们打开了一线缝隙，让我们窥到了嗅到了一种战场的气息。这种战斗到底，决不投降的血性和气概，让秦军恐惧和失措。

屠睢，就是在这个时候，暴露了他的蛮勇和一意孤行。王翦、王贲、蒙恬灭六国、败匈奴，是进退有据，恩威并施，攻心为上，每战必胜。居中欲下番禺的屠睢，却没有像他们一样审时度势，胸有成竹。真不知道他是怎么想的，在气候炎热、水土不服、地形不熟、士卒劳倦的情况下，更要命的是粮食匮乏、虫蝎侵袭，蚂蟥和山蜈蚣防不胜防，他仍我行我素，涉险深入，终于在西江畔的三罗地域，也就是今天的罗定、郁南，中了越人的埋伏，在乱箭之中，被毒矢射杀。

三

我是在解放路迎宾馆的任嚣墓上，缅怀任嚣的。这是一个抔土为冈的小丘，冈上一座红柱绿琉璃瓦的小亭，亭中有一方墨色的石碑，写：故秦南海尉任君墓碑。

屠睢死了，三十万大军伏尸流血，秦兵大败。任嚣，就是这个时候，进入始皇帝的视野。公元前二一四年，任嚣和赵佗，率兵五十万，又重新挥师岭南。

关于任嚣征战岭南，史书记载不详。古今史家大都主张任嚣与赵佗一起，一正一副，率军南来。

广州文史学者、考古专家麦英豪却考证分析，认为岭南是赵佗打下来后，任嚣为秦始皇委派，空降到岭南任职。我认可麦先生的这种分析。公元前二一四年，秦征服岭南，置南海、桂林、象三个郡。任嚣，就是在这一年，从咸阳出发，舟马劳顿，奔赴番禺。书读到这里，我才明了了秦始皇经略岭南的用心良苦。

秦朝建置，郡设郡守、郡尉、监御史。始皇帝在反复斟酌，反复掂量之后，做出一个令人吃惊的决定，三个郡均不设郡守，只设一个南海郡尉，统领三郡，桂林、象仅设监御史治之。

始皇帝这一招，说白了，就是，任嚣，岭南交给你了，就看你了。也可以说，始皇帝还没有想明白，那么遥远的山后边，那么格格不入的族群，天朝应该怎么管。那么，先放一放吧。

任嚣到了番禺，第一件事，就是选址、筑城，建南海郡治。筑城，就像安营扎寨。安营扎寨是临时措施、临时思想，随时都要开拔、转移、出发。筑城，是安身立命，建立政权，管治一方。任嚣的不世之功，就是为广州城选定了一个两千多年不变的城中心。世界上，历两千多年城市中心没有挪移的，只有广州、罗马、埃及的亚历山大，然后，你再看看，还有谁呢？！

我无法理解，现在的人们，大多也无法理解，任嚣，是怎么做到的呢？

徘徊在北京路上，我一直在想，任嚣那个时候，珠江简直就是一片汪洋，江面，足足有两公里宽，北岸就在现在的中山四路中山五路，南岸，一直到了现在河南的同福路。叫作任嚣城的番禺城，就在现在仓边路、越华路、吉祥路、中山四路中山五路四至之间。

绕着这一圈四至走走，总有一些历史的蛛丝马迹，可供追踪。站在北京路路口，面对着财厅，面前的中山五路，是原来的珠江北岸，视线越过财厅大楼的穹顶，隐隐看去，是越秀山的五层楼。

对了，这就是任嚣的选项。番禺城前有珠水，背有靠山。

说到山水，就要说说广州老城的原始地形，说说广州城区高低起伏的地形地貌，说说广州，是如何从半岛的形状，演变成了陆域，也说说任嚣，如何堪舆。

两千多年前，任嚣筑城的时候，浩瀚的珠江还尚未成形，后来的珠江三角洲，在那个时候，还是茫茫大海中，靠近大陆的临界部分。

番禺城，就在出海口的北岸。

这是一小片特别适宜于古人类聚居的平原。平原的北部，有丘陵，丘陵上有茂密的林莽、展翅的飞禽、奔走的野兽，和像蝴蝶、蜻蜓一样滑翔的昆虫。这丘陵后来就被叫作越秀山。越秀山连接的更远的那一片起伏的丘陵，叫白云山。

天气晴好的时候，越人从白云山上望去，越秀山下的平原，分成了两脉，一脉从西麓往西南方向伸去，到了海边，形成了一个牙齿形的半岛，半岛的南端凸起一个小小的山岗，叫坡山，古地理学家就把这半岛称作坡山半岛。

平原的另一脉从东麓往正南方向延伸，也到了海边，形成了另一个半岛，半岛的南端恰恰也有一个突兀的小山岗，叫番山，半岛于是也就被称作番山半岛。

番山半岛和坡山半岛中间，隔着个小小的海湾，叫海珠湾，到了东汉，海湾淤成了洼地，两个半岛连在了一起。

如今番山的遗址，就藏在我身后的文德路，坡山的痕迹呢，就在广州城西边的五仙观。

四

其实，任嚣任南海郡尉之前，赵佗跟他并没有什么交往。赵佗在二十岁弱冠之年，就已经奉命率军攻越。他没有时间，去认识他这位后来的上司。与凶狠蛮干、好胜逞勇的屠睢不同，赵佗稳扎稳打，步步为营。从公元前二一七年接过屠睢殒命、秦兵大败、伏尸流血几十万的烂摊子，到公元前二一四年略定岭南，赵佗显示了行军打仗和戍边安境的两种才能。你看，战争的四年时间，他更多的是开道路、移民、边贸和传播中原先进文明。他让逃亡的罪犯、卖身的奴隶、做买卖的商贩、贬谪的官员来到岭南戍守，还向始皇帝上书："求女无夫家者三万人，以为士卒衣补。"读书读到这里的时候，我一个失笑，还有谁这样打仗的吗？！但真的，这样一个一个落脚点推进，使秦军在岭南变客为主，无有了后顾之忧。

我想，赵佗这样攻略百越，任嚣在中土应该是时有所闻，欣赏备至，这便是日后，他们付托、结盟的基础。我在南越王宫博物馆，就感到了他们两个人的默契。

南越王宫博物馆，准确的名称，应该是西汉南越国王宫署博物馆。

刚开始看到这个怪诞的名称，很多人都觉得诧异，我也讥笑这个命名的人，文字不通，逻辑也不通。宫是帝王居住使用的地方，署是官员办公居住的处所。宫就是宫，署就是署，这样泾渭分明等级森严概念完全不同不能混淆的字眼，怎么能搭配一起组成词组呢？后来我知道是我浅陋了，该笑话的人是我。

几出几进西汉南越国王宫署博物馆之后，我算弄清楚了，任嚣筑番禺城以后，这一处地方，这一圈范围，发生了多少我们应该会很感兴趣的故事。数给你，西汉南越国王宫、五代十国南汉国王宫，还有三国吴国广州州治、两晋广州州治、南北朝广州都督府、隋朝广州刺史署、唐朝岭南道、岭东道节度使府、清海军节度使司署、宋朝经略安抚使司署、清海军大都督府、元朝广东道宣慰司都元帅府、江西行中书省、明清广东行中书省、广东承宣布政使司署，所有的官署都在这里面。

陶侃搬砖，见之于《晋书》《世说新语》，还有唐初宰相房玄龄写的笔记。房玄龄写道：

> 侃在州无事，辄朝运百甓于斋外，暮运于斋内。人问其故，答曰："吾方致力中原，过尔优逸，恐不堪事。"其励志勤力，皆此类也。

讲的是东晋将军陶侃，远任广州刺史，朝搬百砖于屋外，暮搬百砖回屋内，日复一日，勿使自己闲逸荒嬉的典故，原来也发生在这片宫署里。广州人太用心了，宫、署，宫署，一个复合词组，解决了两个不能并列的难题。

五

两千多年前的广州，真的带给人许多遐想。我总是在琢磨，那些先贤，给广州，带来了什么？！

任嚣真是一个开疆拓土的先人，他带给广州的，不仅是一座城池，还有远见、胆魄。

远见和胆魄是两种范畴，并不容易兼而有之。任嚣却把远见和胆魄，运用到了极致。公元前二一〇年，秦始皇东巡会稽，病死沙丘，二世元年七月，陈胜吴广起义。

任嚣当时扶病，面对如此突发事件，他没有丝毫迟疑马上反应——独召龙川县令赵佗到番禺，告以天下形势，并嘱托后事。任嚣说：

闻陈胜等作乱，秦为无道，天下苦之，项羽、刘季、陈胜、吴广等州郡各兴兵聚众，虎争天下，中国之乱，未知所安，豪杰叛秦相立。南海僻远，吾恐盗兵侵地到此，吾欲兴兵绝新道，自备，待诸侯变，会病甚。且番禺负山险，阻南海，东西数千里，颇有中国人相辅，此亦一州之主也，可以立国。郡中长吏无足与言者，故召公告之。

任嚣的远见与胆魄，就是找一个胜任、放心的合作者继承者，告诉他，马上发兵据守五岭通道，切断交通，杜绝任何作乱的军队乘势进入岭南，保一方平安。岭南有地理优势，也有人才储备，不得已的话，立国自治。

接着，任嚣一系列动作，发布通告，把南海郡尉的职守和印信交给了赵佗。又两年后，公元前二〇七年，秦二世三年，任嚣听到赵高杀死二世，子婴捧传国玺出降，秦朝灭亡，溘然而逝。

是年，赵佗三十岁。又四年，赵佗击并桂林、象郡，建立南越国，自立为南越武王。

赵佗的这个举措，后人有种种评说。但是，在那样的历史关头，换作你会如何做呢？

作为广州的后来者，我非常喜欢这位岭南的先贤。你看，他完全不拘一格，用财物与东边的闽越，西边的夜郎、句町睦邻，又以攻为守，出兵攻打长沙，使南北划岭分治。对内郡县制和分封制并行，允许越族部族自治，汉越通婚，越人出仕。他自己又以身作则，弃冠带，椎髻箕踞，从日常生活和习尚方面与当地族群融合，消弭隔阂。经济上他请戍守的移民示范，大力推动农牧业和手工业生产，变越人渔樵猎捕为定居生活。还有什么比和平稳定、生产发展、生活改善更能让人心悦诚服呢！

心态奇好的老先贤，活了一百零二岁，在位六十七年。历经了秦始皇、二世、汉高祖、惠帝、吕后、文帝、景帝、武帝八朝，于公元前一三七年、武帝建元四年去世，在越逾八十二年。

赵佗走了，给我们留下的，仅仅是一座南越王宫博物馆吗？

南越国的灭亡，又有什么历史教训？古老的中国，为什么每一次政权更迭，就要放一把大火，人类的文明，不能让它存续下来吗？

六

不知怎么回事，还是要写到它。本来，一个王朝的终结，还是不写的好。

吊诡的是，那五路大军，一直在我的脑海里盘旋。汉武帝真是千古一帝，与善骑射的匈奴比拼过骑兵，现在，又要与擅水战的南越比拼水军。五路汉军沿着水路朝番禺进发。第一路以卫尉路博德为伏波将军，从长沙国的桂阳下湟水，自今湖南进入广东连州，沿北江到石门。第二路以主爵都尉杨仆为楼船将军，出豫章郡，下横浦关，从今江西通向广东南雄至北江。第三路以归义侯郑严为戈船将军，第四路以归义侯田甲为下沥将军，在湖南零陵分二路，戈船将军通过灵渠下漓江，下沥将军取道富川江、贺江顺流，二军在封开江口会合，沿西江直通番禺。第五路以驰义侯何遣率巴蜀的罪人和夜郎的军队，自贵州沿牂牁江从红水河达西江。一场由南越国宰相吕嘉挟南越王、杀汉使者、擅权乱政、谋私误国的不义之举，终于酿起祸端。公元前一一一年秋，珠江大战，番禺城破。

行文至此，我才恍然，脑海里盘旋的，不是五路大军，是船和珠江，是船和珠江对于广州的命运。

珠江北岸的岸线，自这次大战以后，是渐渐地南移了。

先是移到了今西湖路一带，晋代，又移到了惠福西路北，唐代，岸线移到了玉带濠一带，宋末岸线又移到了一德路、万福路，清初移到了北京南、珠光路，还有……

岸线一次次的南移，江面一次次地缩窄，真应该坐下来，好好思考它的因果、祸福、利弊。得到了什么？又失去了什么？

真佩服古人，早早地就懂得利用河流，征服河流，驾驭河流。南越王宫博物馆里，有一处秦代造船遗址，三个造船台，由北而南，枕木、横阵、滑板、墩木，一一具备，还有弯木地牛，等等。《山海经》曾记载：“番禺始作舟”，说的就是岭南最先发明了造船术。秦代造船遗址，恰好做了一番物证。看官你想想，在没有公路、铁路、航空的时代，河流和船，对于人类，对于城市，意味着什么。而一个秦代造船遗址，对于远古的人们，对于远古的城市，又意味着什么，说明着什么。

北京路西拐，西湖路南侧，还有一处遗址，也与珠江有关。这是一处水闸。埋在地下两千多年了，有一天忽然被惊人地发现。水闸我去看了五六次，越看越有滋味，越看越有兴趣。为什么呢？我们看过石砌的水闸，看过混凝土的水闸，就是还没有看见两千多年前夯土垒木的水闸啊。我弯腰瞧瞧那些硬得像石头的凝固的夯土，换个角度，侧个脸，再琢磨那些横一根竖一根垒在夯土里面的原木，干什么的呢？

考古的人们高兴，说据此可以确定南越国都城的南界，一个精准的坐标。水利的人有点失望，说原理跟今天的水闸一模一样，没有什么稀奇。

我倒是开心地笑了，原理跟今天一模一样，你说是古人聪明智慧，还是后人两千多年裹步不前？

七

回头再说一说秦代造船遗址。这个遗址有过争议，有人认为，这不是造船遗址，是别的遗址，但争议之声显得格外空泛乏力，就像一个人在自言自语、自说自话。不管怎么说，遗址是一个客观的存在。我呢，更看重的，是它的标志性意义。

岭南河网密布，溪多流急，造船、用船，必然成为民生和军需的必须。

翻翻班固写的《汉书》，里面就有一个让人笑得弯腰的记载："入越地，舆轿而逾岭，拖舟而入水，行数百千里。"汉军征伐南越，水军需要用肩、背扛着拖着船只，攀山越岭。这种军事行动，只有在岭南才会有。

这是《汉书·严助传》卷六十四的记载。严助曾到会稽监督水军，深知闽越南越一带的地理水文，就是他大力建议汉武帝攻越。

也有人想当然，说这里制造的，是供海外贸易的商船。这也未免高估了当时对外贸易的规模。遗址发掘的三个船台，长度都超过100米，其中二号船台最大，宽2.8米，造出来的船，底宽能够8米，长几十米。这样子的船，怎么能够远洋呢？

最近看到一本书，《羊城旧事》，作者持论，认为这是一座兵工厂，生产内河和近海作战的小型战船。这是一个大胆的推测，却并非异想天开。

最先发现秦代造船遗址的不是当下，而是四百六十年前。《广州城坊志》和《广州轶闻》，均转载了明末广州学者黄佐编纂的《广东通志》里一条极不起眼的记载：

嘉靖戊午十一月，广州城隍庙后五丈，有大榕树，颓朽久矣。其根下壤又丈余，有穴。道士扣之，其声洞洞然，曰："中必有藏物。"发之，得桀木板数十片，皆两两相对立，多不可致，且近神像，乃封之。盖唐宋以来完缮橹板干也。

嘉靖戊午，是嘉靖三十七年，公元一五五八年。《广州城坊志》和《广州轶闻》，断句稍有不同，个别字眼也有差异，但意思完全一样。择其要说，就是广州城隍庙的道士，秋天的某个清晨，在庙后大榕树下三四米深的土洞里，意外发现了几十片老久怪异的木片，因觉得像神像，生敬畏，又把它们埋回土里去。

黄佐的故居在今北京路青年文化宫，距城隍庙只有一二百步，记载当为亲眼所见，黄佐的学识更让人佩服，仅凭目测，即能明确指出，这些霉烂的木片，是修缮船橹所用的材料。只不过，年代估得保守咯。

从造船遗址还要再说到南越国水师，那是一支庞大的水师噢。那一天楼船将军杨仆下令攻城，城破，南越王及宗室、官宦，踪影全无。

这就匪夷所思。

后来探马报，吕嘉挟南越王赵建德、王室、朝廷，逃亡海上。

吕嘉的打算，未尝不对。一个王朝，总有它的几十万军队。汉军径取番禺，南越国大军，大多赶不及勤王。现在退避到海上岛屿，总还能喘息、歇气，寻余地周旋。

我也觉得，此行有可操作性。

奈何天不助也。吕嘉一行来不及舶到海上，汉军已循迹追至。结果你知我知，南越国覆灭，吕嘉被杀，赵建德被俘。

这最后一战的详情，史籍无载。

但对于楼船将军杨仆，司马迁称之为"酷吏"，屈大均评之曰"惨暴"，让人悬想。

悬想归悬想，问题却不容回避。以越族人为基本兵源组成的几十万南越国军队，特别是擅长水战、擅长造船的水师，哪里去了？

让人搓掌踱步，百思不解。

答案终究慢慢浮现。失去了号令指挥中枢之后，除了投降者，不管是暂避风头，还是图谋东山再起，身在兵船上，能去哪里呢，只能按越族人吕嘉的预先设定，逃亡海上。日后广东独有的民系——疍家，十有八九就是由这场战争催生。

闲暇时间，我们披阅书册，踯躅古迹，回味历史，咀嚼的总会有苦果。汉越战争那曲悲歌，几多年后，依然余音袅袅。

想想，汉军稳定了岸上局势，北方移民陆续南来，但相当长一段时间，逃亡海上、擅长水战的那些南越人，必然不会安于浮家泛宅的状态，他们总会出其不意地袭击骚扰那些战胜者。不胜其烦的胜利者，对他们的围剿、追捕，免得了吗？！

时间慢慢地推移，创伤、仇恨也悄悄地平复。随着这种非常状态渐渐地演变成了固定的生存格局，岸上人和水上人起源于军事性质的相互对抗，也渐渐演变成了民俗性质的互相敌视。

此后数百年，史书上不见这批逃亡者的踪影。倒是《晋书》中寥寥数十字，仍依稀透露出个中的讯息："广州南岸，周旋六千余里，不宾服者五万余户。"

民间，疍家的传说、故事，不绝于耳……

八

广州的变化，是一个一个朝代，广州的脉络，却一直在北京路。宋元三城也好，明清新老二城也罢，都是依据北京路，东拓西扩。

沿着北京路，我总想再走一走，找一找，再看一看岁月留下的遗迹。可是，高楼阻挡了我搜寻的目光，簇新的街景恍惚着我脑子里的印象。新和旧，其实也是喜和忧，它让我生出惆怅，和长长的感喟。

城市在变，但城市历史不变，城市肌理不变。拐进越秀书院街，走到底，大马站。朝南，可以看到大佛寺的觉慧楼，朝北，折向中山五路，走几步，却是在西湖路寻了很多次都寻不着的小马站。一头钻进去，一条窄窄的小巷，仅容两个人并排走。一边，是建筑工地的围墙，一边，是青砖勾缝的老宅。进巷就有惊喜，一块硬木木匾，挂在一座大厝的门口墙上，木匾上几个遒劲的大字：濂溪书院旧址。楷体，阴刻，扫绿。风雨吹蚀，木匾的油漆褪尽无存，也不知哪年哪月哪个人张罗挂的。木匾的隔壁，墙上镶着一块石匾，尺寸短了一半，也有一行娟秀的楷书：周濂溪祠地界墙。大小马站，过去书院遍布，书声琅琅，占尽羊城风流。小马站是条断头巷，尽头，西拐，便是流水井。兜兜转转，都是广州的文脉，广州的底蕴。广州标榜岭南文化中心，说到底，历史上的核心，也就在这个方圆。

有人好事，考证大小马站，是过去的驿站，飞马传讯，换马歇驿，说得头头是道，有根有据。

我不信。

哪有驿站设在城中心。就是秦汉隋唐，南朝两宋，这里也不是郊外长亭。再说，哪个又会把两个驿站，并排一起，比肩而立？

倒是一个调皮鬼的说法，让我莞尔。他说一队骑队过来了，他们被这里的热闹吸引了，勒马，将军的大马站在队头，传令兵的小马站在队尾，于是，大马站的地方叫大马站，小马站的地方叫小马站。

小马站拐过的流水井，依然古色古香。流水井的庐江书院，在何家祠道里边。广州明清的书院，眼前就数它保存最为完好了。我四次踏访，敲门，道明来意，保安就是不解人情。

反而玉带濠大度，任我来去。

玉带濠，挑明了说就是广州城南的护城濠。广州从任嚣筑城，经秦汉隋唐，四至大抵都在原来的地方。只有东晋的鲍靓，有个大胆的突破。鲍靓是个著名的道家，曾任南海郡太守，从丹阳随他来罗浮山炼丹的葛洪，就是他的弟子和女婿。鲍靓来到广州，大事一件，就是公元三一九年，在越秀山南麓建了座宏大的道观——越冈院，明朝以后称为三元宫。鲍靓的传说很多，神仙太守、煮石充饥、鞋变燕子、夜探葛洪，等等，都神乎其神，他在广州的靠山建这样一座规模的道观，于广州城的格局，有什么深意焉？

广州大规模的建城，是在宋朝。其实，也就是在任嚣城的东面，再建一座东城，在任嚣城的西面，再建一座西城。这样三城并存的格局，充满着绝无仅有的喜感，就像那个发明大马站、小马站的调皮捣蛋鬼。明朝的建城，就让人有点难以启齿。永嘉侯朱亮祖出镇广东，征发三万军民，拓建广州北城，建越秀山镇海楼。此人暴戾枉法，多行不义，被朱元璋鞭死夺爵，不说也罢。

从玉带濠返回北京路，只是抬脚之事、举步之劳，我的脚步，却有一点点迟滞，我的内心，有一点点忧伤。甘溪水、六脉渠，年年岁岁，带着广州城的晓风残月，春红秋霜，从玉带濠排向东濠、南濠，汇入珠江。现在，喧腾的玉带濠成了暗渠，见惯了两千年天日纪年的玉带濠被蒙上了眼睛，地底下的流水，还流淌着古韵么？还是汩汩着呜咽？

玉带濠无语。

反倒是北京路，坦坦荡荡，敞开胸怀，让我在榕阴的婆娑中，在知了的鸣叫里，在钢化玻璃的光影下，看到了一双双迎面走来的步履，听到了一声声拂耳而过的回音。

毫无疑问，北京路只是当下的一个称谓，一个标记。历史上，它的名字多着呢。

是的，北京路不变的，是它的传统中轴线，变化的，是它的一个一个曾经的名字：布政司前街、承宣街、承宣直街、广府前、双门底、双门大街、双门底上街、双门底下街、雄镇直街、永清街、永汉路、汉民路、北京路。

每一个命名，背后必藏有一段渊源、一个缘由。

说起来话长。

但改名字是你愿意的吗？你知道改名字的初始是欣喜还是喟叹？永清街改永汉路是

革命的结果，永汉路改北京路是“文革”的产物。宋仁宗皇祐四年（一〇五二年），侬智高反，攻广州甚急，援军就是从东江顺流而下，由大南门入，解广州之危。大南门，是城门，也是地名，在今北京路。清文宗咸丰七年（一八五七年），英军炮击拱北楼，攻入广州城，第二次鸦片战争爆发。拱北楼，鼓楼、更楼，地名，也在今北京路。地名的深处，还有多少暌违的历史，多少难忘的往事？

为了了解宋军解围，由大南门入，走的那段北京路，宋朝时候叫什么？查遍历史资料，阙如。宋元以前的路名、街名，一概没有。也好，一种历史、一样方志、一些典故，留给有心人了。

拱北楼，是明清时期的叫法，在更遥远的时候，叫清海军楼。读史真是有趣，就像一个顽童，执着一个望远镜，在向着远方，东张西望，一处处远去的风物，就被扯到眼前。

就说清海军楼。

唐末天祐三年（九〇六年），清海军节度使刘隐扩大广州南城，着人凿低南门两侧的番山、禺山，在南门上建清海军节度使楼。

十一年后，五代十国，刘隐之弟刘龑据广州称帝，建南汉国，广州改称兴王府。那时的刘龑应该是雄心勃勃。你看他在番山开山，在禺山平地。开山平地，取的石头，就在禺山原址稍东，垒起了双阙。

阙，皇宫大门前，两边供瞭望的楼。开山垒阙，多大的气魄。番山遗址今在吗？在，在文德路孙中山文献馆的番山亭。那禺山遗址在哪里？北京路，广百大厦的脚底下。

刘龑是一个异想天开的皇帝，他在双阙的门上面，依然挂着“清海军楼”的大牌匾，把双阙变成了清海军节度使司署的大门楼。

双阙实际上根本不是城楼，也跟城门无有一点关系。却有人偏偏穿凿附会，演绎出两个城门洞的笑话，并且传遍四面八方，致后人以讹传讹。笑话说双门是两个城门，说广州是府城，按规格可以开两个城门洞。这让我一直狐疑、纳闷，见过了南京城的三个城门洞，见过西安城的三个城门洞，舍此，莽莽神州，州府之多，城池之多，哪见过有双城门洞的？为什么唯独广州有双城门洞呢？问遍广州多少有识之士，概莫能答。

一座双门拱的古楼，生出多少历史烟云，是非纠葛，思辨拷问。

我还是喜欢楼北面的那一段官道。夕阳西沉，红云映在财厅的穹顶上。钢化玻璃下的一层一层官道，苍苍茫茫，又似乎活泛起来，一个个人影，一声声招呼，从唐、宋、元、明、清，又擦肩而来。我看着他们。南汉的官员，最守着规矩，他们从宫阙里是走路来着。其他朝代的官吏，有限制骑马或者坐轿吗？是不是应该都走路来着？

我盯着钢化玻璃下的官道，一个一个朝代，青砖铺砌儒雅，却没有答案。

官道沉寂，但广州城却令人满意。他们把一条千年古道，掘地剖开，完完整整地捧在你的眼前，清清楚楚地让你看个明白，让你自己去抚摸、去倾听、去对话。这才是广州城，出人意料的豪举。

九

广州的历史，说起来有点意思。三朝十帝。南越国，五帝；南汉国，四帝；南明，一帝。又都是兵荒马乱，顺应形势，择地举旗，挥写史书。

也有人说是三朝十一帝，南汉国，五帝。不应该这样算的。南汉国的开国皇帝，是刘龑。他的哥哥刘隐，是唐清海军节度使，刘龑从哥哥手里接过清海军节度使，风云际会，开创了南汉国的一方基业。南汉国虽然源自刘隐，但封疆大吏，与在位皇帝，是容不得混淆的。刘隐，怎么能算一帝呢？！

南明的灭亡，最值得嗟叹，不是清军打败南明，是南明自己内讧。广州一个皇帝绍武，肇庆又冒出一个皇帝永历，清兵大军压境，他们都没把心思放在抗清之上，而是互相叱骂，互相火并，互相攻伐。可叹明朝已经退无可退，两支明朝的军队，却因为双方的主子一门心思互争正统，倾巢而出，对峙三水。广州城防空虚，一切皆成定局。

一六四六年十二月十五日，清军奇袭广州。

城破，绍武帝朱聿鐭被俘。一六四七年一月二十日，朱聿鐭与兄弟共二十五人一起，在双门底被杀。也有一说，朱聿鐭自缢殉国，广州城内的二十四个明朝藩王，也悉数被杀。

朱聿鐭死后，永历帝朱由榔，成为南明唯一的皇帝。

这段屈辱，本来不想再去提起。可是想想，又何必呢？刮骨疗毒，见微知著，温故知新，又有何惧！

六月的一个下午，有雨。撑着一把雨伞，沿着双门底，我走向西湖路。这条马路，来来回回，不知走过多少回了，反而是有口皆碑的西湖花市、西湖夜市的热闹，我一次没有来过。

看过南汉王宫的遗址，心里痒痒的，就总想也看看药洲，看看九曜石。

南越王宫的宫苑，在南越王宫博物馆里：曲流石渠。南汉王宫的宫苑，其实就是药洲，以及九曜石。曲流石渠是考古发掘，它的震撼，我以为不及那根孤零零的地层关键柱，也不及那些边长、宽95厘米，厚15厘米的大方砖。1085度的烧成温度，那是烧瓷器呀！两千多年前，坯泥、成型、收缩率、窑炉、装烧、燃料，怎么解决啊？！

去药洲，最好是走北京路，边走边看，白沙居、盐司街、越秀书院街，到了铜壶滴漏那地方，拐过西湖路，直走，转向教育路，三二十步，就到了。我却喜欢，折进流水井，穿过何家祠后边那条小巷，瞄一眼考亭书院、冠英家塾，再从南方剧院门口走过，迈入药洲的大门。

药洲现在，已经没有昔日南汉宫苑的风光了，那一片浩浩瀚瀚的湖景，只能供熟读史籍的人去遐想了。

转转走走，总是药洲春晓那几个字，浮在脑际。岭南的园林，不像京畿、苏州，大处着眼，步移景换。这里的园林自成体系，自成一格，不堆山造景，也不破墙开窗。经营药洲的南汉高祖刘龑，还有后来的南宋经略使陈岘，清朝学使惠士奇、翁方纲、姚文田、翁心存，都是此中大家，他们实处着力，务实去虚，以一处处实景，营造了一片皇家宫苑，和后来的官家园林。

风过处，有几声鸟声。有点点禅意。在一处檐下坐下，我闭目歇息。刘龑的身影不见了，士大夫泛舟觞咏雅集的身影不见了，《请石篇》《留石篇》的佳话不见了。睁开眼睛，葛仙井、秀阴亭、拜石亭、筠川亭、濯鳞堂、瑞芝堂、华远堂、奉真观、华佗庙、千秋寺、环碧园、水石清华舫，一个个佳景也不见了。

拍拍衣服。幸好米元章的手迹还在，药洲、西洲的名气还在，九曜石也仍存其八。这就好了，这样也能够留人。还有那一泓幽幽的水面，那几条曲折的石桥，那一带蜿蜒的碑廊，那一树参天的古木，还有那两扇明红的月亮门，门后边那一方寂静的天地，高邈的天空，都是凭吊、怀古、追远的好地方。

十

去大佛寺，要看那三尊铜佛，还是听一阕梵音，一时还拿不定主意。自从在广百新翼看到觉慧楼的背影，心里就有一股冲动，想看看这座与众不同的寺庙。

身处闹市，大佛寺真是多灾多难，兵灾人祸，躲也躲不过。一座对应天上星宿的寺庙，真该是明明灭灭？大佛寺真的无语。

历史却有心，向我们揭开了一串秘密。大佛寺的兴兴废废，要从南汉国说起。

南汉国立，刘龑以天上二十八星宿对位，在广州城东南西北，建了二十八座庙宇，西南角兴建的庙宇，叫新藏寺，这就是大佛寺的前身。宋元数百年，二十八座庙宇灰飞烟灭。只有新藏寺，孤灯一盏，晃晃悠悠。终于还是熬不过人事的更替，敌不过世俗的风尘。元代寺毁，收缩为福田庵，明代有所起色，扩建，又改名龙藏寺。佛家的智慧，就在这个藏字，你进我退，你退我进，与官家玩起了捉迷藏。奈何世事难料，宿命难违。明末，庙产归公，龙藏寺改为巡按官署。风光几天，一场大火，又把官署夷为平地，空留一声叹息。

大佛寺，就是在这声叹息声中，开始了自己的命定。因缘因果，都由这三个人起：佟养甲、李成栋、尚可喜。

佟养甲，一个旗人，却是汉族，汉军正蓝旗。满清入关，佟养甲参与了倾覆南明弘光朝、占领南京城之战，随后，他被清廷任为主帅，带领明朝降将李成栋，挥师福建，摧毁南明隆武朝，接着，他又和李成栋奇袭广州，半天之间消灭建都于此的南明绍武朝。如此跃马挥戈，征东扫南，聚功于身，入城甫定，便被授予两广总督。

可叹佟养甲，身处改朝换代的疾风骤雨，既要面对广西实力尚存的南明永历政权，更要弹压广东此起彼伏的反清起义，何有一天好日子过？在双门底，他砍杀了绍武帝一家二十余口，在四牌楼，他腰斩了英雄陈子壮，活剐了英雄陈邦彦，在总督衙门，他验看英雄张家玉的不屈头颅。天命无常。一年半后，杀死佟养甲的，恰恰是他的副手，广东提督李成栋。

李成栋，宁夏人。西北人豪气干云，慷慨赴义，西北人也有小人无耻，一生反复。李成栋早年随李自成起义，后又随高杰降明，累官至徐州总兵。清兵渡黄河，李成栋献城投降，授吴淞总兵，引领清兵破扬州，杀史可法。史上“扬州十日”“嘉定三屠”，后人笼统说清兵所为，铁鞋踏破，却是李成栋的降兵，屠杀自己的同胞。清兵陷福州、广州，主力部队，仍是李成栋的明朝降兵。呜呼！人心不足，祸起萧墙矣，便在此时。

清兵据粤渐定，李成栋想，自己功大于佟，反屈居其下，恨海翻腾，又生反意。一六四八年六月，李成栋在越秀山镇海楼发动兵变，杀尽辽东籍汉八旗兵千余人，宣布反正，向广西南明永历朝称降，受封惠国公，又罗织罪名，处死佟养甲。

这样折腾，把建大佛寺的那个人引出来了。

一六五〇年，平南王尚可喜率另一支辽东籍汉八旗兵，杀气腾腾，旋风入粤。经过十个月的攻防胶着，近一个月的猛烈总攻，城破。降清反清，出尔反尔，这样，城破了，屠城能少得了的么？！叹粤人惜笔，少有记录，不像江浙，留有“扬州十日”“嘉定三屠”。

查《番禺县志》有云，“死者七十万人”，不知能取信乎？

日子匆匆，心路茫茫，血雨腥风，总在眼前。十四年后，一六六四年，尚可喜抵不过内心的煎熬，在高人的指点下，捐出俸禄，于龙藏寺旧址，建大佛寺。

高人的修禅避祸，真行得通么？尚可喜无说，也没有人知道。

大佛寺的鼎盛，也就在尚可喜在世的那几年。多少风光，难以逾越：驸马爷尚之隆与和硕和顺公主省亲，汉满藏蒙僧人喇嘛四十九天无遮法会，安南王赠送的楠木巨柱，岭南名刹最大的铜佛、最大的大殿。

此后，林则徐广东禁烟，就在这里办公，周恩来培训北伐军高级政治干部，也择地于此。

再往后，多少劳神伤心事，不说它了。

岁月悠悠。

三百多年后，大佛寺仍在续建。

十一

万木草堂一直就藏在我的心里。

一九九一年夏季，我住在文德北路的一栋楼里，那时候，就常常听说长兴里的万木草堂了。很想去看看，但不敢去。一个书院，一座祠堂，后来变成了大杂院，四十几户人家，上百号人，挤住一起，看什么看？

心仪万木草堂，主要是康有为、梁启超，一个老师，一个学生，在近代中国，那是一个什么分量。

那时候，中山四路的妙奇香茶楼还在，我们就在二楼的南窗坐下，吃粤式茶点，聊妙奇香的掌故，说说毛泽东、鲁迅都曾在这里吃茶，周恩来邓颖超在太平馆的婚礼，再起身，望一望南窗下的长兴里，想一想康有为。日子里有些怀念，有些话题、趣谈，也是蛮惬意哦。

万木草堂，就是一个念想。

谁都不会想到，一座没落、废弃的书院，也会修整重光，傲立人前。前些年，去北京路，路过中山四路，就看到长兴里敞亮出来，邱氏书室的山墙门面，也显山露水，灰脊青砖，黛瓦黑檐，在四周高楼广厦的簇拥中，焕然夺目，不同凡响。这样的襟怀作为，真让人舒心宽慰。

康有为那一辈人，读书都是私塾、书院。一个老师，对于一个学生的教诲引导影响，是一辈子一世人。就像三味书屋对于鲁迅，礼山草堂对于康有为。我曾经数次去过南海，去拜谒康有为的祖居和他读书的礼山草堂。康有为是南海人。在民国以前，广州市还没有建置建制，广州城是以北京路为界，东边的属于番禺县辖，西边的，是南海县辖。这样的管辖格局，可能只有广州，别的地方，好像还没有听说。不要小看这样的格局，因循下来，沉淀累积，就会变成一种文化，一种心态，开放、宽容、包容、接纳、共享的心态，我中有你，你中有我，不会泾渭分明，井水河水。

前一次到万木草堂，是一个上午，去年的年末。草堂寂静，阳光从南墙筛落下来，洒满一地石板。偌大的草堂，就我一个人，驻足、流连，细细端详。康南海的气息还在，万木草堂的中堂匾，就是他的手书。有清一代，康有为也是著名的书家之一，他提倡碑体，用北魏的雄强，扫涤清代帖体书风的萎靡和馆阁体的呆板笨气，是振臂一呼的书坛健将和理论雄镇，他用茅龙笔写的北碑书法，今人很难企及。我笑对先生的书法，大有心得。万木草堂，这四个字，先生用的是破体，万是草书，木草堂是楷体，带行带隶。

当下一段时间，书坛纷纷扰扰，对破体书法大加鞭挞，大加抨击，孰是孰非，可不可以，岂止是只听某些人的臧否评论，倒不如看看晚清书坛领袖的身体力行，听听他用作品的示范宣教。

万木草堂是一面镜子，北京路街区，因为它的存在，而显得不那么世俗，那么烟火味。它给人一种悠远，一种旷达，一种精神的淘洗，和文化的抚摸。康有为也有那种魅力，文化盟主的身份，让人总想与他亲近。

半年后的一天，我又来到草堂。下雨，大雨。人们总爱用风、雨，来形容某种心情，描叙某种瞬间、某种际遇、某种历史断面。滂沱大雨之中，我坐在大厅用板壁隔开的后厅，面对着河南堂的一溜座位，面对着雨帘中崇经堂额上的一方天空，那是一方我曾经熟悉的天空，遥想过去。草堂的南墙、后墙外，就是文德北路，当年，写《三家巷》《苦斗》的欧阳山、写《香飘四季》《羊城暗哨》的陈残云、写《艺海拾贝》《社稷坛抒情》的秦牧，都在这里工作、居住。

昔日的思绪奔涌而来，又倏忽而去。耳边的雨滴，时小时大，檐声滴滴答答。康先生在这里做完《长兴学记》《万木草堂口说》之后，也是一个雨天，走向风雨如磐的中国。

大半个时辰以后，雨有点消停，我淌着雨水，向城隍庙走去。城隍庙，又是广州城的一段历史。

本文收录于2019年4月出版的文集《好嘢，北京路》

赏析：

仁者执着于感情的抒写，智者追求思想和趣味的表达。黄国钦无疑先是一个仁者，他的文字深得乡土山水的滋养，呈现出广州这座历史文化名城的历史人文情怀和山水气韵。他从公元前二百多年的任嚣谈起，历数成王败寇，讲至万木草堂中的康有为，回顾人物命运变幻起伏的历史，也是广州地方史的剪影。文中对故乡风物人文的抒写，到对历史人物的追怀、对民风民俗的描摹，无不深蕴作家真切的生命体验和情感抒发，这般对历史的温情，在当代城市化建设与市场化浪潮中，大有留存文明火种的意味。

（沈梓昕）

香港中大校园的“文学家之径”

黄维樑

“俊男美女”中大两水塔

春日重读《沙田七友记》，还重访沙田的香港中文大学校园。近年到母校中大开会或演讲，都像“解忧所”的温馨提示一样，“来也冲冲（匆匆），去也冲冲（匆匆）”。最近（二〇一八年）四月中旬这一次在中大参加活动，妻儿同行，我不再匆匆，而是从从——从从容容了。

我在校园指点海山，对犬子说：“远处是平静的吐露港，更远处是雄奇的八仙岭和马鞍山，当前举头所见，则是俊男型的新亚书院水塔，和美女型的联合书院水塔。”儿子看不出来俊男和美女的风姿，我只得实行修正主义说道：“水塔一个线条阳刚，一个阴柔。”儿子微微表示相信这个二分法。我转而说：“我们所走这条路的两旁，种的是相思树，你同意这说法吧？”十二岁的少年，还不到相思的年龄。不过，老爸向来半劝导半强逼小子“何莫学乎诗”，正因为读诗可“多识于鸟兽草木之名”。相思树的名与实他是认知的。踏着路面稀薄残存的相思树黄花金粉，我对妻儿说：“脚下这条‘大学道’向前延伸，是中大著名的路径。”

一九八〇年代我有欧洲壮游，在德国开会，曾匆匆游览海德堡；时不我与，对依山而建的海德堡大学，只能隔着内卡（Neckar）河，在彼岸远观。大学里有“哲学家之径”（Philosophenweg），据说此径四时花木不同，还有一座花园，海大的教授漫步于此，冥想于此。在晴天边散步边俯视山下，则绿河与红堡，灿灿生辉，好像思想的灵光闪闪。中大的社会学者金耀基教授兼擅散文，其《海德堡语丝》称此径为“哲人路”；想象中他敬佩的韦伯（Max Weber）就在这条路上沉思悟道，成为其哲人。

日本的京都，则有“哲学の道”（Tetsugaku-no-michi），一九九〇年代我有缘踏上的。这条小径沿着运河，一端是银阁寺，一端是禅林寺，中间花木扶疏，樱花是其“花魁”。樱花祭时节，小径挤着大众，激情热闹和京大教授或学生沉思悟道的幽静是两个世界。我那年的游历在秋天，只见枫红，没有樱粉。据说“哲学の道”一名由西田几多郎教授而起，他创建了“京都学派”。

中大校园岂无学者沉思之路?

西洋和东洋的大学都有哲学家之径，中华的大学，岂能没有学者沉思之路？酝酿经年，内地刘介民教授二〇一〇年出版了他和中大李达三（John J. Deeney）教授三十年间的往来书札，以见证中国比较文学的发展。他请我为此书写序，序言里我提出中大“比较文学家之径”这个名称。比较文学指不同语言、不同国家的文学的比较，例如对莎士比亚如何影响德国作家的研究，或者对中国陶渊明和英国华兹华斯两个诗人作品的比较研究。香港向来中西交汇，一般知识分子兼通中英文，是学术上中西比较研究的沃土。一九七〇年代中期，中大中文系多了兼治中西文学的教授，又从台湾聘来了几位比较文学的学者，一时间比较文学在中大发展成为显学。

一九七八年起国内推行改革开放政策，知识分子希望多认识世界的学术文化。开放的国人，放眼看哪里？最近的地方是中西交汇的香港。有千奇百怪的值得内地同胞观摩的事物，可供有中国特色的社会主义社会借鉴或批判。中大自此迎来很多内地学者，文学方面，十年间至少请来数十位青壮年学者或作家到校访学。宋淇主持的“翻译研究中心”扩充成为“翻译与比较文学研究中心”，在同事李达三主力筹划经营下，内地学者如乐黛云、刘介民、曹顺庆、张隆溪、王宁等先后来访。他们一般居留两三个月，在校内做研究，做报告，交流活动极一时之盛。

宋淇涵养中西，虽然不以比较文学家自命，对相关学者的治学却抑扬褒贬，议论风发且风趣。台湾和香港的比较文学研究，那时流行用西方理论分析中国文学，台湾大学外文系主任颜元叔是位“领军”人物。他曾把古诗《自君之出矣》“思君如明烛”一句的蜡烛解释为男性器官，此论使得同在台大的叶嘉莹大为不悦不满，笔战遂起。中大几位学者隔岸观战，谈笑间宋淇幽默地说：“糟糕，男人惨了，李商隐有‘何当共剪西窗烛’的句子啊！”宋淇交游广，与《红楼梦》英译者闵福德（John Minford）讨论这本中国名著在西方的“接受”，有《红楼梦西游记》的隽语名篇。

“香港第二景”周遭的名家隽语

李达三接待内地学者，提供种种协助，又从事合作研究，与刘介民最为相得，成果甚丰。国内学者在校园里论学，向西方取经之际，认识到有中国特色理论的重要。我在中文系任教，重视《文心雕龙》，希望发扬这部经典，不让西方的文学理论独霸天下。李达三是洋人而提倡比较文学的“中国学派”，年轻学者曹顺庆知之欣然，发扬并增益其说。当年访学的国内青壮年比较文学学者，天资聪颖加上勤奋钻研，后来纷纷成为这个学科的中坚以至重镇，当中成为学院院长、长江学者、学会会长的甚多，更有成为国际比较文学学会会长的。

除了当年海峡两岸以及香港的比较文学学者之外，还有欧美的如佛克马（Douwe Fokkema）、雷文（Harry Levin）、奥椎基（A. Owen Aldridge）等来访，依山而建的校园，其大学道和士林路最常见他们的足迹。沿路有教授办公楼、大讲堂、图书馆、文化研究所、大学宾馆和教授宿舍等建筑，路旁有花木，种植最多的是相思树。山径蜿蜒，亦如思维迂回辩证；路上可仰观俯视山和海，景象宏大，亦如思想壮阔广远。从大学道上坡转弯续行，终点是后来才兴建的“天人合一池”——金耀基校长称为“香港第二景”。（有人问：“第一景是哪个？”金校长说没有第一景。）

中大的“比较文学家之径”我提出了多年，去年四川师范大学的张叉教授做访谈，我再道及。四月中旬与妻儿漫步，我又提旧话，并指着士林路旁的伍宜孙书院说，从前这里是大学宾馆，巴金啊，王蒙啊，都住过，我与同事都来拜访过。他们——还有来访的很多各地作家，以至最近四月中旬尚在校园的王安忆——自然也在路上留下了足迹。三人漫步漫谈，地面相思树的金粉依稀可辨，妻子想起爱情小说绵绵、早上拍过合照的王安忆，说：“历来各地作家走过这条路的也很多啊！”是的，“比较文学家之径”名称狭窄了，称为“文学家之径”较佳。（当然，也可扩大称为“文化之径”，中大的校训是“博文约礼”。）

一九七四至一九八五年在中大任教的余光中，曾在其散文《春来半岛》写道：“到了四月中旬，（大学道旁）碧秋楼下石阶右边的相思丛林，不但换上鲜绿的新叶，而且绽开粉黄如绒球的一簇簇花来，衬在丛叶之间，起初不过点点碎金，等到发得盛了，其势如喷如爆，黄与绿争，一场油酥酥的春雨过后，山前山后，坡顶坡底，迎目都是一树树猖狂的金碧，正如我在诗中所说，‘虚幻如爱情故事的插图’。”我想为本文找一幅“文学家之径”的插图，看到中大出版的书册中有一幅画，画中有山有花有树有径，却无建筑物，树上也无叶子。它只能虚幻地表意而已。“虚幻”？这里所记是上个世纪的故人故事，当年的盛况，追忆时也显得有点虚幻了。

赏析：

学校总是热衷于为其内部的道路或建筑命名，独特的名称往往承载着一所学校的人文底蕴与精神象征。海德堡大学与日本京都都有着因知名学者漫步沉思而诞生的标志性道路，这些道路承载着学校引以为傲的学术成就。作者漫步于香港中文大学校园内，也在寻找着这样一条“学者沉思之路”。港中大是著名的文科殿堂，有不少对文科作出巨大贡献的学者来此访问或教学。作者认为港中大也存在一条“文学家之径”，只是时过境迁，众多当年的知名学者已经逝去或是老去，作者同样期盼着这座文科殿堂重放光彩。

（邓秋鹏）

出花园之路

林渊液

儿子十五岁那年，分明是下了决心要办一个出花园仪式的。所谓的出花园，是潮汕民间的一种成年礼。以前，是仪式感满满的。十五岁生日当天，孩子是主角，耳后别上红花，穿红内衣，着红屐，腰间别有红肚兜，装盛十二颗桂圆和两枚“顺治”铜钱。晨起要沐鲜花浴，采集十二种鲜花，泡在宽脚的桐油木桶里。洗涤过这一回，便算换了一副心肠和体魄。家里要备办家宴，大请亲邻，小主角破例坐在上位。经过这一场，就算出花园了，可以把这个孩子向整个世界放行。大凡仪式，都有着日常所无力完成的意义，像一枚硕大的标本，写着门纲目科属种，供后人参照比对。或许，它又是有着承先启后功能的，前面的日子打包了封存了，或者换一张签证，重新开启旅程。而这个瞬间的意义，又是独一无二的，在之后漫长岁月里，它拥有不可替换的缅怀地位。

当今，城市里为孩子办出花园的已经很少，孩子们愿意过洋节，在不合时宜的节日气氛里懵懂地爱上外面的世界。儿子在这方面有点特殊，他是不受洋节诱惑的，连带的洋文化一概鄙视，他只喜欢古典文学，只喜欢去杭州，倚在西湖的亭畔写古体诗词。初中时，班主任专门安排一个英文成绩出挑、立志出国的男孩与他同桌。两人倒是狠狠好上了一阵，每周末相约在这座城市穿街过巷，吃一种叫作肠粉的小吃，自行制作城市地图，标注肠粉店铺的分布图。可是，两条河流急遽汇聚之后又各奔东西。初中毕业之后，该同学循着志愿去省城读国际班，前程远大，儿子在本地上了高中，情趣不改。

可是，不过洋节并不意味着他愿意迁就旧俗。每次回老家过社日祭公祖，他一例是勉强的。在新旧之间彷徨、趔趄，不是没有引导没有劝诫，终是没能够把结解开。慢慢地，我才明白了，这个彷徨和趔趄，非他独有，实在是源于我们自身。

就如这一年的出花园，分明是下了决心要办的，可是，被其他事务岔开之后就流产了。事务当然是重要的，是我们家一位老亲戚意外亡故了。他虽然是父亲的叔辈，但只比父亲大了四岁，少年时玩得投合，此是有情；当年父亲家贫，他来到父亲所在的小城求学，节约自己的用度，很是帮衬了父亲一把，此是有义。他的亡故使父亲无比痛伤。我们去小城载了父亲前来吊唁、告别遗体，这一天过得恍惚而沉重，别无他念。

儿子的十五岁生日，就这样，连一个最普通的生日仪式也没。还好，留下了我们提前备下的生日礼物，一枚人名印章。是请我的篆刻家师弟刻制的，不论是艺术价值还是印石材质，都值得珍重一辈子。边款上刻着：黄小隐乙未年壹拾五岁。家乡有出花园习俗，是谓长成，父母亲录曾子语以赠：日三省吾身，望自省自警自立自励。这枚十五岁的印章，我们希望它的意义是：我可以签上自己的名字，我可以对自己负责。

这个边款的寄意坚硬而严肃，用力之猛不太像是我们的做派。只能说，过正之事必是缘于矫枉。当时，儿子的叛逆、不配合、不沟通已经愈演愈烈，我们只能寄希望于他的自律。

一个青春期男孩的复杂心思，对我来说，像是家中上空的一场场军事演习。我家小区就在空中航线之下，每逢演习，间断或不间断的一阵阵轰鸣，由远及近，又由近及远，让人头疼莫名……他的桀骜不驯和无厘头抵抗，都在碎杂的日常里，一地鸡毛，无所不在，捡也捡不起来。他需要独立，甚至独断，他需要自由，没有遏制的自由，他需要背叛秩序，一切固有的秩序。这并不是不可以。可是他哪知道，为了这些，是需要付出无与伦比的代价。他肩上的担当，还弱。

有一段时间儿子痴迷上化学，在各个化工店疯狂找寻化学试剂，软硬兼施让我去网购钠离子。我千叮万嘱一定要先研究剂量与反应程度的关系，答应了，却偷偷截取了一小块去学校里炫耀，没忍住与几个同学去男厕里做强碱反应实验，结果，一束火光倏地在水面逃窜，旋了一圈才打住，火势的迅猛和游走路径的强劲把几个半大不小的人儿吓得面如黄土。他倒是沉住了气，这消息对我是封锁的。可是，就像那束火光一样，倏地游走一圈最后还是把我找到。首先是他的同学沉不住，把风声放给他妈，然后是他妈找了班主任，班主任再来找我。好吧，这锅是得由我来背。现如今，学校只求升学率，动手能力是可以忽略不计的，连这么一个朴素的实验都需要渴求和冒险。不过，那束游走的蓝色火光带着少年的恐惧与豪情，后来成了他心目中的美学标杆。

像这样的钠离子事件，有惊无险，还有此后绵长的念想，算是功德圆满的了。而更多的战争，总是长空万里波澜不兴地，突然间导火线就被碰触到了。这些导火线，小到吃饭、冲凉、睡觉的时间，大到学校教育、家庭范式、人生规划，根本看不到它里头包缠的黑色火药，看不到助燃的芯线，常常是随便说起了一句什么话，“嘭”的一声，便点燃了。解释、安抚、规劝、诱导，当十八般武艺用尽之时，一个妈妈的无能和失败便呈现了出来，它可以是惊怵，是疑虑，是愤怒，然后，高分贝大规模的战争开始了。只记得有一个夜晚，不知道为了何事，就是这样开始的战争。等到结束时我万念俱灰，对儿子说：我们需要分开一下，大家好好静一静。然后，收拾包袱去女友家过夜。女友只道是夫妻吵架了，结果发现，这个半夜离家出走的女子，是丈夫车载过来的。

其实，儿子从七岁就开始了漫长的叛逆期。我父亲当年可是虎父一名，不言自威，作为外公竟是没辙。印象中，只有一位长者曾经慑服过他，是著名的评论家何镇邦教授。那年我们一家去北京过春节，何教授招呼我们一起吃年夜饭。打出租车时，他对七岁的孩子说：来，何爷爷抱你。对此我惶恐不安。这种与陌生长辈近距离的躯体接触，是很考验人的，儿子不是那种自来熟的孩子，而且，他对京城之行还有一种怯，凭我对他的了解，要任性要耍赖都是再平常不过了。可是乖乖，他竟然跟着何爷爷跨入了副驾驶室，被抱在膝盖头。那晚吃的是浙菜，颇合他的心意，吃完桂花甜莲藕，他离席去玩，顺便把包厢门口的一副对联记下了，附在耳边念给我听，在我复述给大家之后，他心满意足摇头摆尾，回来还写了一篇日记。这是颇为有趣的事，他的暂时性妥协是由何教授的威严连同北京的味道、浙菜的甜共同酿就的。后来与何教授电话里聊到，他很感兴趣，要我把儿子日记发到他邮箱。这事情过去十年之久，细节模糊了，我去邮箱翻检半天，发现何教授当时的邮箱是雅虎的，早就清光了。

那些年，儿子说过许多出人意表的话，常常是听得我头皮发麻。比如，他说自己一点都不喜欢羊、马、鹿等草食动物，他更喜欢的是虎、豹、狮子。我的惯性思维是，草食动物都是弱者，不喜欢弱者的太不善良了。比如，他说自己一点都不喜欢狗。我的惯性思维是，狗是人类忠诚的伴侣，你不喜欢也就是放弃了对忠诚的诚意。想必，我当年是费了大量口水去说服的，他不再辩驳，却也从未屈服。等到十一岁那年，他终于来找我解释缘由。三四年的时光，对于一个十一岁的小孩来说，何其漫长。汉高祖被围平城、冒顿单于致书调戏吕雉，对于匈奴的嚣张跋扈，汉皇朝一直也没有忘记，终于等到了汉武帝威武长成。儿子也是这般，等到了有能力解释的这一天。

他说道，草食动物在人类眼里显得温柔、合作，可是，他们对同类是极其凶残的：两只公山羊是以羊角抵死对抗的；马是以最具威力的后腿对付同类。他补充道，马的后腿是怎么样的威力，用它来踢一头熊，重则致死，轻则脑震荡；两只长颈鹿远远地看过去，以为是在优雅舞蹈，谁知他们是在殊死搏斗，它们的心脏就在长脖子的中间，相互在猛烈地撞击……这太不可思议了。他天天看动物纪录片和动物小说，没想到，整合出来的信息这么骇人。突然，他举了另一个例子：有人把三只发情期的和平鸽放置在同一个笼子里，一雌两雄，结果，两只雄鸽打斗之后，其中一只已经认输，另一只尚不肯罢休，把其羽毛一根根拔光……肉食动物呢？它们看起来凶猛，可是对同类大多是竞技性的，点到为止，老虎圈山也只是用一泡尿。这知识肯定是贩卖来的，这观点也未必就是原创，可是，这逻辑的严密和立场的坚定，我当时是服气了的。

关于狗的讨论，是在几天后。那天早上，我带他去上学，刚好小区里有人牵着一只宠物狗走过。他说："妈妈，这种依附于人的动物，它在动物中的地位是很低的，像奴仆一样。"我从未想过动物地位这个问题，或许在我眼里，狗已经不算动物了？！我眼前浮现了无数孤独人与狗相伴相知的故事，只回他："人类需要它们陪伴啊，形成共生关系了呢。"

儿子继续反驳："可是它作为一只狗，不自己觅食，只依附别人，这是不对的。"

"它已经被驯化了，没有能力觅食了呢。"

"它如果不出去试试，怎么知道自己真的不行？它如果不出去试试，那么它的后代也就永远只能做这样的狗了……"

那时候，我肯定是一个人类中心主义者。从这里，这个思想有了破溃。

儿子尚未出生时，我有严重的性别歧视，只希望生养的是一个女孩。女红、戏剧、情调、艺术的鉴赏、女性的自主性……一个好女孩的培养方法似乎是现成的。这种性别歧视，其实是胆怯，只能说明我对男孩毫无把握。在他十一岁向我展示动物认知之后，惊讶有之敬畏有之隔膜有之，这样的男孩子果真犀利而陌生。

这世上，人与人的灵魂有多么不同。每次看到微距下的摄影作品，我总是没来由地想起灵魂这回事。有一回，与朋友在杂志社聊天，为了签一本书我们移到了电脑桌，那个丑陋的杯脚印记被发现了，是某一次的饮品残渣，虽然没有馊味，但显然它已被时光酵解。当时，她的抹布已经取来了，快要扔下去之时，停手了，她转而操起了相机，添加了微距镜头，然后，一帧帧既有紧致几何美又有俏丽结晶纹的图案便在镜头里定格下来。搞摄影的人，她的眼球天生有一种微距功能，当然了，写作者也一样的，只不过，摄者的微距功能作用于物，写者的微距功能作用于人性和灵魂。很多物事，在我们粗疏地以肉眼来权衡之时，谬误已经开始，而当我们用微距来过度权衡之时，真实也已远离。对于灵魂的审视，不知道美与真，哪一个更为重要。

偏偏母子之间，是那种至为复杂的灵魂关系。美与真，在这里是不明朗的，也不重要了。它已进入腹地，潜行在血脉的内部。分明是懂得的，一脉相承的，却又是命定地必须抵抗，以抵抗来获取成长。战争发起于越深层，那一击越发伤筋动脉，越发致命。

当然，一个妈妈如果与孩子并置在同一个平面，不能超越其上，她本身就是输家。一个熟谙心理学的朋友给我出主意：每次，碰到孩子与你意见相左、一意孤行时，你先把自己的想法收起，闭目，回想。回想你少年时候，你与父母和老师意见相左时，他们对你的曲解、碾压和制服，要深入地回想，回到情景当中去。

这一次，是在周末。自从住进寄宿学校之后，电子设备是不让带的，憋了一周，周末的反扑气势汹汹。午餐后放下碗筷，他就黏在电脑前，四个小时，昏天暗地的英雄联盟。身体呀视力呀，这些理由算什么，在英雄主义覆盖的精神世界里，身体是多么渺小和无知。中间我有数次的暗示和提醒，有时是被当成耳边风的，有时是被粗鲁打断和抗拒的。这种状态，不是第一次，也不会是最后一次。

我走回自己的房间，长长的帘布被一窗南风鼓荡着。坐在窗前，我闭上了眼睛，使劲地回到十五岁。

这么多年，精神上一路奔跑，生命当中的枝枝桠桠都被抹煞了视而不见，慢慢地，它们似乎真的不再存在。可是，苹果有了，苹果花当然开过，开在当年的春风里。

那年，有一女同学与我走得很近，她常来找我，在我家院后的芙蓉树下一起做作业，还一起集邮。那时的集邮是真集邮，一枚枚邮票从信封上谨慎揭下来，泡在水里去浆、脱掉信封纸，镊子取出来晾晒，走过千山万水才得完成。学校门房里永远坐着敲钟的明伯，为方便寄信，他出售八分钱一枚的普通邮票，偶尔来了特种邮票，都被一哄抢光。写信的人不少，有远方收信人的其实却不多，这个差额是因为校园内暗恋者众，他们寄出的信封右下角永远写着“内详”等暧昧字样。后来，明伯的生意做大了，他开始卖一整套的新邮票。我们都是被蛊惑而开始集邮的。还记得一套四枚的辽代彩塑刚在门房的橱窗上挂出，学生们便把门房围成一个蜂窝。取自山西大同下华严寺薄伽教藏殿的金色菩萨像，丰腴俊美，眼神却极具女子媚态。那时，我对他们的性别和美感怀有含混的质疑和喜欢，只是说不出口。最高面值的那枚是七毛钱，狠了狠心还是买下。集邮是很容易引起狂热的，身边有人同时在做狂热的事情，便相互争逐起来。那个女同学家学渊源，父亲当教师，本身也是集邮者。她身上，不止邮品丰富，还有贩来的二手信息。这对我是有诱惑力的。可我父母亲不待见她，觉得她“破格”。“破格”大概缘自八字推命术语，在民间却是极常用的。大概是看某一个人的细微动作不合眼了，便料定破了个人的格局。父母亲说她破格的一个下意识动作，我看着也颇为蹊跷。她是长得颇为秀美的，身材颀长，可她每天走着走着，就会把右腿叉开，手指探到下身去搓一下。动作频率的疏密是没有定数的，有时半天没见一次，有时却像做杂技一般，连续两三次高难动作。那个镜头很美的，一树芙蓉花开着单瓣的无邪的粉红，一个少女在树下聊着下华严寺女性化的金身菩萨，可是，那个下意识动作让我一次次愣住了。时至今日，我也没弄明白，她的青春期到底出了什么问题，抑或什么问题也没有，她只是喜欢而又难以抑制而已。

每个人的青春期，似乎都是一口深井。外人看到的，是圆的方的八角形的井口，沉在井底的一汪水。至于井底有多深，井水是历经了多少磨难才流溢至此，又从地表带来多少爱欲情恨，这些，是无人知晓的。那时候，我喜欢上了一个同龄男孩，没日没夜地在稿纸上写他名字，希望把那个签名写得越来越帅，仿佛那才是我自己的名字。除此之外，也没有太出格的冲动。这种表达方式伤口小，隐蔽性甚好，连那男孩也一无所知。然而，井口的窥探者却觉得伤深了，惊慌失措。是的，那是父母亲，他们慌不择路去找我的语文老师。有情怀的语文老师总是最得有情怀的学生青睐，可以想象得到，她是如何在父母亲殷切的眼光之下智慧许诺，并很快地付诸实施。她来找我谈话。谈当时我正在读的《简·爱》《呼啸山庄》和《飘》，不屑地轻诋一下斯嘉丽。饶是这样，一切都还是和煦的，春风化雨的。可是，这种突如其来的文艺腔还是让我不踏实，果然地，她开始貌似云淡风轻地谈早恋。在心内我肯定尖叫了长长的一声，以至于她说的我一句也听不见。

我拒绝用早恋之类的语词，它的身上有着太多涂抹，像小时候伤口上的红药水和蓝药水，看起来妖异惑乱。等到儿子的青春期，轮到我做那个窥探者。这是两代人之间无法回避的连环游戏。关于这一桩少年心事，父母亲是在伤口撒过盐的。我算是打过疫苗，心中有了自动免疫的机制。收拾房间时，看到了儿子为宣泄苦闷而写下的小说，用那种封面不起眼的本子，一本连着一本。只言片语一瞥，我便明白了，赶紧收叠好，归置到无人得见的角落里。他是聪明内秀的孩子，选择的也是隐蔽性极好的一种方式。另有一次，一大家子吃午餐，他说几位同学在组织假期旅游，然后补充一句："如果没女生同行我就不去了，我喜欢跟女生在一起。"空气顿然凝固了，汤勺停在半空，筷子碰到了碗壁，咀嚼的肌肉忘记了拉动，我的母亲他的外嫲忍不住了，尴尬地说："这不行的，人家女孩子的家长一听这话，会怎么看你！"我把汤水大口灌下去之后就清醒了。儿子说的是实话，这句话其实是纯洁的，不纯洁的是我们的连带想象。在一个大多数人都丧失了与自己真实内心面对的时代，他的话由真变谬，并惨遭压制。我们无意间都站在了他的对立面。

两三年前，买过日本作家石田衣良的小说《十四岁》，塞在儿子的书柜里。日本的幼儿文学和儿童文学，我没怎么怀疑过。有一次，乱翻此书却发现了一个惊人细节。这本小说是四个十四岁少年的故事。其中，有一位生病了情绪低落，在他生日那天，其他三位好友把一件神秘礼物送到了他的病房边：一个雏妓。我愣住了，这个山峰太险，我没能扛得住，趁他不备把书藏匿起来。一个妈妈的宽容度，不知道尺度在哪，拿捏之间，常常是湿了手心。

还有一段陈年掌故，依然与父辈的行为方式有关。在我们那一代，很少人会在童年时代就有人生理想的，导向是在父母亲手里的。当时，也会用理想这个词造句的，但那些理想是书本上学来的，隔得很。芙蓉树下那个与我一起集邮的女生，就曾在课堂上大声说：我的理想是当一名科学家。话音刚落，哄堂大笑。那时候，科学家对于一个生活在小县城的孩子来说，遥不可及。她后来当然也没有当成科学家，中专毕业后早早嫁人。我的理想胚芽更是偏门，那时候偷偷写着潮剧剧本，大概是希望当个编剧。后来又操办了油印刊物，写些小诗小文，这些与写作都算是关联的。当然，作家也是遥不可及的事情。父亲是一门心思把我当成一个医生来养的，家中衣钵，到此三代。他也从未对此有过指令，仿佛它早就是我此生的使命和宿命。高考志愿单，清一例是医学院和中医学院。我把人生最灿烂的年月全部交给解剖课和尸池，交给福尔马林氤氲的医院，之后，逃离了出来。是真爱，哪个时候都不为时过晚。我还是回到写作的路径上来。在这一点上，对于儿子，我有足够的宽容。我可以接纳，甚至忍受他选择的任何行业。之所以说忍受，其实，是包括了许多我个人可能厌恶、反感、莫衷一是的门类。

在他沉溺于网络游戏时，我与他探讨新兴的网游专业问题。总不能因为我们观念老朽，耽误了孩子的真爱。谈话之初，他就对我的措辞提出了批评：妈妈，我们现在玩的是“电子竞技”，不是“网络游戏”。我接受了。在老套的观念中，电子竞技与网络游戏是没有区别的：成瘾性是一样的，无用性也是一样的。可是，他觉得电子竞技参与了他们这代人的成长，它不单单是一个游戏，他们有团队、有进取、有荣誉感。他举了一个例子，就像他们在网络上打篮球赛一样。如果打得好，这个竞技可以一直晋级，打全国赛打世界赛。事实上，这个游戏是有专业团队的。我跟他探讨的新兴专业，包括当一个专业团队的队员，还有网游主播。他曾以无比欣羡的口吻跟我聊过一个网游主播——他以前就是一网瘾少年，父母离婚，与奶奶生活，每天只吃两三块钱的速食面；后来，玩英雄联盟上了手，加之说话幽默有趣，当网游主播之后快速走红，玩家的打赏每天数千元计。我问他：“做这个职业，得有什么准备？玩家中能够生成的概率有多少？”他当即否定了：“我没这个意思，口才不行。”他讲这个故事，有另一层意思我倒是听懂了，这孩子三观还是很正的，网游主播之路之所以值得欣羡，那是因为他结了一个善果。关于专业团队队员这个职业，他拒绝跟我交流。我估计，他自觉没有胜算。两周后，倒是主动回应了这个话题，他说刚好在学校图书馆看到一篇这个专业的介绍，水太深了，“我们还是走正道吧”。他用的正道这个词，让我有些内疚，我以为自己是一个开明的妈妈，没想到，他对这份爱好是有内疚的，一边喜欢着一边把它当成歪门邪道。在潜意识里，他最直接的压力肯定来自我这里。

兜着一怀南风的窗帘，把我拂了一下，闭着眼睛，那一拂，仿佛是有宗教意义的，有一道圣洁的光透过，它来自观音的柳枝。

儿子心里都明白着，只是，有些时候，他自制力不足……就像妈妈有时候自制力不足一样。

除了早恋事件和理想问题，我的十五岁好像还算乖觉，抵触和叛逆，都是细水微澜的，甚少有过正面冲突。有一次，应该是我顶撞了父亲一句话，母亲在旁，用塑料桶冲我头部横扫过来。母亲很少有暴力行为，这一次颇为反常的。现在想来，有微妙在焉，或许我当时只是无辜羔羊。还有一次，四个女同学相约了去其中一个家里过夜，主方和客方的另三个家长都同意了，到了我父母亲这里，遭到了抵制。他们只接受同学来我家过夜，不让我去别人家。应该是与另三个同学同来的，她们就在门外等我取睡衣，软磨硬泡之后父母亲终于答应了，说是下不为例。当年虽然懵懂，现在回放来看是明白的，那是因为主方的家庭状况他们不放心。说白了，是养女孩子的警觉。看来，我的少年时期还是被养得好好的。嗯，我的儿子，他应该也会好好的。只是，出花园的路无比漫长，它需要我们耐心地一路慢行。

新兴的网游专业被否了，那么，他的理想是什么？自幼儿时期开始，理想的序列大概有制鞋人、白老虎饲养员、篮球运动员、王阳明的徒子徒孙、园艺师、有神奇技能的中医师……这个单子似乎还在延续。

最后一次去学校开家长会，去早了，负责签到的志愿同学问是谁的家长，我说："黄小隐。"一个娴静女生活跃起来："我们正想看看黄小隐的家长。"我问："为何呢？"她说："他很特别呀。"与他们聊过几句，所谓特别，大概表现在两个方面，语文素养和篮球水平，而这两个方面又是如此拮抗。用娴静女生的说法："我们语文老师喜欢他，快把他当儿子了。"语文老师很年轻，儿子背地里偷偷喊他"小宁哥"。有时，小宁哥会让出一节课给儿子，请他给同学讲古体诗词；有时，小宁哥讲着杜甫的诗，讲着讲着说："杜甫的爷爷也是诗人，名字忘记了，哎谁知道杜甫爷爷的名字？"全班就喊："黄小隐——"小宁哥把眼光投向了他……最后，娴静女生拉着我的手，带我去看一件东西。她从教室侧壁拉出一块大板牌，摊开来一看，原来是同学为小隐画的画像，她说："打篮球班赛时，我们班举着这牌子去为他加油。"我有些受宠若惊："是每个篮球队员都有画像吗？"她说："只给他做，他打得最好。"那一刻，分明有水样物质在我的眼眶里流溢。他们班的篮球队好弱，儿子为这桩事无比苦恼，寒假时，很多个凌晨是五点多起床，坐最早班公车去时代广场练球。虽然，他们在班赛中并没有获得好名次，可是，在女生心目中，他依然是一个英雄。把那画像拍下来，戴着眼镜，眉毛粗浓，一圈小胡子，有人看了说像鲁迅，有人说像李大钊，我便笑得不行，就这形象打篮球，果真怪异。我特地去会过了小宁哥，几句话交谈下来，便知他是一个有情怀的人。我告诉儿子："今后有心事，你就找小宁哥吧。"他们的私下沟通，一汪井水清津津，肯定会比妈妈尴尬的介入更好。

许多人问我，笔名为何叫作小隐娘。自从生了一个叫作小隐的儿子，这个身份便是终生的了。当然，也与少年时阅读唐传奇的聂隐娘有关。这个脑室里藏着匕首的女侠客，既能飞刺鹰隼，又能刺恶人于都市，人莫能见。她的身上藏着无尽秘密。

出花园之路，堪比出埃及之路。既是他的，也是我的。

本文收录于2021年2月出版的散文集《出花园之路》

赏析：

出花园是潮汕民间一种献给十五岁孩子的成人礼，林渊液决心要给儿子办一个出花园仪式，计划却因其他的事情而流产。她从最终送给儿子的生日礼物中吐露对儿子的期待，继而由此写到自己与儿子的相处的过程。从儿子的成长与选择谈起，回顾自己的十五岁，再延伸至青春期男女普遍复杂的心思。这种拉家常式的娓娓道来并不显得琐碎无趣，在林渊液理性与知性相融的口吻里，融入了她的生命体验与思考，文字的分量便因此变得厚重起来。在此过程中，我们的思绪也不由得从他们的出花园之路，飘到自己的路上。

（沈梓昕）

一底年糕

林中英

母亲已到鲐背之年，耳聋、善忘，说话重重复复，倦于煮食，是自然规律了。直至去年，子女们供新岁的年糕依然由她争着来主制。炊糕的黄金配方牢牢嵌在她的记忆中：炊糯米年糕，一斤糯米粉配十二两冰糖。糖在水中煮溶后拌搓糯米粉。水、淡奶和椰浆的综合分量，以拌至糯米粉浆可从指罅流出而形成一条细细老鼠尾，若断若续地，不黏稠也不稀溏，便为适可。她常用七斤粉炊年糕，共掺以三罐淡奶、四罐椰浆。每锅可分炊两底，在炉中蒸四个小时，每隔三十分钟给锅加一回热水。若蒸萝卜糕，萝卜丝在搓揉下会出汁，切记不要在粉里添水。

曾经怕她操劳，提议买现货好了。她说别人做的哪有我做的好吃，我做的又香又滑。谁谁每年都要吃我的年糕，今年我准备蒸一底三斤粉的给她带回香港。

炊糕寄寓着过平安好日子的祝愿，做起来就有一种仪式感。从前外祖母蒸糕时总要打发我们小孩子离开，不许走近厨房，以免说了不吉利的话，碰了口卦，令年糕生水或发不起来，这一年便在暗里忧悸中而过。那时用的是柴炉，火力不均匀，炊糕不容易熟。我看到外祖母坐在小板凳上守着火炉大半天，好奇地上前问："还未蒸好？"回话是一声："大吉利是！好好，好好！"

以往是在年廿四开始炊糕，年廿八收炉，全屋大扫除洗邋遢，之后换神红，贴挥春。但如今的家庭每天都要做清洁，搞卫生，早已无须把家翻了个底朝天地扫除尘埃执拾废物了。说到年糕，其简单的作料一年三百六十五天都有供应，哪一天都可以炊糕。但这些年节食品，日常吃没有意思，会失掉滋味。以前我曾一时忘了忌讳，问母亲今年炊不炊糕？敏感的她白眼以对："大吉利是！为什么不炊糕！"按我们的乡俗，那年办过丧事的人家是不炊年糕的。可见日子虽已远离从前，而节庆的吉祥文化依然健在，传下去虽有守有舍，整体不致强韧如钢缆，但其精华部分自会一脉绵绵。

母亲对自家年糕的制作执着，年年都是这种滋味，曾拿人送的橙香年糕给她试，咬一口，脸上现出嫌弃的表情。拿中山的肥猪肉咸蛋黄老年糕让她尝，她回味了一下，食味看似可以，评语却是“不正宗”。

什么才算是正宗的年糕呢？苏浙人以桂花糖年糕为传统；以纯糯米粉作主料，加猪油板丁而成的大猪油年糕，还分有玫瑰、桂花、枣泥各味，都是春节传统年糕，各地自各有制法和风味，在各地被视之为正宗。对于母亲对自家的椰香年糕的倾心、执着，我忽而想用“文化自信”来解释之，顿觉有根有苗。

庚子疫年里，母亲的体能精神大降，厨事已不沾手，炊一底年糕仍是她的强烈心愿，春节前一个月便每天叨念几次，我答应由我来做，她依然不放心，为稳定母亲的心绪，我提早炊了两次年糕，以成品证明炊糕的难度不大。然而尽管按着配方的比例去做，但色、香、味确实又不一样，严格来说是很不一样。母亲咬嚼着却不说好坏，她的味觉尚未退化，却不想对我有过高要求。看似很容易做的年糕，其实也要我积累经验，浸淫总结的。

赏析：

鲐背老人执着于一底年糕的制作，本是不值一提的家中小事，作者却能细致捕捉到这种执拗背后的文化意味，把生活话题演化为文学话题。无论是“正宗”炊糕的“黄金配方”还是节庆的吉祥文化，都裹覆在乡俗精华的绵绵一脉。作者从母亲手中接过此脉，在炊糕新尝试中发现传承不易，深谙手艺背后积聚的是人生和生命体验，而传承旧俗本质亦非文化任务，它蕴含着对日常生活倍感珍视的虔诚与对一方水土的热爱。在此意义上，老人对炊糕的亲力亲为便也有了些“美好生活不假他人之手”的味道。

（沈梓昕）

牛铃叮当

李清明

水乡多水牛。

从我记事开始，直到成年走出水乡之前，多与水牛为伴。不但寒暑假期要整天放牧水牛，即使开学了每天也须带上镰刀和竹筐，在放学的路上割上满满一筐青草，回去喂食和照顾水牛。

俗话说，一方水土养一方人。套用到动物界，也是一方水土养一方牛。水乡一个个垸落均是从洞庭湖多年淤积的湖洲上围垦而成，湖汊内港沟渠水塘星罗棋布，到处都长满了茂盛的青草和自然疯长的野生的芦苇，以及人都可以食用的水芹菜、野藜蒿、野蕨根等。这些都是水牛们上好的饲料。水牛生命力强，极易饲养，春、夏、秋三季均以自然生长的青蒿、野草为食，万物枯萎的冬日，每天也只需一捆备好的干草和一瓢清水而已。

以农耕经济为主的水乡人们，从古至今都把水牛视作自家的命根子，水牛也是他们唯一的一笔看得见摸得着的财富。每有小牛犊出生，在它们学会走路的那天起，乡亲们都会精心地在其脖子上挂上一串铜制的牛铃。在以往的岁月里，凡偷窃水牛都属“情节特别严重”，须重罪治理，甚至判处死刑。乡亲们在农忙季节要用水牛犁田、耙田、滚田，即使到了农闲的秋冬时分，也要把水牛牵进碾坊，帮助拉磨，碾压菜籽、稻谷，将它们变成食油和大米。

记得二十世纪七十年代初期，村里就购买了“东方红”牌拖拉机，还配备了犁、耙、磙等成套的耕田机械。按说“铁牛”进村，农田的耕作完全可以不用水牛了。可水乡的稻田多是从河汊、淤塘、沟渠等围垦改造过来的，几吨重的拖拉机开进去，常常会被淤泥淹得只看见伸在顶部的烟囱，最后还须用十头八头水牛合力，才能“拖拉”出来。

也许是长期生活在水边的缘故，水牛天生就能游泳，还是长距离泅渡的高手，也是我们乡野少年最为实用有效的游水老师。水牛在浅水区域游泳非常缓慢，一边游还一边不忘啃食水中的荷叶、蒿草和野生水稻；唯有穿越深水区域时才特别快捷，一边不断地用力划动四肢，一边还把头角抬得高高的，“嗯呀——嗯呀”十分卖力和得意地叫唤不停。跟着水牛学游泳，我们先是用柳条鞭子将水牛赶至河边，双手死死地拽住水牛尾巴，在水牛飞速抢渡的过程中，我们则使劲用双脚拍击水面，这样一来既锻炼了涉水的胆量，也掌握了双脚游水的方法。有了水牛的传帮带，我们紧接着又从水草中抓来一两只青蛙，抛入水中，观察和模仿其划动四肢，在水中前行的动作要领……不消两日，我们便掌握了“牛刨”（也叫“狗刨”）、“蛙泳”等全套的游泳本领。

水牛温驯、勤劳、质朴、善良，只要你往牛头前一站，哪怕是水牛正在吞食草料，也会赶紧把头一低，让你爬上头部，待你扶着两角站稳了，它又会很通人性地将头部向后慢慢抬起，方便你顺着其粗壮的脖子爬到背上。待你坐好，水牛还不忘摆动着头部，“嗯呀——嗯呀”撒娇般地叫唤几声，牛铃也会“叮当——叮当”地响个不停。这时的我们，头扎柳条帽，腰间别着把打鸟的弹弓，右手将柳条制成的牛鞭高高地扬起，大声吆喝着水牛们急驰在一望无际的湖洲上，活像一个个舞长剑骑战马，披挂出征的大将军。

常在水边玩耍，我们会经常遭遇到比水牛不知小多少倍的鹅的追啄（鹅会啄人，在我们幼小的记忆中便根深蒂固；鹅也很警醒，古时候两方交战，常常会用鹅来充任哨兵），水牛却从不欺负人。为这事，我们还煞有介事地请教过读过私塾的刘爹。老人告诉我们：鹅小欺人，是因为它的眼睛是缩小的，见人就像见到一只蚊子那样渺小，所以它才敢于追赶啄击；牛大敬人，是因为它的眼睛是放大的，见到人就像见到一座山一样庞大，所以它就特别地敬畏和驯服。由此，也更加增进了人们对水牛的敬重和爱护。

水牛平日温驯，只有互相打起架来才异常勇猛，尤以处于发情期的公牛为甚。为了争取到母牛的交配权，公牛们的双眼都是红的，一旦攻击开始，它们便会抵足弓背，将头缩至两条前腿中间，亮出早已被我们用石头片磨得尖尖的双角，竭力挑击碰撞……继而牛铃骤响、沙飞石跳、响声震天。往往需要我们用一捆捆干草燃成火把，投掷到牛角交织在一起的两头水牛头部中间，方能将它们分开。

水牛索之甚少，干的却全是最苦最脏最累的活，死了还要奉献一切。老了的水牛，乡亲们因害怕掉膘，往往都会提前宰杀。许多次我们见到被用牛绳绑因在树下的水牛，看到屠夫磨刀霍霍，大多会向天“嗯呀——嗯呀”地长叫几声，仿佛卸下它一生的重负。印象最深的是一头我曾经放牧的老母牛，临宰之前，只见它瞪着一双哀伤的大眼，面对父老乡亲前膝着地，慢慢地跪了下来……老牛老态的头颅轻叩着地面，眼里滚出了一颗一颗豆大的泪珠，沿着腮边簌簌直下……引得大人小孩们也全是泪眼蒙蒙，不忍卒看。屠夫见状，多会有些无奈、悲怜地顺手解下身上的围裙将老牛的双眼蒙住……慢慢地这也成了水乡人们宰杀动物的特例——只有宰杀水牛时，才将它们的双眼蒙住。在我的成长记忆中，人们在屠宰猪羊鸡鸭时是从不将其眼睛蒙住的。比如天天只等海吃海喝的肥猪，临宰前哪怕是它们"嗷嗷——嗷嗷"地叫得地动山摇、声嘶力竭，乡亲们也不会有半点恻隐之心。

水牛优点许多，如果要找缺点的话，"倔犟"可能是它们唯一的不足之处了。难怪乡骂中说一个人蛮倔，常有"你这头该死的犟牛"一说。一次，一位长沙城里下放的女知青打着花雨伞、穿着鞋袜，在一条窄小的田埂上与村里的一头公水牛迎面相遇，任她怎样吆喝、跺脚，水牛却瞪着鼓鼓的眼睛死活就是不下田让路。最后，女知青只好脱了鞋袜，无奈地下到水田，让"嗯呀——嗯呀"叫唤着的水牛大摇大摆地径直走过。还有犁田耕作时，如果你是一名扶犁掌耙的新手多半要遭到水牛的欺负和戏弄。这时的水牛，常常会把"倔犟"发挥到极致。你扶着犁耙牵着牛绳，想让水牛往东，它偏往西；你想让它快些，哪怕是挥舞着牛鞭，它偏偏跟你不急不慢……让你无可奈何。似乎直到我上学认字了，第一次接触"犟"字，方才理解古人造字时，在一个"强"字下头加一个"牛"字的真正含义。

光阴荏苒，牧童牛笛，仿佛一夜之间便成了绝响。现时的水乡，乡亲们早已不用水牛对过去视为命根子般的肥田沃土进行精耕细作了，他们大部分都是直接往稻田里抛撒谷种，靠天收粮、等天吃饭。

水乡的湖洲沃野，唯有水草疯长，久而久之便成了乡亲们放牧水牛的天然牧场。春天里，人们在水牛的脖子上换上新的铃铛赶至湖洲，直到冬天才各自牵回。湖洲沃野，牛铃叮当，自然和谐，到处是一片风吹草低见牛羊的美景。这时，处于发情期的公牛和母牛交配后，就会自然产下许多小牛犊。过去，乡亲们立下一条牵牛规矩：在广袤的湖洲上，将各家的大牛小牛赶至一处，看哪条初生牛犊跟谁家的大牛走，小水牛就算是谁家的。现在，由于利益的驱动，沿古至今的牵牛方法却面临挑战。

邻居何家与胡家的水牛们在湖洲上自然产下了六条小牛犊，两家都说是自己的，互不相让。其中一家提出要把大牛小牛统统用船装到省城去做DNA检测（动物亲子鉴定）。后来，两家的水牛虽只采了血样没有去到省城，科学鉴定又解决了两家的纠纷，但花去的检测费、差旅费、诉讼费等，加起来远远超出了几条小水牛的价值，一时成了水乡人们茶余饭后谈论最多的黑色幽默。

采血样时，小水牛隔着木栅栏和一大群看热闹的乡亲，向着母牛的方向"嗯呀——嗯呀——嗯呀呀"地叫唤着，徒留无限的向往和期待。

打这以后，水乡的水牛们大都由放养改成了圈养，没有了广阔湖洲绿草茵茵的映衬，少了和风的吹拂……牛铃叮当依旧，但总感觉缺少了往昔的悦耳和悠扬。

赏析：

对生活在水乡的人们而言，水牛是再熟悉不过的动物。他们在童年或少年时期大都有过放牛的经历，而水乡所独有的淳朴、闲适的生活气息也潜入到一声声清脆的牛铃中，只要铃声响起，往日的水乡生活便浮现脑海。作者显然有过这样的生活经验，他细致入微地观察人与水牛间的关系，憨厚老实、不求回报的水牛已不仅是农耕社会的生产工具，更是乡亲们的伙伴。时至今日，清脆悦耳的牛铃被机器的轰鸣所取代，水牛也从放养变成了圈养。牛铃声已然成为过去生活的记忆载体，让我们聆听作者笔下的牛铃叮当，遥想那昔日的水乡生活。

（邓秋鹏）

打牙祭·尾禡·无情鸡

穆欣欣

元旦一过，澳门便进入农历年的前奏模式了。相对一年伊始的新年，澳门人更重视农历新年。从前总是在腊月就开始准备年货，急景残年的岁月有红红火火的憧憬，欣喜与兴奋暗涌。而对于现代人来说，临春节前进行一次超市年货大采购足矣，但总觉得缺少了慢慢期待的味道，一切都是匆匆太匆匆。

从前，澳门的商业经营模式是小本经营，很多是家族模式。一个铺位，前店后厂，用餐时间，门前挂块牌子“休息”，一张圆桌开在铺中，东家和伙计一起围坐吃饭，吃过饭之后休息牌子一撤，再重新营业。这是我小时候中午放学回家路上常见的景象。

听老一辈人说，往日做老板的也好，替人打工的也好，最重视“做禡”。“禡”，又称“牙”，打牙祭是也。农历的每月初二、十六是禡，大年初二为每年的第一个“禡”，十二月十六是一年中最后的一个“禡”，此一头一尾尤为重视，打牙祭来得更为丰盛。现代人知道“打牙祭”的意思，但打牙祭源自做“禡”一说却不为多数人所知。澳门作家黄德鸿先生在其著作《澳门掌故》一书中说：“做禡源于何事，则未可详考。据古书说：‘师出必祭，谓之禡。’又有云：‘禡，师祭也，为兵祷。’所祭的是什么？据说是军前大旗，此旗称为牙旗。祭品是大猪。”从黄老先生文中一段话可见，做禡源于古时出兵前的祭祷，有旗开得胜之寓意。从祭品看，这可能是清朝出兵的习俗，因满人嗜食猪肉。那么我们今天所说的“祭旗”也源于此吧？

许是从前人找份工作不易，伙计与东家的缘分很多时候是一辈子的事，比很多现代人的婚姻都要稳固。伙计的一日三餐由东家负责，饮食中少见荤腥是常事，一个月中初二和十六是打牙祭的日子，菜肴会较平日丰盛。而每年一头一尾的“开禡”和“尾禡”就更为丰盛。有一年春节我行走于台湾，见台湾街头广告有专为公司做“尾禡”策划，可见这一传统在台湾仍有延续，但不知在菜品上是否已经入乡随俗地本土化了？

港澳人喜吃鸡，“劏鸡还神”是对神灵的敬意，是祭神时不可或缺之物。当年禽流感谈鸡色变，真给港澳家庭主妇出了难题，餐桌、神台缺少了鸡，等于从物质到精神都有所缺失，苦不堪言。所以，港澳人做禡，加菜中鸡不可少。然而，鸡也够可怜，禽流感来时人们杀之，祭神、加菜人们爱之，但同时又被称为“无情鸡”。何以无情？从前店铺辞退伙计都是在每年年初二开禡时通知，据说东家不便开口，用筷子搛一块鸡给那个要解雇的伙计，伙计便明白自己被炒了鱿鱼，失了工作。我还听说过另一说法，年末做禡的餐桌上，鸡头冲着谁，就代表那个人被解雇了，东家连动动筷子搛鸡的动作都省了。所以我说，成也是鸡，败也是鸡，人们杀之食之，还成为“无情”之代言物，鸡，何过之有？

赏析：

本文取材于日常，介绍澳门农历年节重要的传统习俗——做禡，却力避流俗，不工于活动细节的描摹，也不高歌对人情传统的赞美，而是力图走进内里，环视、沉思和遐想。作者将犀利的观察化作触角，精准探及习俗中的特色仪式与物象，追溯其来由，考究细节背后的人情世故。发现古今之变，但又不直接点破传统文化被稀释的现实，转而耐心书写自己的感受与疑惑，使读者产生共鸣。她借出自己敏锐的形而上眼光，以自己的自省意识作引，召唤人们积极联想反思，有趣且具有启迪性。

（沈梓昕）

即使雪落满舱

塞壬

那天，我跟父亲驱车两百多公里去乡村祭拜一位亡故的老者。天空飘着细雪，如萤乱舞。我们把车停在村口的小广场边，一路走进村庄。父亲的头发、肩头沾着雪粒，他垮着脸，表情凝重。他是头一天意外得知死者已于半月前就过世的消息，所以我们来晚了，没有赶上葬礼(后来知道并没有葬礼)。我们来到一户破旧、低矮的红砖房前，房前墙根堆着两垄黑瓦，底下一层有干枯的苔印，仿佛长在那里很多年。屋旁的旱厕墙垛倒塌了，像是被长年累月的风雨侵蚀塌的。左侧的菜地撂荒已久，枯死的杂草，扔满乱石，几个空塑料袋嵌在杂草间被风灌满。冷风贴地吹过，挟裹着寒气，我环顾着村庄周遭林立的青砖小楼，墙体随处可见的电商广告，听到不远处传来一阵阵摩托车呜呜地鸣叫，几个稚童在小超市前追逐嬉闹。这村庄远在郊外，正值初雪，乡村的寂寥笼在一层厚重的灰色阴郁里，仿佛在酝酿一场更大的雪。而这间屋子俨然死去很久了，就像一座旧坟墓。完全没有人居住过的痕迹与气息。屋子的木门中间横着一把生锈的搭锁，父亲用手扣了扣搭锁，又把头探向门缝里，我也凑近伸长脖子往里看，一片漆黑，阒寂无声。一时间，我和父亲陷入了一种不可名状的无措里。我们在屋门口转着圈，看上去荒诞极了。

死者七十岁，名叫李运强，三十年前因参与抢劫杀人案判了死缓。五年前被释放，一个人回到乡下老家，半个月前脑出血突发身亡。他跟我父亲有过五个月的铁窗之情。在这五年里，父亲偶尔会独自一人看望他，距离上一次他来到这里不足半年时间。我知道，死者的妻儿自从他入狱那天起就跟他断了关系，他们从未探监，直到死的时候都没有现身。听说尸体火化的钱是同族的几家分摊的，骨灰还摆在家里，至今没有下葬。

父亲突然剧烈地咳嗽起来，他躬下身去，身体在颤抖。我赶紧去搀他，他倔强地挣脱了我的手，一下站直了身子，然后说了句，我们回家吧。雪下得大了，他在前面越走越快，带着愤怒与悲伤，带着对荒凉人生的巨大虚无，他把渐行渐远的背影留给了我。我站在他身后，百感交集。祭拜未果，但此行本身也算是尽到了心意，我们原本可以拜访一下他邻近的族人，但父亲放弃了。他就这么粗暴地、自顾自地走了。他难过地说不出一句话。

我是惯于看着他的背影，站在他身后的那个人。作为父亲为数不多的朋友之一，这个人死了，没有亲人到场，骨灰没法入土。落得这样的下场，人们通常会说，这是杀人犯该有的报应。但这是一个可怕的报应。这个报应要比坐牢更可怕。从死缓到无期，从无期到有期二十五年，最终，死刑还是没有放过他。

…………

那他岂不是万念俱灰地活过了这三十年？我忍不住问父亲。

不。在接受死缓的那一天，他就朝着生的方向做最大的努力，所以他的每一天，是怀着希望和光亮的。只是，这人世间太寒冷了，没有给他一丝机会。

两天之后，父亲轻度中风，一时下不了床。他几乎不说话。陪他从医院回来，父亲已康复得差不多了。我半个月的年假所剩无几，即将返回广东，他突然叫住我，我见他脸有未干的泪迹，他微微地想掩饰一下尴尬，然而却又用一种罕见的郑重语气说出，红，谢谢你，辛苦你了。

一时间，我意识到，父亲的这声谢并不是指这几天没日没夜的医院陪护，而是来自他内心深处三十年来对这一切的一切最终凝结成的一个“谢”字。我怔住了，我知道这个字的分量。我们都有情感上的表达障碍，有些话从来都羞于出口，它太烫了，以至于会把我们稍稍地弹开一会。父亲一定知道它在我心里引起的风暴。我流下眼泪。

我给了父亲那样的机会。温暖与光。还有重生。

一

我时常在梦里听到一双钉了铁掌的靴子发出“噔噔噔”的声音，那声音由远及近，它伴着恐惧，压迫，一声逼近一声，最后踩进我的额头，踏破梦境。睁眼，手握成死死的拳头，心跳急促，而梦境清晰依旧，在它刚刚消逝的瞬间，留下一串渐次减弱的震颤使我眩晕。等到灵台清明，我还是要花很长一段时间费力地去绕开它，为的是遏止恶劣的情绪漶漫。无法诉说，没有人能从精神的内部来慰藉我，漫长压抑的童年，寂郁的少女时代，最终，我在阅读中找到了消解。我似乎很早就意识到，人可以依赖冥想活着，构建一个属于自己的世界，然后整个儿地缩在里面。我希望它能够阻挡门外热水瓶摔在地上炸碎的声音，暴烈的父亲，他的怒吼，母亲瑟缩着啜泣，年幼的弟弟，他扯着喉咙发出尖利的哭嚎……全部，把它们挡在我的世界之外。在那样的年纪，我是如何练就了一副冷心肠的？一个人在长期对抗自我的脆弱时，内心就会结出一种类似盔甲的硬壳，看上去冷酷，麻木，不顾他人死活。这是我青春的叛逆。很多年之后，我再看那个时期的照片，很多张，我，撇着嘴角、空漠的眼从来不看镜头，鼻孔发出轻蔑的一哼，脸，厌倦着一切。我曾尝试用文字去面对它，或者说去面对尘封在内心角落的那个自己，可我疑心，一旦付诸文字，最后呈现出来的是另一个模样。很本能地，文字会朝着情绪化、自我辩解、自我粉饰的方向。篡改，无非是遮蔽的另一种形式。然而，很长时间以来，我竟至发觉，即使是遮蔽，那也是真实的一部分。包括，即使我虚构的是另一个自己，那也是我心里希望的样子。

那双钉了铁掌的靴子是我父亲的，那是一双长筒牛皮靴。它的材质有天然的光泽与质感，锃亮、漆黑，沉默。摆放在那里，竟有轩昂的不凡气度，类似于某种男人的品格：伟岸的将军，不朽的战神，抑或心怀天下的英雄豪杰。那个时候，父亲跟那一代的年轻人一样，喜欢一个日本电影明星，他叫高仓健，那一代人，喜欢他，皆因那部叫《追捕》的电影。我想，父亲在穿上那双长筒靴的时候一定是有了杜丘的代入感，他时常穿着它，铁掌发出的声音让他萌生了凌驾他人的意志。父亲是一个身材矮小的人，刚及一米六〇。矮，是他终生的忌讳，逆鳞，不让人碰的。自卑与狂妄，不加掩饰。我相信父亲是一个痛苦的人。他仅穿三十七码的鞋子，然而那靴子最小却只有三十九码，明显大了，前面空出一截。在八十年代中期，一双一百多块钱的靴子，父亲眼睛都不眨地买下了。他把长裤扎进长筒靴，那靴子竟没过了他的膝头，快要到达大腿的部位，远远看着，他的下半身，仿佛是从靴子开始的，看上去丑陋而怪异。父亲趾高气扬地穿上它就脱不下来了。那么多的日子，伴着他说着凶狠的话，变形的脸，目眦欲裂，他愤怒地、在屋子里来来回回地踱着步子，铁掌在水泥地发出的声音，那声音，于我，真像是一场噩梦——他打了母亲。我用双手捂住弟弟的眼睛，缩成一团。

我最后看到那双靴子是很多年后的事情，它被扔在废弃的阁楼里，跟一堆缺腿的桌椅、旧自行车、不再使用的缸和有裂纹的陶罐们待在一起。那靴子的脚脖子扭得面目全非，像两只畸形的老树根。左边的一只，鞋尖处斜昂着头，没法着地，右边的那只，右侧严重磨损，脚背处折痕太深，快要断了。它们都无法站立，铁掌已锈。这是一双备受摧残的靴子，它承载着父亲太多的乖张、暴戾和喜怒无常。我所能忆起的有关这双靴子的那些岁月，父亲折磨着我们所有的人。

这双靴子仿佛为我找到了一种叙述的调门。写作十五年，关于父亲，这个离我生命最近的人，我却迟迟落不下一个字。起先缘于家丑不可外扬，讳莫如深。毕竟父亲有牢狱的经历。而后，我却又始终没有准备好去面对那个时候的父亲和我自己。一想到，或者一梦到，我都是极力去绕开，拼命往里缩。长期以来，我以为这个往里缩的空间还很大。然而，三十年过去了，人世沧桑，几遭起起落落，一生飘零异乡，最终也只落得浮生寄流年，虚掷了光阴。一切外在的、俗世的荣辱、毁誉，于我，皆已是风中之物。而今，我之所以去写它，除了一种佛性的释然之外，我还认为，不论是父亲还是我，在面对他入狱这个事件之时，皆不能以一个丑（即耻辱）字去定义。相反，四十岁的父亲和十六岁的我，在那个事件中认识了彼此，我们重新建立了一种人世间最宝贵的关系：父女。我最终没有抛弃父亲，我向他伸出了手，并抓紧了他。那件事不再是我们人生的污点和耻辱，而是一次重生的艰辛历程。我想起杜拉斯的《情人》，她写这个小说时已进入生命的暮年，而这个她在十六岁就遇到的男人，是她终生难忘的情人，她为什么要捱到古稀之年去写这个让她终生难忘的人？之前，我对此很疑惑，然后现在懂了。她应该找到了一种合适的表达，赋予这个故事在她的生命中无可取代的光与不朽，要做到这一点，需要时空的距离，需要那种历尽世事沧桑之后仿佛又回到原点，重新对过往的打量，以及日日积累的情绪等待临界喷涌而出的那一刻。现在，这双靴子，这个破败而又衰老的实物，我在心里攥着它，眼前浮现出父亲中风初愈时的那张歪斜的脸，那张写满现世已然走到尽头的哀绝的脸。惶惶然，竟莫名想到大限二字，一阵心惊过后，泪腺犹如受了暴击一般，眼睛滂沱不止。

二

父亲是幼子，备受祖母溺爱。我们家世代农民，每一个人都是要下地耕种的，然而父亲吸血式读书，竟自读到高中，直到那个运动席卷全国时，他才辍学。他只得背着一个网兜从城里回来，那兜里只装了一个铝饭盒、一个磕了瓷的搪瓷茶缸、一双旧解放鞋和几件换洗衣服。人皆纳罕：这个读书人从学堂回来，竟没有带回一本书。这到底是读了个什么书啊。父亲只是笑了笑。祖母满心欢喜：这小儿子算盘（珠算）打得好，十里八乡的人都赞，还能写一手漂亮的毛笔字，为他下的血本总算不亏。那个年代，在我们那里，看一个人是不是有文化，第一宗就看算盘打得怎么样，第二宗就是要看这毛笔字了。有这两样，你就有可能摆脱耕种的命运，去生产队当会计、当记工员，最不济，也能去民办小学做个教书先生。他小小身板，没有吃过一天苦，喜欢仰着脸说大话，性格偏激好斗，然而为人却大方爽快，村子里有人家穷，急需要钱，父亲只要有，定会倾囊相赠，也不计较人家会不会还。有天姿不错的孩子，他从来不吝赐教，竭力劝说其家长一定要舍得下本钱让他读书。他性子好动，笑得很大声，一副天底下没有什么事能难倒他的样子。父亲所学，远远不止这两宗。他能写文章，文采不凡，擅于复杂的数学演算，记忆力惊人。他还有一副迷人的男中音嗓子，能把《草原之夜》这首歌唱得深沉低回，孤独苍凉。

就这么个小小的人，进了生产队当起小会计。指尖的算盘珠子扒得飞快，如同他迅速爬升的命运。第二年年末，因在公社的会议上有了一次惊艳的表现而受到领导的关注。我的父亲，十九岁，从容不迫、胸有成竹地报出生产队两年来粮食、蔬菜、牲畜、工时、人力的所有数据，百分比，上升、下跌原因分析，他还补充了个人的相关建议。那种自信，那种踌躇满志，那种台下鸦雀无声的个人秀，父亲，在命运最初的高光时刻，一个牛犊子，尽管青涩，但终归也还是可爱的。紧接着，父亲就进了大队部当会计，做八个生产队的账。他彻底地摆脱了耕种的命运，成了吃公家饭的人。一路顺风顺水，随后又做了大队队长、村支书，最后，他做到了乡镇建筑公司的总经理。二十年间，他从那个青涩的少年变成了一个傲慢、自负、冷酷而又喜怒无常的人。从我记事起，父亲像一个陌生人，这个陌生包括他对我突如其来的热情。比如，周末他让单位司机去学校接我回家，引起同学围观；再比如，他时常塞给我厚厚的一沓钱，扔下一句“拿着”，就没有了别的言语。我跟父亲几乎没有交流。但我知道，他在关注我。他从来没有漏过关于我的所有重要日子——生日、升学考试、毕业典礼，他知道我在学校的所有荣誉，并与班主任有频繁接触。在一次家长会上，父亲竟然给我所有的任课老师都准备了礼物，会后，还高调地请老师去酒店吃饭、唱K。这些都令我反感，觉得他行事粗鄙，像一个小丑，让我蒙羞。在我的视线外，我能隐约感受到有父亲的身影。父亲对我的重视，我后面还会专门讲到一个事件。

可是，我却能在外面听到与父亲有关的言论。那是一种，看见我走来就会戛然而止的声音。残酷的是，我一字不落地听见了，像是被风吹落到地上的声音，人皆散尽，就等着我来捡起。那些话里有诅咒、嘲讽，更多的是看客的泄愤和谩骂。他们嘴里的父亲是一个不得好死的人，迟早要遭到报应，只是时候未到。我很小就是一个心事重重的人了。我听到了很多关于父亲的那些可怕的事：

建筑工地上有人从脚手架上掉下来摔死了，赔家属五千块钱私了。

所有的建筑项目从来没有招标，那个人垄断了。钢铁厂新区所有的厂房、围墙，以及公路，他想给谁做就给谁做。

听说他是乡镇领导一把手的钱袋子。

前几年新盖的教学楼，墙体都裂开了，垮了一边，至今没人管。连建学校都搞豆腐渣……

跟黑道的人搞在一起。听说打伤了外乡一个建筑队的头头，至今人还躺在医院。

然而有一宗八卦应该是真的。父亲在担任村支书的时候，有一次接待市领导，那是父亲第一次接待市级别的领导，所以他特地挑了一套灰格子西装，梳了一个锃亮的大背头，意气风发地带着村干部一行人候在村委会门口，一辆黑色的轿车开过来，里面下来四个人，一个领导模样的人，环顾了一下人群，然后他向父亲身边的书记员伸出了双手。那书记员戴着黑框眼镜，中山装，背着手，他身型挺拔，气质沉稳。人们这么形容我的父亲：他看上去，像一个小痞子。

只有我知道，这种事对我父亲的伤害是致命的。我甚至能想象得到，当时他那张变形的脸。我认为，他后来的种种狂妄、嚣张，都有一种表演的成分。那种扭曲，激发出的恶，往往是毁灭性的。

我后来翻看了父亲案件的所有卷宗，那些触目惊心、恐怖而又不可思议的事情远不是这些风言风语比得了的。然而那个时候，人们对我的态度非常微妙。直到父亲入狱，那种人情冷暖的露骨表现让我在一夜之间长大。无论我在外面听到了什么，我从来都没有向父亲求证过。我对父亲的无视、鄙薄皆与这些毫无关系。

我恨这个矮个子男人是因为他醉酒之后打我的母亲。直到我慢慢长大，敢用自己的身体去挡，父亲的拳脚落到我的身上时，他就会倏地缩回去。我护住母亲，怒眼圆睁。与父亲凶狠地对视几秒后，他就委顿下去。

一家人坐在一个桌子上吃饭的日子很少，即使一年中有那么几回，我和弟弟端了饭碗回各自的房间。母亲一个人默默地陪着他，给他添饭，起先他们小声地争吵，继而父亲摔碗，摔椅子，最终他会摔门而去。父亲在家，总有一种奇怪的氛围笼罩着我们，他像一股特别刺耳的岔音，让我们不自在，令人窒息的压抑感。他在家从来不笑，他的脸有一股暴戾的力量，不知道什么时候发作。有时我们娘仨有说有笑，父亲突然推门而入，空气在那一瞬间仿佛凝固了一般，我和弟弟心照不宣，一言不发，小心翼翼地各自散去。我们从来都没有喊过他爸。“爸”这个字太奇怪了，它需要一个人无条件承认对另一个人有一种先天的情感，我时常盯着这个字看，直盯得它被无限放大，大至虚无，最后陌生得我不认识了。

上初中起我就住校了，那种逃亡窃喜的心理仿佛是，一大片干净明媚的阳光照进来，照亮内心那些已经生病的角角落落。那个家太阴暗了，可怜的母亲，她像一个智者，她深信会有一个崭新的父亲回归。而我在那么长的时间里，认为母亲愚不可及。我读不懂她的爱与慈悲，多年后读到张爱玲的那句话：因为懂得，所以慈悲。瞬间脑海中，母亲这个人一下子对应到位。

父亲经常一个人坐在客厅的沙发上直到深夜。电视的蓝光映在他的脸上。门缝里，我偷偷地看着，他是一个怎样的人？我有时问自己，忽然就觉得面对这个问题有一种巨大的障碍，像一个黑洞，无从下手，他从来都没有在我和弟弟面前表现出温情，更多的是不满和暴躁，即使我们在学校有不错的表现，他只是不屑：跟我那会比，你们都差远了。很多年前，他的床头曾经有《静静的顿河》《悲惨世界》这样的小说，而现在则是金庸的《倚天屠龙记》。有一点，我是可以肯定的，父亲他懂得人性的美好，这世间的善与真，他都懂。只是他好像关闭了。

母亲的态度耐人寻味。对我父亲这个人，她从来没有一句恶语。她微笑着，仿佛掌握着绝对的真理，她似乎在等待着什么。即使是在父亲四面楚歌的日子，那些汹涌地唱衰他迟早要出大事的日子。父亲被带走的那一天，她像一个先知那样说道，这个时候被抓起来是最好的了，再晚些就反而不妙了。

跟所有人的一样，我们都认为父亲被抓是迟早的事。

那个时候，小城突然刮起了跳舞风，城里、乡镇都开了许多家舞厅，一到晚上，整条街霓虹闪烁，迪斯科的舞曲响起。父亲彻夜不归，在舞厅包场子打牌赌钱，听人说，父亲在外面有了女人。我直接的反应是，这绝对是真的。虽然我没有跟他有真正的交流，但我了解父亲。一涉及他的相关信息，我就能瞬间判断它的真伪，我深信，父亲太需要情人这东西来坐实他作为当地一个人物所该有的那种匹配。那女人，堂姐指给我看了，是乡政府旁边庆丰餐馆的老板娘，一笑就花枝乱颤的那种女人，她有丰满的臀部和华泽的胖膀子。我原本没想去招惹她。

弟弟突然发了高烧，我只得在深夜去舞厅寻父亲，让他派车把弟弟送进医院。穿过震耳欲聋的舞池，我被一个认识的小哥领着，径直来到那间包厢。踹开门，怒气冲冲地出现在父亲面前。烟雾缭绕的空间，灯光昏暗，几个人在炸金花，桌面下注的大额纸钞扔得狼藉一片。那女人蛇样攀缠在父亲身上。父亲抬头惊愕地看着我。

“回家。”我只扔出两个字，语气没有商量的余地。

“这谁啊？”那女人口吐烟圈。

“我，我家姑娘。”父亲显得有点惊慌失措。

“啊哟，你是红吧。”女人的脸微微一变，立马从我父亲身上站起来，上下打量我。

“黄江，你给我马上回家。”我直呼父亲名讳。

那女人拉扯我，说道：“红啊，什么事这么急，你爸这不忙着吗？”

一个响亮的耳光打在她的脸上。我龇着牙狠狠发出：“你给我滚。”

父亲一下子震住了。众人见情况不妙，把牌一推。父亲站起身突然大笑起来，他说了一句：“果真虎父无犬女啊，不错。”然后他把那女人扒拉到一边就往外走。

从那以后，父亲就跟那女人断了。我相信理由只有一个，他已经感受到快要失去我了。从那以后，父亲甚至一度罕见地对我赔着笑脸，我知道，在他心里我很重要。

三

我之前从来没有设想过父亲真入狱了我会做何反应。

那个时候我在市里读高中，住校。有一天傍晚，一个同学带话，说总机有我的一个电话。是我母亲打来的，她说父亲被警察铐走了。母亲的声音很镇定，她只是告诉我这个消息，别的什么都没有说。放下电话，我真正感受到五雷轰顶，双脚灌铅。我的全部，整个的肉身，意志，我这个人的一个物理存在，全都化为一片虚无。生命仿佛停顿了一下。我才真正感受到，父亲是一直融入我生命的那个人。他突然被生生拆走，我就裂开了。本是意料中的事，可当它真正降临的时候，依然是一个晴天霹雳。

原来恨，它倾注的也是一种热情，它炽烈的程度远在爱之上。或者说，它们本来就是同一种情感的两个面。

没有请假，我径自坐车回家。一路上，我回想父亲的过往，林林总总。恨意又占据我全部的身心：他活该。见到母亲之后，我大吃一惊，才几个小时的工夫，母亲憔悴得厉害，脸寡白，唇青紫，看见我，她有一点发抖。我赶紧上前扶住她。弟弟蜷缩在她的身边，像一只受到惊吓的小羊羔。我们娘仨拥成一团。这就是一个家没有父亲的样子，这就是一个家就要垮掉的样子。我第一次感觉到，父亲这么重要。现在，他生死未卜，失联，与我们隔着一个未知的世界。恐惧，像一口悬着的深井，时刻害怕有一个小小的石子扔进来打破死寂而荡起狂澜。

我和母亲一夜未睡着。稍稍平复之后，母亲告诉我，前几年一个算命先生跟她说，父亲需要历一次劫，脱胎换骨之后，他会重新回来的。我的母亲，除了自己的名字，她大字不识。在她的世界里，总有一种奇妙的说法去阐释自己的命运，而最终获得心理的圆满。此时，类似这样的话无疑是一种暗示，我愿意顺着这个意思去相信它。相信一个算命先生。长久的沉默之后，母亲又说，他只有九十几斤，这小身板可要受点罪了，他得多害怕啊。我心里一紧，连忙攥住她的手。我跟母亲说，如果父亲坐牢了，我们就等，等他回来。母亲嗯了一声，把头靠在我肩上。

一直害怕说出口的两个字——坐牢，就这样被我轻易说出了。十六岁，我第一次感受到母亲与幼弟对我的依赖，那么重，那么悲凉。我必须先说出它。我不能被击垮。

仿佛一下子云开雾散。最坏的结果都预料到了，我们稍稍不那么害怕。然而除了接受父亲要坐牢这个结果，我需要面对的是一个更可怕的事实：我是一个罪犯的女儿。像一千根钢针扎到身上，一万只蚂蚁啃咬骨肉。那些看我的目光，那些背着我的窃窃私语。想遁地，想隐身，可是这个世界太亮了，我像被剥光了衣服暴露于众人的视野之下，无处躲藏。那些坊间的谣言和议论在耳边嘈杂一片，嗡嗡作响，怎么也甩不掉，甚至会追进梦中。他们的笑声刺进我心里：

“被带走的时候，吓得两腿瘫软，尿裤子了。拖着走的。哈哈。”

“民警在他家院子里挖出来好几十万元。”

“听说在看守所被吊起来打，跪在地上磕头求饶。”

“至少判五年。”

可怕的是，相较于我的尊严和高傲，父亲的处境和命运竟然不是最大的困扰。“父亲坐牢”和“我是一个罪犯的女儿”这两个事实，后者更让我难以忍受。那些被照见的陌生的自我，那些黑暗的真实面目，此刻都凸显出它们本来的样子。我不知道要如何穿越这内心的地狱而抵达澄明，无人可以诉说。

没有一个亲戚来家里安慰。这本是意料中的。我并非那种小小年纪就有了一副看透世态的老成模样。三天过去了，实在是因为父亲那边没有一丝一毫的消息传出来，而谣言四起，我们的心都悬着，哪里有心思去计较人情的冷暖。然而，却有这么一个人撞进来。

一个挺促狭的场面。在村口街道菜市场，几个人见我走来纷纷散去，人群中有我堂婶，她假装没有看见我，想借机混在人群中溜掉。我的堂兄没少拿我父亲下面工程队的活去做，平日巴结我母亲如同亲娘一般。可我径直就站在堂婶面前了。

“啊哟红啊，买菜呢。”她讪讪地说。我嗯了一声，说了一句：“婶娘好。”我直视着她，那句“民警在他家院子里挖出好几十万”的屁话就是她说的。

“那个，我昨儿去庙里烧香了，求菩萨保佑你爸平安呢。出这样的事，我也是挺同情你们家的……”

“我爸这个人最怕死了，一挨打什么都招，说不定，堂兄跟他那些不干净的事都会被供出来的，所以……”

她的脸瞬间变了，那是一种恐惧。嘴里依然絮叨，骂骂咧咧，什么“自己死就算了还拉侄儿做垫背”“死矮子”“活该遭报应”，一边骂一边落荒而逃。我站在那里，满街的人来来往往，夹着嘈杂与风声，眼前仿佛都混沌起来，只有影子在晃动，最后只觉得人只剩下我一个了，大日头底下，阳光是冷的。她这样的人，我是不会去计较的。只是，我那么难过。

四

我只得返校。班长李伟超已经替我在老师那里请假了。一连几天，我成了一个魂不守舍的人。坐着出神，同学从后面轻轻地拍背能把我吓到惊慌失措。先前就打听到看守所的位置，坐几路车，我决定中午放学去探一探。

看守所很远，在郊区的一个山脚下，旁边有一个磁带厂，从学校过去要转一趟车。下了车，往里，是居民的棚户区，有一条长长的脏巷子直通磁带厂门口，往左，就是看守所大门，几棵高大的悬铃木在天空环拱相抱，落叶纷纷，地上打着卷的枯叶被风吹得不停翻滚。大门的岗亭有一个小小的窗口，十二月，天已经很凉了，一个红色的热水瓶正挡着窗口，里面有人走动，看不真切。我的父亲失联一周了，他就关在我眼前的这个四面都是围墙的建筑里。

近在咫尺，我就这样离开吗？如果我此刻离开，那么我就会把同样的难题推给下一次。我不能等到下一次了，我必须正面接受父亲已被关进看守所这一事实。在过去十六年的生命里，耻辱、颜面扫地，难以启齿，举足不前的犹疑，同时又被一种力量驱使的压迫感，在那几分钟里，我全都感受到了。那是一秒接着另一秒的煎熬。

探出头来的是一个三十多岁的警员，锁着眉头，脸有些愠色。他问我什么事，连问两遍，我说不出话，只是泪水涟涟地看着他。这光景，他大概也猜出大半，问我是什么人关在里面。我回答是父亲。他拿出一张探视登记表，我依次填上日期、探访人、人物关系、家庭住址等相关信息。他拿着表，看了看我说，判决前是不能见面的。我小心翼翼地问他，能否转交给我父亲一百块钱。他说这个可以。我环顾了四周，说了句稍等，就跑开了。我一路小跑到附近的一家小卖部，买了两盒精装红塔山香烟送过来。啊，我只是衷心地拜托这个人能把钱如实转给我父亲，看在这两包香烟的诚意上，千万不要做出不好的事情来。千万。我流着眼泪。那人推了一推，在我的坚持下收了。他忽然松开眉头，吞吞吐吐地说："周日你来吧，带上两桶黄油漆过来，你或许能见到你父亲了。"周日，也就是四天后，我就可以见到消失了十一天的父亲。

我轻盈得像一阵风，几乎是一路飘着回学校的。

母亲把鸡汤放进保温瓶让我带上，天冷了，换洗的秋衣秋裤、外套、毛衣，我都打包在一个大大的牛仔包里，准备了五百块钱。一大早，我跟母亲就坐车去市里买好油漆，然后叫上一辆电动三轮车，径直赶往看守所。一路上，我跟母亲都没有说话。十一天，家里没有父亲这个人十一天了。真要见面，我会说什么呢？我跟父亲向来是没有交流的，甚至是陌生的，这样的见面，我如何面对？还是那个脸有愠色的警察出来了，他首先就叫人过来把油漆抬走。我急切地望着他，等来的却是一句："今天见不了，要干活。"铁青的脸，没有任何解释。我气得正要上前理论，被母亲拦住。那人从抽屉拿出一个牛皮信封说："这是你父亲给你写的信。"我一把抢过，眼泪又出来了。那警察看我这个样子，顿时语气缓和了不少，许是对自己失信的补偿，当即许诺道："东西放这里吧，会转交的，不会丢失。”

这是父亲写给我的第一封信。一封长长的信。

五

父亲显然是得知我去探过之后才给我写的信。信中详细地写了我出生的那一刻，一九七四年四月三十日的深夜。那一天，他成为一个父亲。信的内容让我惊讶，只字未提案子、看守所的生活和他此刻的心情。写了四张纸，圆珠笔写的，力透纸背，仿佛是一笔一画刻上去的。我能感受到他要对我说的还有很多，只是眼下，我急切想要知道的相关信息，一个字也没有。信中没有提及母亲和弟弟，只是对我一个人说的。

这几乎是一封无用的信，没有暗示我们应该怎么做。太匪夷所思了。

我读到第二遍、第三遍才略略看懂其中意味。在我出生之前，母亲掉了一胎。眼看着我一天天大了起来，就要落地，父亲应该是紧张和满怀期待的吧。他写到，那天晚上八点，母亲就开始阵痛，天已黑透，他急着去请接生婆，谁知村里的老接生婆病了，动不了。父亲要走十几里路去另一个村请一位经验丰富的接生婆，跟小舅两个人去的。“满天星繁，手电筒昏黄的光圈摇晃着脚下的路。”父亲竟写出这样的句子。他一路小跑，经过成片的稻田和几个小山岗，把小舅远远甩在身后。抄近路蹚过一条河，那时正要入夏，河水还没有涨起来。入夜，水已经很凉了，他把鞋提在手上涉水过河。起先没过大腿，最深处齐腰，不到半小时就赶到了。父亲回忆这段往事，不吝笔墨，甚至提到赶到接生婆家时，喘作一团。我细细读着，忽然觉得身体里有一根肋骨被轻轻地牵动了一下，隐隐作痛，仿佛是唤醒了一种被封印的记忆。

母亲难产，我是脚先出来的，其间还有一只脚卡住了，折腾了很久。最终，我在半夜十一点四十分落了地，洪亮的啼哭沐着血浆被一双手托了出来，那是一团蠕动的活着的血肉。父亲说，那一刻他痛哭流涕。我特别注意到他用了“活着”这两个字，可以想见，产房外，他分分秒秒的煎熬，以及最后爆出泄洪般地痛哭。

在信的结尾，父亲让我送两套金庸的小说过来，说阅读能让他平静。

我承认这封信打动了我，但并非这字里行间透着一股陌生的深情。而是，父女这种显性的关系，其诞生的过程有一种百转千回的私密性，它定义了我是一个人的女儿、他是一个人的父亲这一轨迹。这封信潜意识里似乎还藏有一种隐隐的恐惧，这个恐惧不是因为要面对坐牢的审判，而是，他害怕——彻底失去我。没错，是这个意思。十一天，父亲经历了什么，我一无所知，但从这封信来分析，他似乎并没有把会不会坐牢这件事看得那么重，或者说，父亲对自己的案子已有了判断。我极力地想读出弦外之音，然而还是一筹莫展。

一放学，我的脚就鬼使神差不听使唤，径直往看守所跑。来来回回好几趟，我依然没有见着父亲，但跟岗亭那愠着脸的警员混熟了。他拿到我送来的金庸小说，把书翻得哗哗响，还往下抖了抖，这是想看我有没有在书里夹带纸条。判决前，父亲跟我通信的内容全部都要过审，一旦涉及案情皆要扣留没收。终于得到一个确切的消息，本周日上午，父亲跟其他羁押的犯人一起去对面江北农场劳动，一大早从江边码头坐轮渡过去。那门卫还提醒了一句：你最好在七点半之前赶到码头哦。

我竟毫无察觉已缺了三个下午的课。

一夜没睡踏实，翻来覆去漏了风，被子是冷的。起床看着窗外，下雪了，纷纷扬扬，如诉如泣。天还未大亮，雪光把天地映成黛青色，路上有行人了，听得见有人咳嗽。我顾不上吃早餐，穿上厚厚的棉服，用围巾把头和脸包住，拿了把雨伞，匆匆往码头赶。

大雪如席，雪花像是有一双巨手往头顶的雨伞抛洒，扑扑作响。公汽到站还要步行二十分钟才能到码头，我已走得一身细汗。七点二十，我到了码头，江天一色，雪落在江面上，来不及化，形成一大片稠稠的絮垫子。江对面的散花洲隐在薄雾中，父亲要去那里的农场劳动。岸边泊着一排挖沙船，乌篷里，没有灯光，看不到人影。一艘掉了漆的蓝白色旧渡轮停在那里，它没有篷，是敞式的，两边扶手的漆全掉了，露出黑色的氧化铁，雪落满舱，它泊在风雪中飘摇，底下的水一荡一荡，它就一晃一晃。一个中年男人缩头缩脑地在船头完成匆忙的洗漱。一会儿，驾驶室的收音机打开了，我听见在播报早间新闻。

陆续有人往码头来，人们在大雪中边走边吃着手中热气腾腾的早餐。七点四十分，七八个警察持枪押着二十多个犯人往这边走，我远远看见了一个矮小的身影，踉踉跄跄。十八天未见，待人群走到跟前，我大吃一惊。

父亲的头被剃成极短的板寸，仅比光头多一层发晕而已，他的脸发青，明显浮肿，眼睑处有鼓鼓的眼袋，眼神黯淡无神。穿着一套深蓝色囚服，行动迟缓，垂着无力的手，脚底仿佛有千斤重。我从未见过这样的父亲，他看上去苍老得像一截枯木，似乎已放弃了自己，麻木，任人宰割，灵魂已死。他被彻底击垮了。我不知道父亲是否如外面传言的那样挨过毒打。此刻，他俨然是一个真正的罪犯。一个只剩下皮囊的罪犯。

太可怕了，这是一个死去的父亲。我从未想到会是这样的结局。我还没有完全接受父亲入狱坐牢的事实，他就直接跳进了死亡的画面。太突然了，强烈的悲痛攫住我，我失声痛哭。突然间意识到，所有的，所有的这一切都不重要了。我的所谓尊严和面子，罪犯的女儿，这些都不重要了。此刻，我唯一需要的，是一个活着的父亲回来。

我想起了那封信，那封信如同溺水之人向水面伸出的一只手。我不能远远地看着人群从我身边走过，我径直追上去冲到他面前。可是，我从未叫过爸爸，叫不出口，这个词卡在喉管里，迟迟喊不出来，情急中我脱口而出——黄江。

父亲回过头来看见我了。他愣在那里一动不动。我们对视，天地万物静止无声，时间也瞬间停摆。我看见两行长泪从他眼眶中涌出，槁木般的面庞如同被唤醒了一般活了过来，他的瞳仁注入了一丝光亮。警察过来推搡他，他只得往前走，却又频频回头，拿袖口拭泪。我只得大声喊："黄江，加油，我们等你回来。"

上船了，渡轮发出长长的呜呜。大雪纷飞，父亲看着岸上的我，他直直地站着，没有说一句话。我对他做着加油的手势。这艘破败的渡轮，多么像父亲此刻的命运，眨眼就驶进水中央了。中年，雪落满舱，风雨飘摇，尽显下半世的光景来。我已然坐在了那艘船上，去跟他共受这相同的命运。我不能让父亲一个人面对这一切。如果这是人生的劫难，抑或是坠入修罗场，我愿意毫无保留地参与其中，我不能缺席这场盛大的炼狱，最终，我们会回归成宁静安详的良人。

我们彼此拯救。我放出的一个至关重要的信息：我们还在。父亲准确地收到了。

回到学校，班长把我拉在一边，他告诉我，你父亲入狱的事全年级的同学都知道了，如果有人在你面前说了什么不好的话，你可千万不要冲动做出过激的行为。于我，这原本是一个天大的禁忌，一碰就会炸毛的话题，我是一个多清高多要脸面的人啊。然而我竟释然了，我已然接受自己是一个罪犯的女儿。我笑着对班长说，放心吧，我不会的。我的同学，自始至终，高中三年，没有一个人在我面前提过这件事。连背后的窃窃私语也没有，即使是平日常有龃龉的赵晓静同学。仿佛什么都没有发生过。

六

律师告诉我，这个案子父亲是从犯，主要罪行是行贿、受贿及以权谋私，还有一宗是涉嫌不正当竞争，转包工程。我问他最终的结果会如何，他笑而不语。我忽然觉得法律太有意思了，默念着这几宗罪，只觉得陌生，完全没有切肤感。为什么法律认定的罪行跟我的不一样呢？父亲难道不是因为打了母亲、在外面找女人、聚众赌钱、唆使他人打架这样的事入狱的吗？他性格跋扈、专横，肆意践踏他人尊严，当众掴人耳光，为一点小事砸人饭碗，没钓到鱼就毁人鱼塘，睚眦必报，跑到我学校做出的种种丢脸的暴发户行径……他应该是因为这些事入狱才对啊。可是，律师跟我说的这几宗罪，我仔细比照了一下，觉得比我认知里那些琐碎要严重得多，光是字面上，那些就透着一股条款的威严感。

隐隐地担忧。

再见到父亲是开庭的时候了。将近年关，与上次匆匆一别已有两个月，我多次在看守所传递生活用品，也夹带给他鼓劲的纸条。他的头发长成直竖的硬茬桩，看上去精神了很多。因是从犯，所以庭审的内容是关乎另一个人的案子。审判庭很像一个舞台，背景是酒红色金丝绒垂幕，像是在演话剧，父亲一上台就看见我们了，即使只是淡淡一瞥。我跟母亲并排坐着，我紧紧地攥着她的手。她的手冰凉冰凉的。

面对每一项指控，父亲的供诉条理很清晰，陈述事情原委。他的语调平缓，气息从容。他没有丝毫辩解，大体是认罪的，只有两处金额上有出入。法官是一位女性，她的声音尖细，显得咄咄逼人，她两次打断父亲的陈词。但父亲在那两处表现得斩钉截铁，没有一丝妥协。他要求主犯当场对质，连说了三遍。主犯不在场，接下来要审另一个从犯，最终似乎也没有得出一个结果。

我不知道如果底下没有坐着我和母亲，父亲在台上的表现会不会有所不同。结束了，我们在门口等他出来，快要走到跟前的时候，父亲的头是低着的，他在我们面前站定，依然没有抬头，几秒钟后，我分明听见他清晰地说出："对不起。"这三个字，我知道是说给母亲的。母亲的手开始抖起来，这是黄江第一次跟她说这样的话吧。他径直出了门，两个警察跟在他的身后，阳光像突然被掀开的帘子那样无蔽地洒在他身上，他的腰挺得很直，脚步稳健。都结束了。父亲看上去能坦然面对最终的结果。

等待判决书的日子是漫长的。然而家里的气氛似乎轻松了许多。我的母亲，在她的世界里，最终的解释是，她所受的业，终于得来了福报，她等到了那个属于她的良人。俗语的"浪子回头"皆可以由业报和因果来阐释。我看着她，三十八岁的母亲，她不识字，长着一张略带苦相的刮骨脸，寡白，几乎没有眉毛，但有一双清亮的大眼睛，微微往里抠，她看着你的时候，你会觉得整个世界都亏欠了她，我想，这也许是父亲对她不耐烦的原因。我忽然觉得她的世界很美好，有一种静穆的宗教感，一切的解释都是安慰与慈悲。我们安静地等待一个全新的父亲归来。

眺望星空，澄澈的夜，天空像倒悬的大海铺在屋顶。新年的礼炮响起了，这是父亲第一次不在家里过年。在祈祷的钟声里，我们不念过往，也不畏惧未来。

我又收到父亲写给我的一封信。鼓胀的信封里是厚厚的一沓，似有一万句话在等着我。

七

应该算是两封信。第一封，父亲为我展现了不为人知的过往。在他春风得意进了大队当会计的第三年，就被暗示要求做假账。那个时候，他还是一个踌躇满志、充满理想的年轻人。清高、自负，眼高于顶，自然不屑做假。然后入党的事就此一拖再拖，他也由主会计变成一个小小的助理。喜欢的姑娘突然跟另一个人好了。父亲说，如果跌入谷底的人随时都有机会重新登上高处，而代价就是变成跟他们一样的人，时间一久，极少有人能够抗得住。而在外人看来，变成跟他们一样的人是你的本事，是你混得开。全世界的人都这么看，没有例外。最后，你发现，你对抗的不是那个让你做假的人，而是这庞大的致密的世俗道德价值体系。他写道，即使是像约翰·克里斯朵夫那样的人最终也放弃了反抗精神，变成了一个彻底的俗人。

这是一封很深刻的信。尽管我不认可他对这个世界的描述与定义。对于十六岁的我来说，父亲的真正意图像是在为自己辩白，然而更多的是，他想让我了解他这个人，他的人生是在什么地方开始拐的弯。我还感知到，父亲把我当成了一个可以真正倾诉的朋友。所涉之事如此私密，正如他所说，如果像一个异类那样活着，你就会被这个世界所抛弃。

他举了一个例子，祖母开始冷言冷语，觉得家里的希望因为他的不懂变通全都化成了泡影。终日唠叨不停，指着痛处戳，埋怨自己命苦，一生辛劳付之东流，闹着要喝药上吊。

也许我低估了亲人冷语的伤害程度。我读出在父亲辩白的语境里，有一种自我安慰的正当性。当他选择做假的那一天起，接踵而来的人生把他重新送到了高处。过了那一道坎，崩塌的世界在废墟中重建。父亲在信中写道，最后悔的事情是，他在高处的时候本可以终止这一切，调转当初射出的错误箭头，回归他最初的理想世界。然而，一切都已是深渊中了，无法回头。他类比道，就像岳不群（金庸小说《笑傲江湖》的大反派）贪恋辟邪剑谱，越走越远，永远也回不去了。

也许，让坐牢终止这一切，重新为人生洗牌，才是最好的安排了。父亲在信中还花了大量的笔墨写了自己的几桩功绩，那也仅仅只是强颜对我暗示：你父亲这个人并非一无是处。我莞尔一笑。信里，辩白是真的，忏悔也是真的。黄江，一切都不晚，你可以回归最初的那个少年，意气风发，纯净而美好地活着。

八

在此之前，我以为父亲之所以能振作起来是因为我们没有放弃他。我们给了彼此机会。在我读到这封信之前，我甚至以为，是我拯救了父亲。这封信中提到一个叫李运强的人，这个因抢劫杀人而被判死缓的人，才是他人生中拨云见月的重要人物。李运强与父亲年纪相仿，他们在看守所一起度过了五个月的时光。

父亲在信中讲到这个对“活着”充满渴求的人，那种震撼的力量让人不得不珍视拥有的生命本身。因为是死囚，犯人们要轮流看守他，以防他自虐、自残、自杀。就在这个时候，槁木死灰、行尸走肉般的父亲与这样一个人相遇了。

“你睡吧，我才不会自残呢。我一定会在二十五年之后出狱去重新开始新的生活。”父亲注视着这个人，从死缓到无期，再到有期二十五年，他说得如此轻描淡写，仿佛只是跨过一个小小的沟坎。要知道，这一轨迹需要付出巨大的努力，还要有坚定的信念，二十五年，时光的灰也会让人的心灵蒙尘，太漫长了，漫长到足以冲淡最执着的初心。这世上真的有饮冰十年难凉热血的人？父亲觉得这个人太独特了，他的精神世界独立于俗世之外，这正是他最欣赏的。在那样的地狱生涯里，他活得像一团火。于是主动提出由他一个人来看守他，每天晚上跟他讲两个小时的金庸小说，他反问父亲，为什么鸠摩智要在武功尽失、走火入魔的时候才大彻大悟？他的问题很像自己的处境，但父亲给他的解释是，一切恶的极致都预示着善。这个解释太玄乎李运强听不懂，他作了这样一番理解：武功全没了，他也没法再作恶了吧，这个时候选择做一个好人不就洗白了过去的人生吗？父亲无奈地笑笑，但又承认他讲得其实很有道理。

读到这里，我会心一笑，他们在看守所的日子也没有外界传闻的那样不堪吧。我父亲这个人，至今没有一个朋友，他唯一的朋友居然是在看守所里结识的。正是这个朋友，让父亲走出了绝望。

他有专业的汽车修理技术，能画机械图纸，干活卖力，寻找一切机会立功减刑。父亲跟他讲了自己的案子，他不屑地说，就你犯的那点事，至于吓成这样？也许两个人的命运对比太强烈了，所以父亲开始珍视自己的人生和他身边的人。父亲知道李运强的心病是他妻儿自他入狱至判死缓，一年多时间从未来探视。

而我，在父亲进看守所的第七天就去探视了。父亲把这个消息分享给了李运强，所以才有了他写给我的第一封信，恰到好处地煽情，我果然被打动了。

在信的最后，父亲有一个请求，他希望我去看望李运强的家人，给他们带去他的消息，说他一定会回来的。

我按照信上的地址，一个人坐了四小时的车找到了郊外的那个村庄。

村口的一位少妇指着旁边的一块稻田跟我说，看那儿，李运强的老婆在田里干活呢。我提着几斤水果，连忙走到稻田边，看见一中年女人埋头整理田上的沟垄。已是正午，我又冷又饿。上前打招呼。

“李婶婶好。李运强叔叔托我来看望你。”

“谁？”那妇人猛地抬头。深深的抬头纹爬满她干瘦的额头。

“李运强叔叔。”

“他死了。”妇人丢下这句话继续着手上的活。

“李叔叔让我来告诉……”

“我说了，他死了，别来烦我。你是谁啊，走开走开，别耽误我干活。”她冲我瞪圆了眼睛，一副极度厌烦的表情，然后她又对我摆了摆手示意我赶快滚，仿佛我是一个令人讨厌的臭虫似的。

我连李运强的家门都没能跨进。一路上，我想了很久，我恨过父亲，那么李运强的妻儿更恨这个杀人犯似乎是可以理解的。有一种说法是，对于某一种人，唯有死才能解救了那一家人。

我不能对此评判什么。我既不能低估曾经的李运强给家人造成灾难的程度，又不能因为父亲过度地褒扬他对重生的执着与热情。我只能遗憾。

在一次探视中，我把这事的经过与结果写成纸条传给了父亲。父亲没有任何回复，他一定非常难过。

九

判决书总算下来了，判一缓二。一个月后，父亲回来了。很多村民围观，父亲没有躲避任何人的目光，他微笑着，谦逊地与人打着招呼，得体，有礼，我知道，他已经跃过了一种心理的瓶颈，打通了精神上的任督二脉。他摊平了一切的过往，任踩任嘲，他只是微笑。

两年之后，父亲成了一名炉前工。

清早起床扫马路，给隔壁寡居的王奶奶家担满一缸水。长期坚持，从未间断。我们那个地方的人，从来就不会把一个人看死，人们笃信浪子回头的福报。偶有人挑衅，父亲只是沉默，不着一语。我听说他在外面被人当众掌掴了一次，那感觉就是，被掌掴的是我自己。所有的余毒、后遗症，都等着我们默默承受。那是一种慢火细细炙烤的煎熬。我不知道父亲是如何度过了那些个漫漫长夜。

一次父亲醉酒，他哭得悲伤欲绝，捶着胸口，泪流不止。我年幼的弟弟像只小猫那样无声无息向他怀里靠过去，父亲搂紧儿子战栗不已。我的弟弟从小惧怕父亲，从来都是战战兢兢的。父亲回来后，他乖得让人心痛。我赶紧伏下身上前抱住他们，都过去了，黄江，都过去了。我们重头来过。

李运强后来从看守所转去了监狱，父亲经常去看望他，直到他出狱。三十年，我回想那个大雪纷飞的清晨，江面上的渡轮雪落满舱。我在那里见到了濒死的父亲。那一刻，很本能地，我需要的仅仅是一个活着的人。这是触底的生命线。没有经过最绝望的时刻，也许我根本不知道自己到底在意的是什么。三十年，李运强没有等来他妻儿的回头，他抱憾而死。在他人悲壮而又凄凉的人生里，我和父亲照见了彼此，读懂了人生的珍贵。他常跟我说，其实在欧阳克死的时候，欧阳锋也死了，是杨过让他重新活了过来。啊，杨过，他是一个什么样的人间小天使呢？那些在我们的生命中，给予我们新的生机和希望的人，那些让我们战胜绝望，不再害怕黑夜与寒冷，活成了别人心中一枚银亮灯盏般的人，他们都是人间天使。即使看清了生活的全部真相，即使是一路的荆棘与荒凉，人生依然值得付出所有的热情与爱。

本文收录于2021年5月出版的散文集《即使雪落满舱：2020年中国散文20家》

赏析：

这是一个父女共同成长、彼此救赎的故事。本文以罪犯父亲为聚焦点，书写亲情，也包含塞壬对人生的思考。她采用倒叙的叙事模式，以祭拜亡者为开端，逐渐亮起生的希望。其中往事部分记录父亲从高升到跌入囹圄的过程，挖掘、勾勒父亲堕落的心理轨迹，其间亦交织着塞壬对父亲的复杂感情。挣扎纠结之后，他们共同跨过人生的低谷，最终都成为从容慈悲的平凡人。看似冷静自持的文字实则燃烧着心血，塞壬关上爱的滤镜，自揭疮疤，直面亲情与家的人性与不堪，是和解，是勇气，也是一种沉淀过后的释怀与超然。

（沈梓昕）

握一握文天祥的手

王国华

深圳市南山区南头古城，又名新安古城。南头村在明清时期曾经是新安县政府驻地。新安县在一九一四年至一九七九年期间改称宝安县，亦即后来的深圳市。

这里保存着部分新安县衙旧址，旁边紧挨着的，是“信国公文氏祠”，即纪念文天祥的地方。

二〇一八年清明节。在温暖的深圳，这是个难得一遇的清冷天气。天空阴沉沉的，凉风飕飕，很多人特意穿上了厚外套。我久久地站在文天祥就义的画像前，想着他临终说的那句话“吾事毕矣”（我的事情完成了），心里涌起一层一层的悲哀，泪水忍不住在眼眶里转来转去，随时都会掉下。我这样一个中年人，还是要控制住自己的情感，别让周围的人看到。这样想着，心内的酸楚却越来越浓。文天祥的情感和我此时的情感紧紧地连接在一起。仿佛受刑的那个人不是他，而是我。

我看到了一个极度绝望的人。

一二七九年二月，在今广东省江门市附近的崖山海域，元军和流亡中的南宋小朝廷展开决战，宋军全军覆没。早先几个月被俘的文天祥被押解到北京。作为当时的“抗元三杰”（张世杰、文天祥、陆秀夫）之一，文天祥几乎是名满天下。刚刚建立不久的元朝当然需要这样一个人来为自己撑场面。他们先是派降将来做说服工作，文天祥没客气，痛斥了对方一番。接下来的两个人就让他为难了。

一个是他的女儿柳娘。文天祥本有二子四女，两个儿子一个早死，一个在战乱中失散，另两个女儿也都早夭，此时只剩柳娘、环娘二女活在世上，都刚刚十四岁。元人让柳娘给文天祥写信，讲述自己的苦楚，希望用骨肉亲情打动他。接到女儿的信，文天祥痛断肝肠，“人谁无妻儿骨肉之情，但今日事已如此，于义当死，乃是命也。奈何！奈何！”孩子你受苦了，但我也管不了你了。后世有人将此解读为“坚定不移”。此种解读太不近人情。从这句话里，我看到的是巨大的悲怆与绝望。

另一个是宋恭帝赵㬎。这个只当了两年皇帝就被迫投降元朝的孩子，此时也不过才十二岁。此前他的弟弟赵昺（宋少帝）已经由陆秀夫背着一起投海自尽。为了他们赵家的天下，文天祥付出了一生的努力，妻离子散，数不尽的汗水和泪水，眼见这个前来劝降的孩子，谁能设身处地想象文天祥此刻的心情？

文天祥号啕大哭，长跪于地，请求“圣驾”回去。

所谓的坚持，对他来说或许是万念俱灰。他的那个宋朝没有了，他活着还有什么意思？

自从赵匡胤黄袍加身，便给后代立下三大誓言，其中之一就是不杀士大夫，不杀上书言事人。有宋一代，始终厚待读书人，高官厚禄之外，动辄荫封子弟，使之世代享受荣华富贵。遇到令自己不舒服的读书人，最多把他贬到偏远的地方。像苏东坡，从京城先后被贬到湖北黄州、安徽颍州、广东惠州、海南儋州，让你颠沛流离，一路奔波，但终究还是公务员，领着皇家的俸禄，而且有随时被召回朝廷官复原职的可能。所有被贬斥者，难免激愤，但心里都会多多少少抱着希望，说不定什么时候皇帝回心转意，自己的好日子就又来了。反观相隔一代的明朝，对读书人极尽侮辱之能事。方孝孺效忠前任皇帝，明成祖朱棣杀他“十族”泄愤，九族之外，连学生都算一族。另有一种方式是“廷杖”，读书人不是爱面子吗？看你不顺眼，我就扒了你的裤子，当众打你屁股，杀你的威风，让你颜面尽失。结果就是，宋朝三百多年养士，灭亡的时候，十万人跟着皇室一起跳海。明朝二百七十六年侮辱读书人，灭亡的时候，崇祯皇帝敲响警钟，全城竟无一个大臣前来救驾，最后孤零零吊死在景山的歪脖树上，陪在他身边的只有太监王承恩一人。两相对照，便知养士何为，辱士何为。

宋朝对文人的宽厚包容，只是事物的一面，其本质是对整个社会的宽厚。比如对柴氏（周世宗）后人的态度。老赵家夺了老柴家的江山，赵匡胤三誓之一是：保全柴氏子孙。柴氏子孙有罪不得加刑。即使犯了谋逆大罪，也只在狱中赐尽，不得于街头问斩，亦不得连坐支属。这种宽厚的氛围扩大开来，就是对百姓的宽厚。人们在相对宽松的氛围中呼吸顺畅，文化得到了大发展。专制制度下，执政者无法用现代手段杜绝各类弊端，无法解决因为宽厚带来的冗员和积弱，但也正如此，才更显难能可贵。赵氏初衷自然是让自己的家天下长治久安，但用包容方式而非严苛手段，这一选择造就了一个时代的绚烂，涵养了一个民族的文化。

文天祥是受惠者也是回报者。他看不到未来。宋朝没了，他没了回报的对象，也没有活下去的理由。尤其见到赵㬎时，他内心的绝望达到了顶峰，唯有速死一途。

想象中的慷慨就义，应该是挺胸抬头，打了鸡血一样喊口号。文天祥一定不是这样。他是万念俱灰，无欲无求，但也并不是垂头丧气。若如此，应该是自杀。他被困牢中，有自尽的条件。绝食、咬舌、割腕、撞墙都可以，但他没有这样做。他是选择死在对方的刀下。而且，忽必烈召见他，亲自劝降的时候，他也没有硬碰硬地死磕，而是作了一个长揖。我不是你的臣子，我不向你叩拜。礼数到了，自己的原则也坚持了。他没有将彼此的关系上升到势不两立的敌我矛盾——现在是我死你活。我就是要死，而且是死在你的刀下。你的刀架在我的脖子上就成了屠刀，我的热血在你的刀下流淌，就照亮了汗青。

我的朋友许石林先生多次讲过这样一个故事。在他家楼下，有一位罗姓女店主。偶尔聊天时，有人提到，你们姓罗的，古代有一个英雄叫罗成，能征善战，可惜二十三岁就死了。这位女店主说，人家活到二十三岁，就是为了那壮烈的一死啊。

是啊，怎么个死法是有讲究的。人固有一死，但不能稀里糊涂地就死了。如果自己还可以选择，简直算得上圆满。

这时就愈加觉得文天祥那一篇《过零丁洋》有嚼头。

景炎三年（公元一二七八年）十二月，在岭南坚持抗元的文天祥不幸被俘，押至潮阳。见了元军统帅张弘范，文天祥坚决不拜，张弘范于是以宾客之礼接见他，同他一起入崖山，要他写信招降张世杰。文天祥说：“我不能保卫父母，还教别人叛离父母，这怎么可以？”因张弘范多次向他索要书信，无奈之下，文天祥写了《过零丁洋》一诗给他们。

“辛苦遭逢起一经，干戈寥落四周星。山河破碎风飘絮，身世浮沉雨打萍。惶恐滩头说惶恐，零丁洋里叹零丁。人生自古谁无死，留取丹心照汗青。”

此处的“零丁洋”，现在一般写作“伶仃洋”（不知古人为什么给此地起这么一个悲伤的名字）。在今天的广东省珠江口，域内有内伶仃岛和外伶仃岛。

从第一次读这首诗，到现在多次重读，依然觉得悲苦是主调。虽然最后一句稍显昂扬，但整个调子非常低沉、无助。

前些年，深圳市宝安区西乡街道办了一份纯文学性质的内刊，名字就叫《伶仃洋》。彼时我刚来深圳不久，看到刊名吃了一惊，原来文天祥笔下的伶仃洋就在我身边。出版创刊号时，编辑找莫言题字。那时候莫言还没获得诺贝尔文学奖，他抄了一遍《过零丁洋》，算作对刊物的支持。莫言的手稿我看过，里面把零丁洋写成了伶仃洋，应算是别字。但我总是把伶仃和零丁搞混，也搞不清哪个是对的，哪个是错的。

当发现自己就生活在这个地方的时候，瞬间感觉和文天祥发生了一些关系。他的灵魂就在我生活的上空飘荡。

据说全国各地有很多与文天祥有关的纪念馆、祠堂、广场之类。广东海丰县、温州、北京、福建、江西吉安以及深圳的南头古城等地都有。

名人是上天对这些地方的恩赐。

名人对地域文化的影响，绝不止于留下一个名字。唐朝时，大文豪韩愈曾被发配到潮州做官，他在这里驱鳄鱼、普及教育、兴修水利，虽做了些事，但总共也才八个月时间。他可能永远都想不到自己死后几乎成了潮汕文化的代名词。潮汕人将他奉为神人一般，记下无数和他有关的传说，并以他的姓氏命名江河、山峦、道路等。与其有关的遗迹、戏剧、庙宇、宗祠数不胜数。人们用他的事迹教化后人，以他为傲，向他学习。学习什么？当然是优秀品德。人们甚至把所有能想到的好的品质都加诸其身。是不是真的发生在他身上已经不重要，重要的是有这样一个载体，一个代名词。他脱离了他自己，超越了他自己。因为有他，人们才找到了文明的基础；因为有他，人们才一心向善。

苏轼曾在《潮州韩文公庙碑》写道：

> 盖公之所能者天也，其所不能者人也。始潮人未知学，公命进士赵德为之师。自是潮之士，皆笃于文行，延及齐民，至于今，号称易治。信乎孔子之言，“君子学道则爱人，小人学道则易使也”。潮人之事公也，饮食必祭，水旱疾疫，凡有求必祷焉。……或曰：“公去国万里，而谪于潮，不能一岁而归。没而有知，其不眷恋于潮也，审矣。”轼曰：“不然！公之神在天下者，如水之在地中，无所往而不在也。而潮人独信之深，思之至，焄蒿凄怆，若或见之。譬如凿井得泉，而曰水专在是，岂理也哉？”

苏轼深刻地认识到，因为潮州人信奉韩愈，才有了今日韩愈和今日的潮州人。如不信或半信半疑，再高大的人物也都不过是普通人。

名人留踪一个地方，不仅赋予这个地方历史，更赋予这个地方气质。深圳蛇口的赤湾村有一个宋少帝赵昺的墓。据说，崖山之战之后的第二天，十万具尸体浮出海面。陆秀夫的尸体被百姓找到，安葬起来。小皇帝赵昺的尸体则随着洋流漂到了赤湾村，被一个老和尚发现，嘱当地百姓埋葬于此。这个就近乎传说了。但正因为有这个传说，本地人才感觉这个人亲近，并因为同情其遭遇而同情有类似遭遇的人，让善行得以彰显，让正面的品质得以流传。

文天祥也是这样。万念俱灰也罢，慷慨赴义也罢，如果不是有他这惊天一死，人们怎么会毫不吝惜地把一切优秀的品行都加在他身上？在文氏祠里，可以看到不少文天祥做官期间如何安民，造福百姓的故事。古代爱民如子的官员应该颇有一些，但放在文天祥身上，让他承载，由他传播，就有说服力和感召力，就有可学习性和模仿性。

同一时期，东莞温塘村有个叫赵必瑑的人，是宋太宗的十世孙。文天祥死后，赵在堂前挂起文天祥画像，日日面相而泣。赵必瑑是个地方小官，曾追随文天祥抗元。他对文天祥的怀念，与其说是下属对上司的怀念，莫不如说是赵家对殉难者的感恩。你为我们赵家献身，我们赵家人永远记着这份情谊。这种报恩心理，在民间尤其具有标杆作用。对民风的影响也是潜移默化的，深远而久长的。

史书记载，文天祥家破人亡，他弟弟把一个儿子过继给他，算作他的养子，以使得忠臣有后。现在广东地区的文氏后人，基本都是他弟弟留下来的。深圳片区也有不少文氏后人。

名人的后代该是个什么样子？这个问题很多人没有细想过。当代名人不算。当下经常有人打着爷爷或者老爹的名头，四处骗吃骗喝，也能混个温饱。中国人讲面子，明知黄鼠狼下耗子一辈不如一辈，但这个面子还是要给。而几百年或者上千年前的名人呢？他们的后代已如过江之鲤，名人虽然名气大，但因无现实交换，没人会顾及其面子了。嫡传近支或许还以此为傲，旁系的后代估计自己都不拿这当回事。我在山东曲阜旅游的时候，导游姓孔，他说自己是孔子的后人。我们非常兴奋，大惊小怪地问东问西。他淡然一笑，并无太多表示。估计也没有多少自豪感吧。生活并没因此发生改变，和普通人没什么区别，背个名人之后的头衔又怎么样呢？

但有一次，我在饭桌上遇到一位文氏后人。他是个普通的联防队员。不知怎么闲聊起有些联防队员欺压百姓或者接受贿赂的事。那个联防队员正色道，我是文天祥的后代，穷死也不能去索贿。我侧眼看过去，他表情庄重，脸上有一种说不出的坚定，让我不由得肃然起敬。我相信他是发自肺腑的。他以文氏后人为自豪。他不会轻易抹黑先人。这样的人真的不用太多，一个时代有一两个就可撑起这个姓氏，也把与先人有关的优秀品质发扬光大了。他们是可遇不可求的。其实你这样理解也没有关系：他本身就有正义感，但“文天祥”三个字让他找到了着力点，让他的坚持有所依附。

本地一个社区要制作一个“百善墙”，选定历史上若干行善的故事，我负责文字的终审。其中一个故事让我颇为感叹。凤凰村开村始祖文应麟乃民族英雄文天祥侄孙，不堪元朝统治，迁至宝安福永大茅山脚。力业多年，家道殷实。每遇灾年，登凤凰山远眺，若见无烟之家，知其无米下锅，即悄然登门，送粮接济，后筑望烟之所于山巅。受助村民感激万分，称其为大慈大悲活菩萨，因于此地建成一座“望烟楼”。望烟楼传说为省级非物质文化遗产项目。我从这个故事里提炼出两个要点：一个是精准扶贫，一个是照顾受助人的尊严。这些，都可以与当下的“深圳精神”联系起来。

所以说，历史名人对地域文化的影响，只要不被人为打断，就会不断被赋予新的内涵，并生生不息地流传下去。

宝安区西乡街道有个公园，叫西湾公园，面向着伶仃洋。我有空时经常到西湾公园里去看看。面朝大海，任海风吹乱自己的头发。一位作家朋友曾说，你若打算写某一个古人，一定要到他当年生活过、战斗过的地方去。即使已经物是人非，风物全被泯灭，你依然要去，在那个人站过的地方停一停，也会被莫名打动。

确实如此。当我孤独地站在海边，被远方的苍茫淹没的时候，一只海鸥正在奋力扇动翅膀。我仿佛看到文天祥坐着船，正缓缓向岸边漂来。他永远靠不近我，永远向前走，但也永远在我的身边。

就像今天的我，站在文天祥的画像前，很想伸出手，握一握他那带着体温的双手……

本文收录于2020年8月出版的散文集《街巷志：深圳已然是故乡》

赏析：

“名人留踪一个地方，不仅赋予这个地方历史，更赋予这个地方气质。”反过来，地方有精魂，亦能再培育人杰。大湾区作家书写岭南先贤，呈现的是人物史，更是地方的精神史。王国华借助同一地理坐标与土地之上文天祥的灵魂共情，想象其生前的痛苦绝望与慷慨激昂，又偶遇文氏后人，发现本身便有正义感的文天祥后人在“文天祥”三个字中“找到了着力点，让他的坚持有所依附”，从而意识到一方水土凝结的精神品格如何在千古时空中，无形而有力地在场。

（沈梓昕）

双族之城

熊育群

钟声浩荡

很长时间里，我都难以把赤坎琢磨透。她小，小得不经意间常遭人忽略。赤坎就像路途上不断出现的那些乡镇一样，无非是岭南充满五邑之地风味的一个小镇，这些墟镇大都留不下什么印象。但赤坎却不一样，她并不普通，甚至不寻常，她的身上能够读到世界风云，甚至是人间传奇。

三百五十多年的历史，赤坎前两百年很平静，后面的一百多年，风云骤起，赤坎就像登上了戏台，戏剧一幕幕上演，一幕谢了一幕又来，新奇的事情总在发生着。无论生活在小镇的人，还是异乡过客，突然就找不到真实感了。

赤坎巨大变化的缘由，光从人文风土上去找，恐怕是只见树木不见森林。你得抬起头来，把目光掠过眼前的丘陵和平川，看到海洋，看到海洋深处的世界——这似乎有点难为人了。但这风潮正从远方涌入，弥漫于原野的八面来风——刮过了万里之遥的海洋。

如果你从船上来，在潭江登岸，走过江岸的堤西路、堤东路，你眼里看到了一字排开的骑楼：砖石水泥的楼房、高高的立柱、沿街的走廊、简洁或讲究的券拱、巴洛克风格卷纹的山墙，既有扑面的南洋殖民地建筑风味，更有欧陆风情的横移，而地方风土味在这仿造中亦顽强呈现，活脱脱一个岭南乡土版的欧陆小镇。如果你是一个内陆人，你一定会迷惑：这还是中国吗？上世纪二三十年代，赤坎就是这副模样，迎接着四方宾朋。

站在堤东路司徒氏通俗图书馆，你会恍然置身于葡萄牙的街道。而从堤西路走近关族图书馆，进入欧式院门，你就像步入了罗马庭院。这是赤坎最醒目的两栋建筑，它们在潭江岸边拔地而起，门前南洋杉与它一比高下似的，高擎如臂。波光粼粼的倒影中，小镇有些恍惚，时空仿佛是另一片大陆的，是南欧还是北美？

赤坎之外，开平的土地上，充满异国情调的碉楼正在阡陌间纷纷耸立，一场乡村造楼运动开始了。上世纪初，人们都在努力把遥远国度的建筑样式筑成自己的美庐。短短二三十年间，开平就变成了一个万国建筑博览场。几十年后，这些被称作碉楼的建筑列入了世界文化遗产。在这些建筑中，图书馆是另类的，它象征了乡村文化的觉醒，乡村宗族文化从没有像赤坎关氏、司徒氏这样，把读书摆到了族人的核心地位，成为宗族的荣耀。正是这两座图书馆，昭示了两大宗族人才辈出的未来。

司徒氏通俗图书馆、关族图书馆可谓建筑的精品。前者气势夺人，雍容、典雅，轩昂却不傲慢，庄重而不威严，散发着葡萄牙建筑风味。三层的楼高，正中一座钟楼，上两层贯通的葡萄牙式立柱，借钟楼的气势，生发出一种飞升的姿态。下面一层，建筑立面呼应其上的动态，六条立柱四条延伸而下，另外两条与窗户两边红砖垒砌的窗柱呼应着。设计既变化，又保持整体的气势。

同样的手法用在顶层古罗马券拱与底层三角形窗楣上，在呼应与变化中达成了丰富性与整体性的统一。上两层与一层，走廊与实体墙，开放与封闭，本难协调的立面，以底层打开的高大门窗来呼应，获得了稳重感，又避免了立柱一贯到底的单调。

司徒氏通俗图书馆不算高，却有高耸巍峨之感。最能体现情调的钟楼，大钟来自美国波士顿，拜占庭式的穹顶，高高立于屋顶，半圆的券拱，圆的时钟，如同画龙点睛，气韵神态毕现。

关族图书馆则稍晚修建，它是标准的欧洲建筑，门是营造的重点，正门两边各立一根粗壮的科林斯柱、半根方形柱，方柱似嵌入墙体。半圆形的拱门，顶起拱门的柱头是向上升起如花瓣又如浪花的雕饰，繁简对比中它是繁，点缀精准恰似点睛之笔。

三层的楼房，四根方柱从底到顶，柱顶一个涡券和璎珞组成的雕饰，有柱头装饰的味道。这是文艺复兴时期建筑柱头常用的造型。楼顶正中三角形门楣中，卷草纹的图案充满巴洛克风情。屋顶的钟楼，大钟来自德国，谁也想不到它走了九十年，直到今天依然咔嚓咔嚓响着，精密的齿轮与钟摆嗒嗒而动，推动指针转动，向着小镇准确地报时。关族图书馆建筑之精美不输于欧美本土建筑，甚至直追圆明园建筑的水准。

司徒氏图书馆由旅居美国、加拿大、菲律宾的司徒氏人捐建，广州市永和建筑公司承建，一九二五年建成。关族图书馆也是旅居美加的关氏后人捐款修建，承建商是关族人旅港建筑商关穆的远利建筑公司，一九二九年落成。它们是两个家族争强好胜的产物，却建成了两个家族的标志物。洪亮的钟声每天每时从各自的钟楼响起，数十年如一日，宣示着两大家族的光荣与使命。

沿着潭江，一栋栋异国风味的建筑成排连片地建起来了，它们以骑楼相通，采用方柱、外挑阳台、直线条的门窗，也有采用罗马柱、券拱的，阳台各有不同，墙面装饰有浮雕、窗洞、线脚，最大的变化在顶层与女儿墙的处理上，顶层罗马柱和券拱很多，女儿墙造型大都为欧式与中式混合，有的采用传统“金”字形瓦顶，有的山花之顶用扇贝饰件，底层还有做成伊斯兰建筑尖拱门的，有的把罗马柱和券拱贯通到了二楼。在这里，你既可领略西方巴洛克、洛可可遗风，也可以品鉴岭南佳果、吉祥纹饰和中国古典卷草图案的坚守。

这些把坡屋顶、镬耳山墙本土民居抛开的建筑，占据着潭江两岸，骑楼数量多达600栋，长度相加超过了3000米！大大的玻璃窗门不再是封闭的生活空间。生活也不再是日出而作、日落而息的农耕方式，司徒氏、关氏两族人走进了图书馆，除了读中文图书，还开办了英语培训班。两族人又在下埠鱼笱庙合建了开平中学。从此，弦歌之声不绝，民智广为开化，一个新的世界正在为他们打开。

家族墟集

赤坎原属新会，是各县交界之地，从前盗贼横行，匪患严重，是“四不管”地带。清顺治六年，朝廷设开平县治，取开太平之意。赤坎曾做过开平县治。

开平地势由西北向东南倾斜，潭江由西往东流过开平全境，形成潭江冲积平原。赤坎地处潭江上游，形如海棠叶，西南有百足山，东南有三圭山，四周支流水系围绕，米岗冲、滘口冲、镇海水等形成河网，于是得舟楫便利，从木帆船到“蓝烟囱”电轮船，赤坎人乘船可直通港澳。中华东路海颈码头便是赤坎人当年出门远行的地方。

赤坎方圆几十平方公里，人口数万，村落平畴相望。赤坎镇区3平方公里，两大家族在此开埠兴市——上埠为关氏族人地盘，下埠是司徒氏族人领地。

康熙《驼驸关氏族谱》记载，关族原籍福建建宁县，入粤始祖为关景器，北宋开宝年间，他于太子东宫左春坊大学士位上，因“以言事奏封失序”而被贬冈州，冈州即新会。任职五年辞官归田，定居新会县如今的司前镇。

北宋中后期，其六世孙关兴义从新会迁至赤坎驼驸冈大梧村。明代隆庆年间关氏成为当地旺族。民国《开平县志》有云：“有乡驼冈，庙水之旁，陇西关氏，族巨且彰。”

司徒氏迁自汴京，入粤始祖司徒宣翁随宋室南迁，由安徽、江西入粤，翻大庾岭、珠玑巷，先居广州，后定居新会水东石坑村。其七世孙司徒新唐元朝后期迁至赤坎滘堤洲。

关氏、司徒氏先人初来赤坎，这里还是芦苇丛生的荒滩野地。他们同居一岛南北两边。司徒氏在清代顺治年间于东端潭江边开设集市，逢农历三、八日赶集。康熙十二年，关氏家族也在驼驸横头岭设立交易地，逢农历二、七日开墟。不久，赤坎设驿所，司徒氏集市越做越红火，于是，关氏家族把墟集也搬到了潭江边，一东一西，两族集市相距不过500米。关氏的墟集也由农历二、七日开墟改成司徒氏的农历三、八日。

关氏家族的集市以买卖耕牛为主，兼做鱼苗生意。司徒氏家族则以生猪交易为主。两家还做三鸟、甘蔗和农副产品生意。随后发展出粮食加工、食品加工销售。每逢墟日，前一天晚上，长堤沿岸停满了运猪船。镇上大小旅馆住满了操各地方言的牛贩子。到了墟日，满街是人，走路都困难。

于是，关氏家族在西边建起了丛兴街、西隆街和东兴街，人称上埠；司徒氏家族在东边建起了拱北街、长兴街和联心街，人称下埠。随着墟镇规模越来越大，东西两个墟镇慢慢延伸，相互靠拢，空地没有了。两个家族开始争夺地盘，几次险些发生械斗，每次都是官府出面调解，才将事态平息。最后，一条塘底街成了界街，塘底街以东归属司徒氏，塘底街以西为关氏地盘。

赤坎兴盛，至此只不过是中国沿海普通的墟镇一样，它的巨变与一场大灾难有关。

小镇之“园”

平静的生活出现了不祥的预兆。从遥远的大海上驶来了大船，在上下川岛海域游弋。有的渔民突然失踪了。亲人们痛哭不已，以为是被海盗害了。又有一些村庄的青壮年被人掳了去。这时，人们才醒悟，这一切不是海盗所为，他们是被猪仔头和土匪当奴隶一样赎卖到遥远的美洲大陆去了。

一条容得下300人的三桅帆船，塞进了600人。船舱内黑暗一片，空气中腥臭味弥漫，有闷死的，有病死的，还有自杀的，他们被不断地从船舱内抬出来扔进大海。昼夜航行永无尽头的大海便是太平洋，7000海里的航程，数月飘浮，船板上饭和咸虾酱都长出了虫子。抵达美洲大陆时，船舱内的人胡子长有几寸了，眼睛深陷发黑，见人犹如隔世。他们中有近一半的人已经葬身鱼腹。

这些男人，被运到美国、秘鲁、古巴、加拿大、智利等国。巴西的茶工、秘鲁和圭亚那的鸟粪工、古巴的蔗工、美国的筑路工淘金工、哥伦比亚的矿工、巴拿马的运河开挖工、加拿大的筑路工……都有了他们的身影。

一八四八年、一八五一年和一八五八年，美国、澳大利亚、加拿大先后发现金矿，随后美、加两国开始修建连接东西部的铁路，需要大量廉价劳动力。一八五一年维也纳会议废除了“黑奴买卖”，黑人劳工减少，中国人便成了最廉价的替补。“契约华工”（即“猪仔”）名是“自由”身，却因雇佣者无须顾及其衣食与生死，命运比资本家庄园主的私有财产黑奴更为悲惨，他们死不足惜，在工头皮鞭下，一天劳动十四小时到二十小时，报酬却极低。有的地方针对华工定有“十杀令”“二十杀令”。秘鲁一地，四千华工开采鸟粪，十年之后，生存下来的仅一百人。他们死于毒打、疾病、自杀、掉落粪坑……巴拿马运河开掘，又不知有多少华工丧命。加利福尼亚的铁路、古巴的蔗林、檀香山的种植园等处都埋下了华工的白骨。

深重的苦难，源头无疑来自那场影响东西方格局的战争——鸦片战争。国家的衰败改变了每个人的命运。

当年的开平，人口快速增长，“地不足以容人”，粮食供不应求。加之土客械斗，农民起义，死伤、外逃者无数。美国、加拿大的矿主和铁路公司委托华侨回国招工，有的人为了家族、家庭的生存，为求得一条生路，青壮年男人离乡背井，从香港、澳门出洋到美国、加拿大、澳大利亚“淘金”。有的新婚数日即与新娘离别，白发苍苍才回来一聚；有的甚至一去不回。开平有领“螟蛉子”的风气。“螟蛉子”即是独守空房的女人领养子女的叫法。开平超过一半的人跑去海外谋生，赤坎司徒氏、关氏族人自然也不例外。鸦片战争后三十多年间，美洲的华工达五十万人，仅美国就有二十五万之多。赤坎去海外的有四万六千一百人，去港澳的有两万五千人。

司徒乔是著名油画家，他是赤坎镇塘边村人。一九五〇年他从美国搭乘威尔逊邮船回国，船上他遇到了李东号、汤心海、郑进禄三位华工，从他们身上司徒乔知道了一个人间惨剧。他为三位老人画了一幅速写，在画上写下了他们的遭遇：“四邑农民六百人于一八九七年被美帝资本家骗至檀香山高威岛垦荒。在汽船枪手的警戒下被逼与外界完全隔绝。五十三年中备受严酷之压榨，至一九五〇年已死亡殆尽，只余李东号、汤心海、郑进禄等九人，血枯力尽，耳聋眼瞎，始被中华公会遣送回国……”

这段华侨痛史也被司徒美堂写进了《我痛恨美帝》一书中。司徒美堂也是赤坎人。这六百人就是被卖猪仔骗去的。他们在高威岛种甘蔗、稻谷。九位华工是在夏威夷中华公会给每人募了一张船票和四十八美元后，才踏上了归国之途。

华侨在饱受歧视与欺凌的同时，也目睹了西方先进的文明。西方国家开始进入工业化时期，社会变化巨大。华侨中有人站稳了脚跟，赚了一些钱，他们首先想到让亲人过上好日子，然后想到自己没有文化，吃尽了苦头，家乡要发展教育。

华侨回乡，落叶归根，有人模仿西方建筑砌房，有人把西方的生活方式带回家乡，成功者衣锦还乡的冲动与改变家乡面貌的愿望混合着，带动开平生活风尚的变化。于是，融合中西建筑风格的碉楼、骑楼大量出现，赤坎街道一栋栋楼房比肩而起，俨然广州十三行的缩影。

堤西路、堤东路变成了商业一条街，米饼铺、米店、金铺、烧鹅店、洋布洋服店、杂货店、副食店、酒店、笔庄、染布店、茶楼、书局、电影院等纷纷开张。在中华西路、中华东路、塘底街、河南路、圩地街、牛圩路，铁铺、藤器店、钟表修理店、油漆店、木屐店、木材店、石材店、洗衣馆、当铺、妓院、中西医诊所、医馆、药材铺、邮政局、侨批局相继营业。

商埠慢慢形成专业化分工，从建材、纺织、粮油、牲畜等各行业，到各商会成立，一座具有浓郁欧洲风味的小城出现了。

小城是一座罕有的家族之城，由两大家族竞争与合作得来，两大家族主导着宗族传统文化向现代城市文明的转型，充满着血缘的气息，也充满了血缘的力量。

赤坎镇突变的历史就这样开始了：一九〇一年镇里出现了中西医诊所，一九〇二年出现了邮局，一九〇八年成立了商会，一九一四年有了西医产科诊所，并形成了“医生街”，一九一四年小火轮开始航行于赤坎与外埠，一九二三年第一家金银专营店汇通银号开张，一九二四年百赤茅公路建成通车，美国福特牌公共汽车开行在乡间公路上，一九二四年“发明”电灯公司成立，一九二六年百赤茅公路公司开通电话，一九二五年、一九二九年司徒氏图书馆、关族图书馆相继建成，一九二六年全镇统一进行规划，一九三三年第一家电影院东升影画院落成，一九三六年两族合力兴建开平第一县立中学……

赤坎汇聚起人才，仅“医生街”医馆高学历医学人才就有北京协和医学院毕业的司徒梓居，广东光华医学院毕业的关梓权、关公度，广东医学院毕业的司徒珙，上海国防医学院毕业的张景辉，广东公医学院毕业的徐汉雄，上海同济医学院毕业的余锡洪，上海医科大学毕业的余严等。毕业于芝加哥大学电讯工程系的司徒植楠在镇里开办了美国“美孚”汽油贸易公司，还与美商合营，在赤坎镇东堤开设了夏巴洋行，经营福特长途汽车及零配件。

小镇居民的生活也越来越新奇了，男人流行戴礼帽、穿西装、打领带、穿进口牛皮鞋。最时尚的是抽雪茄、喝咖啡、饮洋酒、吃牛排、看电影，出门则骑自行车、摩托车。女人则喜欢穿玻璃丝袜，喷法国香水，抹“旁氏”面霜，涂英国口红。在造型各异的骑楼、碉楼里，人们开始使用暖水瓶、座钟、留声机、收音机、柯达相机、三枪牌单车、风扇、盛佳衣车、打印机、浴缸、抽水马桶、抽水机……

赤坎人不再节俭，变得日渐奢侈，好浮夸，斗富，爱慕虚荣，“无论男女老幼，都罹奢侈之病。昔日多穿麻布棉服者，今则绫罗绸缎矣；昔日多住茅庐陋巷者，今则高楼大厦矣。至于日用一切物品，无不竞用外洋高价之货。就中妇人衣服，尤极华丽，高裤革履，五色彩线，尤为光煌夺目。甚至村中农丁，且有衣服鞋袜俱穿而牵牛耕种者。至每晨早，潭溪市之大鱼大肉，必争先夺买。买得者视为幸事……其余宴会馈赎，更为数倍之奢侈。”“衣食住行无一不资外洋。凡有旧俗，则门户争胜；凡有新装，则邯郸学步。至少宣统间，中人之家虽年获千金，不能自支矣。”（民国《开平县志》）

“衣服重番装，饮食重西餐”成为时尚的同时，连说话也混入了英语，外来词汇这一时期纷纷进入开平方言，男女老少自觉不自觉，见面叫“哈罗”，分手说“拜拜”，称球为“波”，饼干叫“克力架”，奶油叫“忌廉”，夹克叫“机恤”，杂货店叫“士多”，对不起叫“疏哩”，好球叫“古波”，球衣叫“波恤”，冰棍叫“雪批”，奶糖叫“拖肥”，蛋糕叫“戟”，沙发叫“梳化”，护照叫“趴士钵”，帽子叫“喼”，商标叫“麦头”，面子叫“飞士”……

生活方式变化了，赤坎人的精神世界也在变，“婚姻讲自由，拜跪改鞠躬”，西方的国家意识、民族意识和民主意识也在民众中传播，很多家庭竖起了旗杆，重大节日挂出了国旗，他们不用“國”，而用一个独创的“圀”。意思是民国，就是以民为主、以民为中心的国家。西方民主原则与公司股份制管理方式进入家族事务自治管理，多种自治性民间组织成立了，实行股份制管理。乡规民约被章程取代，章程成了处理事情的依据，譬如宅基地分配、转买，建筑屋高低、排水系统铺设、厕所位置、垃圾处理等，村务管理的各个环节都追求公开、公平、公正的原则。

久远的骄傲

关族与司徒族当年兴建的家族图书馆，至今仍是赤坎标志性建筑。另一个标志性建筑便是红楼，它是关族与司徒族共建的开平中学。他们不约而同选择图书馆作为显示家族实力与地位的象征，又如此耗费巨资，绝非一时心血来潮。崇文重教本就是两大家族的传统，咸丰七年他们就集资兴建了康乐书院，建立开平中学前就已经开办了二十所小学，各种书局更多，如良友书局、越华书局、大陆书局等，高峰时期开了十三家。读书慢慢成为赤坎人心目中最神圣的事情。

关族图书馆、司徒氏图书馆表达的正是两大家族对文化的深刻体认，它们昭示着族人的希冀。谁也想不到，这样做的结果带给后人的是如此多的意外惊喜，带给家族的是更加久远的骄傲！也给小城带来了生机。赤坎用人才辈出这个词都不足以表达它的作为，小镇出现的人才都是国家级的栋梁之材！

譬如科教人才，来自赤坎西头嘴塘基头村的司徒璧如，他在旧金山与冯如一起研制飞机，制成了第一架载人飞机。来自赤水镇沙洲回龙村的司徒梦岩，设计了我国第一艘万吨巨轮，还制造了第一把小提琴。来自赤坎深塘村的司徒赞，在印尼创办华侨学校，成为著名的华侨教育家。来自赤坎联塘的司徒惠，曾任多届香港立法局行政局两局议员，是著名的建筑设计师。而司徒辉成了香港船王。

艺术人才更是群星灿烂，闪耀在南中国的上空。来自赤坎中股乡桂郁里的司徒奇，是一位国画大师，他受岭南画派鼻祖高剑父之邀，加入春睡画院，与关山月、黎雄才并称“春睡三友”。来自赤坎塘边村的司徒乔，是著名的油画家，创作了取材于同名街头抗日剧的名作《放下你的鞭子》。画面捕捉人物瞬间表情，表现人物内心强烈情感，纷乱的道具、地上皮鞭和强烈的色彩，让这一冲突达至高潮。人物刻画之深，在中国现代美术史上也不多见。他还最早进入新疆写生，创作了《套马图》《巩哈饮马图》等大批表现新疆维吾尔人生活的油画。著名雕塑家司徒兆光，来自赤坎永坚新村东闸村。早年留学苏联，任中央美术学院雕塑系主任，第四套人民币一百元券就是他画的图案。毛主席纪念堂、郭沫若故居、宋庆龄故居、北京奥林匹克体育中心、裴多菲故居博物馆、西昌卫星发射中心等都有他创作的铜像。赤坎两堡塘美村的关金鳌，曾留学美国、法国，是中国最早的油画家。

沙飞（司徒传）是赤坎中股乡书楼村人，他是中国新闻摄影创始人，曾任晋察冀画报社社长。他拍摄过鲁迅最传神的照片，抗战期间，他用相机记录了许多珍贵的历史瞬间：八路军古长城战斗、百团大战、聂荣臻与日本小姑娘、白求恩抢救伤员……飞行教官关荣是中国空中摄影骨干。来自赤坎灵源乡樟村岭美新村的关光宗，摄影同样成就不凡。

赤坎人在中国电影事业上也做出了了不起的功绩。中国电影的拓荒者关文清，赤坎大梧村朝阳里人。他留学美国主攻编导，回国先是拍摄纪录片，创办中国影业有限公司，开创拍摄粤语片先河，他编导过《渔光曲》《边防血泪》《公敌》等五十多部影片。司徒慧敏首创中国有声电影。他是赤坎永坚乡新楼村人，左翼美术家联盟成员，曾任中国文化部副部长、中国电影家协会副主席。关德兴，赤坎莲塘村人，著名粤剧武生，香港武打片创始人，创作《黄飞鸿传》并编成七十七部《黄飞鸿》系列电影，影响巨大。

在表演艺术方面，赤坎也同样不乏人才。著名音乐指挥家、作曲家司徒汉，曾任上海乐团团长兼指挥，中国合唱协会副理事长，担任过《黄河大合唱》、音乐舞蹈史诗《东方红》的指挥，他是赤坎联向西村人。著名高胡演奏家余其伟，赤坎北炎东兴里人，任过广州乐团、广东歌舞剧院乐队首席，曾任广东省音乐家协会副主席。来自赤坎护龙永安里的邓韵，曾任广州歌剧学会名誉会长，是美国纽约大都会歌剧院第一个签约的中国歌唱家，一九九四年获得美国纽约“杰出妇女明星奖”。还有赤坎广安里的胡均，他是著名作曲家、音乐理论家。

当然，赤坎最有影响的人物还是司徒美堂，在赤坎中股牛路里他的故居前，立有司徒美堂的塑像。清代砖木结构的平屋，门前蓝色门牌写着：牛路一第四巷六号。青砖山墙，白色雕像，毛泽东、廖承志、何香凝的题词就刻在塑像基座上。毛泽东的题词是“爱国旗帜、华侨楷模”。

司徒美堂是一个传奇式的人物，他六岁丧父，十四岁借钱买了一张船票漂洋过海前往美国，在旧金山中国杂碎馆“会仙楼”当厨子。他加入洪门致公党，进行“反清复明”活动。有一天，他把一个跑到华人商店滋事的白人流氓打死了，被捕入狱险些被判死刑。从此名声大振。

他以“锄强扶弱，除暴安良”为号召，创立了洪门安良堂。富兰克林·罗斯福任美国总统前做过他的法律顾问。他把孙中山请到家中居住了五个月，亲任其厨师和护卫。广州起义失败，同盟会急需十五万美元救急，司徒美堂不惜以北美四所致公堂大厦作典押，帮助筹足了款项。武昌起义成功，孙中山从美国回国，又是司徒美堂提供旅费。他组织领导了美国华侨抗日救亡运动，为淞沪会战筹款，为支持国内经济建设，在重庆设立华侨兴业银行……其爱国赤子之心，赢得了海内外华人的尊敬。受毛主席亲邀，他参加了第一届全国政协会议，代表华侨民主人士致辞。他担任过中央人民政府委员、全国政协委员、全国人大常委员会委员和中央华侨事务委员会委员。

异乡来的人

赤坎与大千世界的联系，一方面，赤坎人走向世界，带回来八面来风；另一方面，外面的人也走进小镇，给赤坎带来故事与传奇。

亚历克西斯·赖特走到了赤坎，就像一个小说里的情节：一个中国人背井离乡，去到了遥远的世界，不知道什么缘由，他再也没有回来。多少年后，他的后人来寻找他出生的地方。但这样的寻找异常艰难——他留给后人的信息太少太少，他的信息在漫长岁月里湮没了，只留下了他的名字和省份。但偏偏有这样一位后人，渴望着踏上他祖国的大地，寻觅他的故乡。

亚历克西斯·赖特认识广州美术学院的一个朋友，朋友知道她的心愿后，又介绍了自己的朋友，朋友的朋友在五邑大学研究华侨史，名叫谭金花。于是，二〇一七年五月四日，谭金花把她带到了开平，带到了赤坎镇。她带她到赤坎不是因为自己是开平人，她只能从亚历克西斯·赖特曾祖父徐阿保的名字上寻找依据。

广东华侨主要集中在粤东的潮汕、梅州和五邑侨乡，潮州、梅州人去东南亚的多，五邑人去美国、加拿大、澳大利亚的多，他们大都是一个家族一群人集体出发的。五邑地区那个时期很多人是冲着金矿淘金去的，现在，海外华人的人数与本土人数几乎相同。徐阿保到了澳大利亚，最有可能是五邑人。徐姓在五邑地区大多是疍家人，疍家人主要集中于徐、周、温、张、黄、李、林七大姓氏，尤其徐姓最多。疍家人生活在船上，没有自己的故乡，徐阿保留下了广东省人的信息，却没有留下自己故乡的信息，可能就是疍家人的缘故。徐姓在赤坎属疍家人，赤坎又是疍家人主要的聚居地。赤坎三圭里村聚居了很多徐姓疍家人，他们以前靠打渔为生。

亚历克西斯·赖特来到三圭里村，她受到了疍家人的欢迎。看着这些笑脸相迎的人，赖特产生了一种说不出的感情，只觉得心里暖洋洋的，一种遥远又亲近、熟悉又陌生的感觉。村里人找出徐氏族谱，按辈分往上找，徐阿保的名字却没有出现。善良的村人还是认下了她这个徐氏后人，毕竟他们的祖先是共同的。赖特按照村里的规矩，在震耳的鞭炮声中，走进徐氏宗祠，上香、跪拜，向先人祭胙。这一刻，她心里开始接受自己是个疍家人后裔的事实。

赖特又来到潭江边，这是从前疍家人赖以生存的江河。潭江上仍有渔艇停泊，艇尾系着小艇，高高的竹竿上晾晒着渔网。小艇打渔，捕虾捞蚬，渔艇起居。河南洲的渔业村是疍民最集中的地方，岸边停满了机动的缯艇和渔艇。这里也是徐姓人多。她眺望宽阔的江面，心中无限缅怀。

赤坎下埠鱼笱庙曾经是疍家人祭神的地方，八十年前关族和司徒族在这里建起了开平中学，有名的红楼便坐落在这里。赖特来到了鱼笱庙旧地，看着新旧楼房，时空在她眼里开始翻涌、回退。

我在广州见到赖特时，她已是年过花甲的人，粗的眉毛，深陷的眼睛大而锐利，透着一种执拗和善良，特别是她轮廓分明的方脸，这是一张澳大利亚土著人、汉人和西方人多次混血后的脸，我实难找出多少中国人的影子。跟我谈起开平之行，她问我最多的是疍家人的问题。

在荔湾湖公园泮溪酒家，我指着窗外的荔湾湖说，当年这个湖中就有很多疍家人的渔艇，他们在艇上卖艇仔粥，这是一种有名的粥，现在很多粤菜馆还在卖。她睁大眼睛，一直盯着湖面，好像那些渔艇隐藏在什么地方似的。我说起了疍家人的生活，特别是惠州大亚湾一个海岛上的疍家人，他们至今与岸上人家没有往来，内部通婚，海上打鱼，船上迎亲，说自己的语言，逢年过节请戏班也是请的闽西或者潮汕的，人死后骨骸装入瓦坛，一排排放在山坡上……赖特听得入神，不等我说完，她就问我为什么不写写他们？疍家人值得写！

赖特是澳大利亚最杰出的作家之一，她的小说写的就是澳大利亚原居民的生活。她的长篇小说《卡彭塔利亚湾》获得了澳大利亚最高文学奖迈尔斯·富兰克林文学奖。二〇一二年翻译成中文在人民文学出版社出版，同时还被翻译成了波兰文、意大利文、法文、孟加拉文和日文出版。莫言看过这本书，认为文学技巧高超，令他敬佩。张炜认为是一部关于澳洲土著的史诗，是一部惊心动魄的现代杰作。赖特写北部卡彭塔利亚湾原住民古老的传说、神话与现实交融的生活，这是一个告慰祖宗亡灵的故事。

赖特在卡彭塔利亚湾南部高原瓦安伊部落出生成长。她的曾祖父徐阿保十九世纪下半叶从广东来到了澳大利亚，流落到北部卡彭塔利亚湾，在这里他与当地土著女人结婚。赖特的父亲是白人农场主，在她五岁时去世，她随母亲、祖母在昆士兰州的克朗克里长大。她现在担任西悉尼大学文学院研究员、RMIT大学荣誉博士。

一百多年过去了，对亚历克西斯·赖特家族来说，曾祖父在中国的生活始终是一个难解的谜。赖特一直有个心愿，就是寻找曾祖父的足迹，找到他出生与成长的地方。

我问她还要不要继续寻找下去，赖特心情复杂，黧色的脸上是深远而凝重的表情，她幽幽地说，就认开平吧，有机会我还想再去。

赤坎被她认为是祖先的故土。

赖特代表的是一个外国人对赤坎的认同。

外省人与赤坎的缘分也同样富有意味。

最近两次到赤坎，前年我遇到一个“虚幻”之人，去年遇见山西人厉齐。

厉齐在深圳生活和工作，他拍纪录片。二〇一三年的一天，他和女儿开车来开平玩，走错了路，误入了赤坎。车经过赤坎老街，厉齐突然有一种穿越时空隧道的感觉，他不像走错了路，而是误入了另一片时空！

穿过赤坎后，他仍然神思恍惚。这时他唯一的想法就是尽快回来。

一个月后，他来到了赤坎，他不是作为一个游客来的，他把自己日常起居用品都带来了，他要在这里居住下来。

关族图书馆的关玉权老人带我来到厉齐的家。他在堤西路租下了一间门面，赤坎生活四年后，厉齐对赤坎历史文化的了解，当地人都把他当作专家了。

门店十分平常，主人几乎没有改动什么，只在原来的门面挂了一个“隐没堂茶馆”大木匾，大门挂了一副楹联，上写：聊聊上网品茶，看看休息发呆。门廊下吊了一盏玻璃灯，六边形的玻璃罩上写着“隐没堂”红色字。

他占着一个好铺面却不做生意，茶馆内根本没有喝茶的地方，满屋堆的是旧物什，老式电影放映机、木质三脚架照相机，旧的座钟、案几、座椅、门匾、楹联、线装书、照片、青花瓷、布偶等，他也不做博物馆，他喜欢收集这些旧物并生活于其间。时空在这里是模糊、混淆的。主人的穿着打扮也看不出年代，长长的胡子，混搭的衣着，落拓的神情，他与自己的时代脱节了。

我一进房门，门口横挡一部老式电影放映机，里面一架老旧的照相机，高大的三脚架伸得太开，我差点被它绊倒。在不知哪个朝代的木椅上落座，我听他谈赤坎。他说赤坎原名赤墈，因红土而得名，但这是错的。这里并无红土。坎是“周易”的坎卦，坎是险陷之名。“险峭之极，故水流而不能盈”，这原本是军事要地。在他眼里，赤坎与道家关系深厚，江门有陈白沙，是儒学之地，赤坎却是道学的。赤坎以军事与文化开埠。康熙之后赤坎文举人出了二十八个，武举人却有三十一个，当年抵挡日军的南楼七壮士，就是司徒氏四乡自卫队的七人……

有人不赞同他的说法。我疑惑他何以谋生。若是收藏，又似不像。但他怪异的探究方式却引发了我的好奇心。

再说那个“虚幻”之人。两年前的夏天，也是堤西路，我在景辉楼一家民间博物馆参观。这栋楼房是西医张景辉的房屋，他当年去阳江路过赤坎看上了这个地方，在此落脚行医。他是新会睦州人，在上海国防医学院读过野战外科，在军队行医多年。他算得上是一个被小镇迷住的人。在这栋楼里，我看到了一张七十年前的保证书和一张执照申请书，它们牵出了一个名叫何玉丽的女子。

保证书是这样写的：“具保证书人李春蘋兹保得妓女何玉丽原在本市落户从业，从业期间绝对服从政府命令及一切章则，如有违犯命令及一切不法行为时，由保证人负完全责任，具保证书是实。”保证书是呈给天津警察署的，担保人为李春蘋，被保人就是何玉丽，两个人都在自己名字上按了指印。下面还贴了一张何玉丽的半身黑白照片，她瘦弱的个子，皮肤白净，五官小巧，卷发中分，右衽布衫搭扣锁紧脖颈，眼睛蒙上了白色胶带。相片上盖中华民国天津市警署章。时间为中华民国三十六年八月九日。两个人的指印依然鲜红如血。

另一张“妓女请领许可执照申请书”，是呈天津市警察局转呈天津市政府的。表格右上角贴了一枚印花税票，表格上填写了何玉丽的姓名，年龄十六，籍贯安徽，住所本市弋江路十三号。为娼原因：贫困；有无丈夫及亲属：无；是否自愿：是；由何处来：安徽；从业处所：梦香楼。最后是：申请妓女印右手食指。

一个真实的女人，十六岁无亲无故，因贫困而为娼。查弋江路，只在安徽芜湖找得到，天津现在并无弋江路。何玉丽是安徽芜湖人？如果她还在，年龄是八十六岁。我疑惑的是，天津的保证书、申请书怎么到了岭南赤坎这个小镇？她来过这里吗？民国三十六年八月九日离天津解放只有一年多时间了，她是随着南逃的人群来岭南的？她在此重操旧业了吗？何玉丽落脚赤坎的概率很小，但绝非一点可能也没有。隔着如烟岁月，一种莫名的念头，我想找出她来。

八十三岁的司徒亮老人带着我在堤东路、堤西路上走，从素庵楼、素直楼，一栋一栋楼告诉我，从前是做什么的。对当年巴黎酒店豪华的赞叹，对高高立于骑楼之顶的坚翁祖祠则唏嘘不已，当年的兴旺与现今的冷清恰成对比，对已成危房的大同戏院则满是怀念，老人走过的时空既是现在的又是从前的。在潭江边喝茶，我拿出何玉丽的照片，问他认不认识。老人看了半天犹豫着摇了摇头。

他见过妓院，那时他十岁出头。妓院开在潭江的一座小岛上，有一座浮桥通往岸边。岛上有鸦片烟馆和妓院，妓院有六七家，是个高消费区。嫖客坐船上去。而圩地横街也有妓院，多而且相对便宜。

我找到圩地横街十四号合爱堂，这栋两屋楼房当年就是一家妓院。这里也称为十五间，因为有十五栋房，它是赤坎最早建成的骑楼街之一，当年这里便是有名的“红灯区”，现在是最破败的房子，长年无人居住。

合爱堂二楼阳台上长出了两米多高的树，无数树枝一团杂草似的伸长。一楼走廊堆满了木材，门前丢了两个塑料垃圾桶，门窗和墙壁积了厚厚的灰尘，不知多少年无人看管了，就如一个人隐没于岁月深处的尘埃里。赤坎妓院颇具规模，当年妓女人数有二百多人，也许何玉丽曾在这里出现过？

深秋的潭江，江水浩荡，静静奔流，携带一块块浮萍而下。宽阔的江面却船只难觅。只有老街上的汽车、摩托车轰鸣而过。司徒亮这位河南师范大学毕业的老人说起了自己的人生故事……

黄昏后街道静悄悄

多次来到赤坎，常常在堤西路走一走，曾误以为小镇的繁华只有临江的街道。去年秋天住在开平影视城酒店，出酒店便是中华西路。夜幕降临，沿着长长的中华西路走过，我被深深震撼了！

街道两面全是堤西路一样的建筑，甚至比它们还要高，在漆黑一团的夜色里，街道静悄悄的，不见人影。店铺都是空的，人也空了，门窗内更黑。所有的人似乎是一夜之间消失的。偶尔有一两家亮着灯的人家，仍然开着店，感觉他们不知来自哪个年代，开的是哪个时候的店铺。飘浮的话声遥远又亲近，给人一股无形的压力——幻觉中他们也许会随时消失。

这情景在赤坎一个叫加拿大村的村庄也出现了。一个建造得美轮美奂的村庄，四豪楼、华德楼、安庐、国涛楼、春如楼、逸庐、煜庐、国根楼、耀东居庐、俊庐、鋆庐，十一栋高楼立于田野之上，大白天，村庄里却空无一人，只有这些罗马柱、圆拱、欧式雕花、桄榔树。全村人全都移民去了加拿大。我找到村边的墓地。坟墓青草萋萋，不知经历了多少个春秋。这里不会再有新坟了，最新的坟是不愿离弃故土的老人的，他们离开人世也不知有多久了。站在装饰了一枚枫叶标徽的房屋前，从前的生活只能想象，哪怕我进入了楼内，一切仍是虚幻。

突然就有了舞台的感觉，一百年就是一台戏，演的是一场时光游戏。老旧的东西依然故我，民国生活的现场抵御着时光的流逝，它们没有退场。就像古代罗马城，它们仍然矗立在城市中央，你仿佛感觉到从前的气息与人的活动，他们的眼神、呼吸，在某些瞬间晃动，那么生动。两千年的时光从石柱石墩的苍老里丝丝透露，祖先们的眼神与呼吸隐隐约约，他们活在时光中又超越于时间，让人置身于从前却又分明站在现实的喧嚣中……

这样奇妙的感受在赤坎同样出现了。赤坎的时空幻觉是逼真的立体的，仿佛同一个舞台，不过换了一批演员登场。一间间店铺沿着中华西路、中华东路、堤西路、牛圩路、解放路、塘底街、河南路、圩地街打开，叫卖的吆喝声响起，突突的机船从潭江鱼贯而入，靠近长长的码头，突然有人喊了一声“停”，一切便戛然而止，一切瞬间退场。刚才的街道突然变成了时间的布景与道具。堤西路阿伯阿婆碗里的牛杂汤还没有喝完，他们抬起头来，不明白眼前的街景怎么就成了文物。

这时，中华西路跑过摩托车，偶尔有小车、货车驶过，引擎声在相峙的街墙上轰轰回响。声音空荡荡，只有洞开的或紧闭的门窗发出空洞的回音。这便是历史？时间的大幕如此匆迫，那人民桥头吃着猪杂汤的阿伯阿婆头发只在瞬间变白，他们抱着不甘的情绪在堤西路一一指认，这是谁的铺头，那是谁的旅馆，电影院当年如何人头涌涌，家族的祠堂似乎那炷香火还在燃着。他们搞不清楚这一切是怎么发生的，他们心里有一种把主人唤回来的冲动。

司徒亮耳边总是响起半夜街上煤油桶哐隆哐隆滚动的声音，这是亚细亚的煤油在通宵运货，四处是发电机的响声，碾米机的哒哒声、轮船汽笛的鸣叫声，小镇的繁忙在他耳边还没有散去。

关玉权老人教伦中学退休后，就在关族图书馆调那口德国钟。在他的看护下，精密的齿轮没有一点锈迹，“嚓、嚓、嚓”的走动声，就像一个人的心脏，仍然那么强有力地跳动着。时间还是老时间。

他们守着一天一天的日子，似乎什么也不曾发生，但一切却不一样了！历史就是这么无理！你无可更改，无从抗议，时间的冷暴力伤害着每一个老人。老人还活着，而街道、房屋、生活用具就成了历史。老人屈从了年轻一辈的眼光，也把这一切当作文物，一一指点，报上曾经主人的名字。在他们的脑海里，这些名字却是有面容有表情有个性有体温的人，有某年某月某天的哭闹与欢喜，有藏得很深的心事与缘由。

赤坎的戏剧还在续演，堤西路的公告栏贴出了令赤坎人难以入眠的告示。一家公司要把赤坎镇全部买断，范围包括了赤坎圩镇的上埠、下埠和河南洲的全部区域。公告栏贴出了居民房屋货币补偿价格表、房屋置换与说明，还有赤坎旧镇区和新镇区未来城市设计图。开平市政府也张贴了公告。赤坎将被打造为一个旅游古镇。关族和司徒族兴建的城市，两大家族的人都将搬离。

明天，赤坎会是何种模样？两大家族是聚还是散？他们与新城市还有怎样的勾连？

本文刊载于《人民文学》2018年第2期

赏析：

熊育群站在历史与现实的交界，试图把二者打通，于是便将强烈的时空意识和传奇光彩凝聚笔端。在本文中，他先带着建筑家的眼光，从两幢图书馆走进小镇的历史，江门开平赤坎古镇的风土人情和历史变幻就此铺展开，从两大家族格局的形成到域外文明闯入，百年风云涌动、侨乡巨变跃然纸上。他在推演历史的过程中塑造乡村和宗族想象，书写宗族对民风民智的开化之后，又揭示宗族亦并非主宰，不过同属于戏台上的班子，随时可能在齿轮永恒运转中跌下台沦为文物。新潮涌来，熊育群在文末叩问明天。

（沈梓昕）

天麻劫
——自然笔记

杨文丰

天麻的劫难，是生态之恶的投影。

——手记

一　天麻吃菌

我原先不知道，多年生草本植物天麻的命运，在尘世竟是那么无常、莫测。

多年前，叔父来信嘱我从蜀南带些天麻种子回家乡种植，说如果种植成功，也是对家乡的贡献。我复叔父信说，天麻的生长需要腐殖质多且湿润的林地，需要相应的气温、地温和日照长度，对气候条件要求比较高，家乡粤东梅州属丘陵山地气候，并不适合种植天麻。当时，我还隐隐感到，在天地间复杂地开花，块茎隐藏入地的天麻，被世人视为神奇药材的天麻，多少已被神化，或许，这非但不是幸运，反而在谕示命运的不测。

我读过一首诗叫《生活》，全诗只一个字："网。"生活确如网，笼罩天麻，天麻也如鸟飞翔一样，受制于环境的眼色，存活的天麻，成了死亡边缘保全的玉体，虎口脱险的"余泽"，险被吞噬的"成果"。

我这样说的原因，是天麻从种子萌发，到茎下长成肥厚如仙人脚一般的块茎，都要与生死冤家——紫萁小菇和白蘑科真菌蜜环菌遭遇。

因为天麻是植物家族中的"残疾人"，即使阳光哗哗如流水，如吊钟花般叮当甜美，也不可能产生光合作用，因为天麻已全然没有叶子，无光合作用的工厂——叶绿素。

天麻也吸收不了水分，纵然黄河水长江水珠江水嘉陵江水松花江水，春风化雨，随风潜入夜，比雪花落地还无声；天麻压根儿就没有根，这犹同人没有嘴，琼浆玉液端至嘴前也喝不到。天麻也无法吸收无机盐。

或许你问：天麻靠吃什么长大？

答曰：有绝招！

什么绝招？

吃菌！

天麻所吃的菌，正是蔓延在天麻周遭土壤中的蜜环菌。这菌被冠以如此美名，与蜜环菌呈蜂蜜色、菌柄镶有漂亮的环大抵有关，据说这还是发光的真菌。

蜜环菌的杀手锏是菌丝。菌丝无孔不入，在草色遥看近却无中，细雨霏霏之时，地动山摇之际，都白天黑夜悄无声息地钻营……凶险、莫测、饥饿的嘴，专门吸吮植物身上的养料，尤其企望遇上天麻。蜜环菌最爱吃的，就是天麻。

真还鬼使神差，天麻身边多的就是蜜环菌。不必颁行政令也不必吹集结号，菌丝就集结在天麻块茎周围，将之围起来，瞬间就想将之吞噬光。

要强调的是，如果蜜环菌遇上的是青壮年天麻，身强力壮的天麻，天麻细胞中特殊的酶，就可轻而易举地、不客气地，将钻入块茎的菌丝一一分解消化，化作可口的食料而彻底“吸收”。此等美食，对天麻真是太可口了……

二　天麻早先不吃菌

须说明的是早先的天麻不吃菌，至少不全靠吃菌过日子，当然，这是我的推测。依据呢？是有的。在植物学家眼里，早先的天麻是有根有叶的；根，可以吸收养分，叶，能够光合作用。可谓成也萧何败也萧何，因为嘴边总有菌吃，吃得容易，且好吃。吃饭问题可谓太好解决了，何必要绿叶制造什么养分、要根运输什么养分呢？依照拉马克“用进废退”之学说，日月递嬗，沧海桑田，漫长的时日中，根和叶慢慢就退化了……你只要拿起一块天麻仔细瞧瞧，那块茎节间，仍依稀可见薄薄的小鳞片，那是命运留下的叶痕。

“天然食品”如此好吃，天麻能不春风得意吗？在黑暗的地下，形同青春少女，发育成长，日益出落得曼妙窈窕，凸显出兰科植物怪诞的特征，当然，模样儿还是有些特别，无法躲过采药人的眼睛。

采药人都知道，每到初夏，稀奇古怪的兰科植物天麻，会从地面伸出细竹笋似的，砖红色的“赤箭”，顶端排列微黄泛红的朵朵小花，花谢后会结出一串果，挣出果壳比沙尘还细的种子，随风飞扬。采药人心眼儿都贼毒，全不以叶辨天麻（天麻本无叶），而是顺“赤箭”朝地皮下挖，必能挖出天麻块茎，自然是没有根须肉嘟嘟的根茎。

这里得补充说一说“赤箭”。赤箭是天麻的别名，源于一个传说。

相传，炎帝神农当年尝百草以疗民疾，唯独天麻不服他采尝。

那天，炎帝神农翻山越岭，在太白山上挖到一棵天麻，见它既无茎叶，还没须根，只是光秃秃的肉块，伸手正要拿它，没料到那肉块突然就跑得不见了踪影。炎帝神农又气又恼，手执挖药木箭挖山不止，当大小山峰都快要被挖遍时，终于在势若天柱的“分天岭”上找到了它，天麻一露头，未及逃跑，炎帝神农的挖药木箭就“噌”的一声，掷了过去，扎入其头，从此便和天麻的块茎长在一起……

天麻块茎究竟有多大？一般是长6到10厘米，直径2到5厘米，形如马铃薯，略扁稍皱，微弯曲，多纵皱，质坚硬，纹路甚似西洋参，呈黄白色或淡黄棕色，切之断面平坦，绝不带纤维点，是角质状那种半透明，犹带光泽，你以舌舔之，微苦泛甜，嚼之会有黏性。假如是老天麻，横切面则凹凸不平，不独色深，味儿也苦得多，嚼之麻舌。

三　天麻被菌吃

天有不测风云。植物界也会风水轮流转。当天麻步入垂暮之年，生理机能衰退，乾坤顷刻生变，环境改而变得险恶，欲吞噬其的冤家、恶魔不是早就环绕在身边吗？灾难已等着。这时的天麻，可谓站在命运的十字路口，不但再无能力吃嘴边的蜜环菌，相反已成蜜环菌的食粮——何等动魄惊心、你死我活的生存之争！

这时的天麻，只是遭遇了天地间的生死冤家蜜环菌吗？至少是遭遇了致自己于死地的“还乡团”！

有什么地方是安全的呢？或许只有天上，然而，对于天麻，却上天无梯，想入更深的地层，也无门。

诗人说牛只吃炊烟深处的食物，其实也吃大地深处的菌。天麻的一生，在大地里也曾如牛一样吃菌，却在耄耋之年，再无力也无理由可以和蜜环菌和平共处，无力逃脱灭顶之命运。

就这样，天麻莫测的命运，发生在“命根子”，发生在你我看不见的黑暗的地下，泥土的内部，这可是百分之百的地下活动哪！真是不是冤家不聚头。

只是不知蜜环菌知否，被自己所吃的天麻，还是与自己的先辈早就不共戴天的药，有历史故事的成熟的中药！

四　被吃之感

我偶尔在天麻悲喜的山野行走，偶尔会想及天麻与蜜环菌命运角色的转换，心头总泛生拒之不去郁结，漫生难言的悲悯。

我想，即便不提命运轮回，不说报应，同样命苦的蜜环菌，在复仇般痛快淋漓地吞噬天麻时，能否体味前些时先辈被天麻吞吃时的感受呢？

想想，天麻无论是吃菌还是被菌吃，这过程该都是寂静的，鬼斧神工的，富贵的牡丹花依然柔软着雍容华贵，鱼儿依然在夹岸河水内情感麻木地游，海鲸依然兴风作浪。

是的，就像人的社会，许多重大、可怕的事件都在暗处发生……就在天麻被蜜环菌快乐地吞噬着时，尘世依然被颂唱得美好，莺歌燕舞，蒲公英正飞扬希望。

教我无法不想的是，那花开的季节，天麻未必垂垂老时，身体还健壮，忍痛能力该还会强些吧；秋天时至，落红遍地，天气是一天比一天寒，天麻的身体自然愈发衰弱萎缩，这时，疼痛感将还甚微弱矣，哀痛，更是没有，而心，却该将死，将进入所谓心花凋谢的死寂期。人说“小哀喋喋，大哀默默”，你可曾听见自己被吃的声响？那如春蚕啃吃桑叶的沙沙声……若这沙沙声不绝，而且全球轰鸣一片，该是怎样的情形？

天麻，是注定逃不出黑色命运了，而哪一段光阴，是天麻最煎熬的呢？

只能揣想，在吃与被吃的相持阶段，这时除了安静，该还甚是暧昧吧，那可是快乐将逝、痛苦已临，心智怎么也无法坚定的时辰……

现在最为我关注的，还是天麻被吃时会恨菌吗？会恨既有今日何必当初吗？也想“还卿一钵无情泪，恨不相逢未‘吃’时”吗？会恨当初何以不把全球的蜜环菌一口吃个精光，得勇追穷寇吗？而眼下，这求天天不应的忍受，能习惯吗？能习惯让自己，由大而小，一分一秒地进入虚无吗？

蜜环菌与天麻，本该是天地间平等的生命，然却成为生死冤家，是否还该崇尚万物互相尊重呢？

天麻或许心有不甘，甚至恨不得来场大雪教白茫茫一片干净……这才是纷扬如纸钱的白雪，前赴后继的白雪，能将先辈和自己的悲喜命运统统覆盖的茫白无垠的白雪……

五　更可怕的菌

这个尘世，依然有许多大张着的血口，吃与被吃的事件，依然在天天发生……说得好听是生存竞争，食物链法则，说得难听是弱肉强食……即便如此，月，仍出于东山之上，风，仍吹动茫茫的原野，岁月，依然更迭。

然而，天地却有大道。生物也好，非生物也好，甚至天下大势，俱在平衡与不平衡间动荡，唯势均力敌之态，才是所谓的生态平衡。

显然，任何生态平衡建构的过程，必定都是残酷的，多的是搏斗，是委屈，是变节，是充满痛苦，甚至血腥冲天。

既然如此，在天麻身上发生的一切，就天经地义吗？就是无法回避的命运“轮回”吗？

天麻，确是吃人家在先，被吃在后，这其间，会有什么谕示？——是否谕示，无论是谁，如果想主宰自己的命运，前提是自身必得永远要强，要硬，要健康，得强壮，这不啻是落后必挨打的问题，还是软弱必生危险，必被吃掉的生死大道！还得时刻选择在安全环境生活，远离强盗。身边不能时刻有虎视眈眈。

但是，对于天麻，最凶残、最莫测、最可怕的敌人，就一定是蜜环菌了吗？肯定还不是！

你该已知道答案——

“是人！”

在人看来，性甘、平，长于熄肝风、平肝阳、祛风通络的天麻，有“三抗三镇一补”的作用，即抗癫痫、抗惊厥、抗风湿，镇静、镇痉、镇痛，补虚。

药性可并不止这些。在一家中药店的药牌上，我还读到这样的文字：

在临床上，天麻多用于治疗头痛眩晕、肢体麻木、小儿惊风、癫痫、抽搐、破伤风等症。天麻对中枢神经可以产生作用：天麻浸膏有明显对抗戊四氮阵挛性惊厥作用；天麻素可减轻马桑内酯诱发的家兔癫痫发作程度；天麻注射液促镇静、助安眠。天麻对冠状动脉、外周血管有一定程度的扩张作用。实验表明，天麻注射液可使家兔血压下降，心率减慢，心排血量增加，心肌耗氧量下降。天麻素有促进心肌细胞能量代谢，特别在缺氧情况下获得能量的作用。天麻还具抗炎免疫作用。

难道不是因为这些伟大得叮当作响的固有药性，天麻才被人入药，用于治病，才深受人的“关注”，从此陷入史无前例的辽阔劫难吗？

死于仇人，死于复仇之敌，天麻也好，人也好，都死而无憾，也值，可以瞑目，而现在居然要死于和自己毫不相干的东西——人，情何以堪？理何以堪？

何况，陷入如此的劫难，能博得谁的同情呢？天地间，风仍白白地吹，江仍白白地流。

苍天有眼，就怜悯怜悯尘世吧，人，不但可大面积、任意地人工“圈植”天麻，还可将野生天麻，连根儿从地里挖起，用白花花的水、看不出是滚烫的水、还不很奢侈的水，明目张胆地洗，刷，刮，仔细地清算……你一旦被净身，就会被丢入光天化日暴晒。干净了身子，裸裎的你，就被置于利刃之下，被一刀又一刀地切，切成片，甚至被投入研钵，碎尸万段，研成齑粉，这也罢了，更要将你光明正大地、完全彻底地进口，入人类之口……

真痛快，这与天麻吃蜜环菌的情形何其相似……

本文刊载于《解放日报》2016年8月28日

赏析：

杨文丰以一种纯朴、原始、警觉的视角观察自然。散文首先介绍天麻的生长环境、生活习性与神话传说，宛如为天麻进行科普讲解。作者用辩证的思维方式阐述天麻“吃菌—被菌吃”的命运，在吃与被吃的背后实则是弱肉强食的生存法则，唯有强者得以生存。天麻的遭遇如此，人类社会的历史也是如此。然而天麻的劫难却不止于此，天麻最大的敌人是肆意种植、采摘、残虐天麻并制成药材的人类。作者借天麻的遭遇告诫人类对自然永远心怀敬畏，否则终将落入“被吃”的命运！

（邓秋鹏）

生的海

鄞珊

大海，和生活于海里的水族，现在成了我心底一个封印着的领域。偶然启封，波涛骇浪翻腾，打湿我身。

一

广州与海的距离，使海鲜与我渐行渐远了。初以为尚未适应大都市，海鲜被繁华遮蔽而已。可等我适应了环境，我也熄灭了那期待。

在潮汕人看来，广州的食材怎配“地道”一词？只有外地人才误解广州，食在花城。广州什么菜都有，湘菜、鲁菜、川菜、浙菜，甚至云南菜、贵州菜都可以在广州的各个角落找到；细分的客家菜、顺德菜、潮州菜这些广东本地菜系，更有它们的地位。

但潮汕人对潮州菜从食材到烹调的要求都是极其刁钻的。若原材料的“鲜”没能保证，再好的烹饪技术也无济于事，可用“巧妇难为无米之炊”比拟。比如，如何对待一条来自海里的鱼。大多潮汕人是不喜欢海鲜被油炸的，便是因着“鲜”的缘故。

而广州餐馆的鱼大多喜用“油炸”，这方式容易蒙蔽鱼的“生”和“鲜”，油炸加香辣，把海鲜的新鲜度压了下去，不够“生”和“鲜”的问题便被掩盖了。

“生鲜”而非“新鲜”。对于海边的人来说，生鲜呈现的层面非新鲜可比。

海鲜，海的鲜，必须带着海的生、海的腥，那样才是至臻的美味。

比如生腌海鲜，“生鲜”程度必须是刚从海里打捞上来，若须量化时间，那就是当天。而在广州，这难以做到。据说一条鱼到了市民菜篮里，最短的流程也要三天。码头，海鲜集市，市场。地域永远是个局限，虽然现今交通便利，但也要车马周折，因此我很快就断了生腌海鲜的念头。

曾经有专门从汕头腌制好的海鲜，从腌制到抵达广州，两天时间。但成本高，生鲜度也打折扣。这是腌海鲜的“后现代主义”：远离大海的各种配置，呈现着现代生产链，我吃起来也就兴味索然了。

在广州生活久了，也就不自觉地忽略了一大堆泡沫箱、冰袋构成的冷链。

现在我看到它们甚至有点惊喜了。海盐覆盖的腌红肉蚬，这是最好的储存，实际上可以不用冰袋。倒出来，一大堆粗粒的海盐，带着海的生猛和粗犷扑面而来，让我饱享海的盛宴。在我看来，生腌才是海的宴席。

生腌的海产，活生生的海。鱼、虾、蟹、贝壳都可以腌的。海边的人永远觉得生的更鲜美。就像野外的动物，它们吃了生的，熟食就不入口了。

我开始动手加工两罐腌红肉蚬。潮汕的红肉蚬也是加了盐生腌卖的。盐能保证它在炎夏里不变质，人类几千年来皆如此。离开大海的海产很快就变质，保鲜办法便是加盐，何况以前海蚬泛滥近乎成灾，堆积如山，只有生腌，才能最低成本保鲜和储存。

家里的储备都拿出来，干辣椒、蒜头、金不换、生姜，一一剁碎，酱油腌上，浇上麻油，把去除盐粒的红肉蚬倒进这些调料中，一整罐放冰箱里，让调料慢慢渗透。

一颗红肉蚬用门牙啃开，一股咸辣的生汁液冲进口腔。

这是海水的味道，带着海风、浪潮，一阵又一阵，惊涛拍岸。

二

在湛江吃了虾酱之后，我血液里的“海盗基因”又被唤醒了。

虾酱又名“虾澥”，这是一个古老的潮州音，这里只能用同音字“澥”。用虾子腌制的“虾澥”颜色淡紫或淡红，因含有最强天然抗氧化剂的虾青素。

一大瓶虾酱在家里，炒菜加它，做汤加它，吃海鲜时当蘸料，一股咸腥味弥漫在屋子里，只有自己沉浸其中，幸亏邻里各自闭户，闻不到。

梭子蟹最好吃的方法也是生腌，这是首选的食法。什么红焖、爆炒、盐焗……都是不懂海味者抄书抄出来的方法。

用海盐腌渍半个钟头，去掉渍出来的水分，加上姜葱蒜瓣辣椒丝和酱油，继续腌渍半个钟头到一个钟头，吃的时候一定要蘸辣椒白醋。

除了梭子蟹，还有红蟹，也叫瘪蟹，那才是大海专门为生腌而出产的，好像除了生腌就没有第二种方法了。红蟹身体瘪瘪的，就像一个漏气的皮球，几乎没啥肉，就是生腌着吃的那股气质。当然，肉质丰富的面包蟹也可以腌着吃。

在我生吃海鲜的阅历当中，最上品莫过海胆了。

海胆虽然体积那么大，一个壳撬开取出来的肉却很少，还不算肉，顶多叫“髓”——那么一点膏状的东西。曾经在南澳写生，深入海岛吃海胆，眼看着渔民那一箩筐海胆，最终取出来不过餐桌上的一盘，平铺着就那么一丁点。

无须加什么东西了，最原始的食法：生吃！

筷子末端蘸上点酱油，即成全了海胆的美味。山珍不如海味，这是我在海风吹拂的人生前期得出来的结论。尝过海胆之后，更加笃信，海水的咸味才是舌尖最美妙的味道。

潮菜独占美食的鳌头，是我们引以为傲的。潮菜以海鲜为主打，为餐桌上的翘楚，地道的烹调成为在外游子身体里流淌的血液。味觉被调动时，会让我们血脉偾张。

当海鲜的新鲜腥味与我对上时，就像传说中的缘遇，不管隔了多少年，闻到腥味的猫立马来了精神。可不，这阵子我又开始腌上。就冲菜市场那家卖海鲜的潮阳人奋力扒开冰块的劲头，我知道还是可以勉强维持老家那种腌渍海鲜的习惯的。

深居广州的老潮汕食客，有各种渠道从汕头海边运来各种生腌海产，比如血蚶，在出现冷冻物流链之前，潮汕人有自己运输的链条。

“晚上腌好，马上捎上车，明早就到广州了。”

当然成本很高，而我们的生腌品本来是非常普通日常的，我们愣是把家常便饭吃成奢侈品，已经背离了生腌的初衷，与大海的阔大不相配了。

某次做客，喝茶间有客人自阳江来，给友人带来了自己腌制的海产。此客人甚是自豪，打开瓶子介绍道：“这是我自己腌的鱼。”

一股腥味冲天而上，我友大惊失色：“快盖上，快盖上……”他掩鼻躲窜，这海腥味是枪，打得他落荒而逃。而这海腥味于我，却如大海的号声，让我肃然回归。

我深深吸了一口气，禁不住说：“久违了，这腌海鱼的味道。”

友人像遇到救星，赶紧说：“那……那送给你！”他的客人一旁面露不舍，这是她千里迢迢带来的土产，没想到被人嫌弃，要转手给我这个不认识的“客人”，看得出她极不乐意呢！

我赶紧打圆场：“不用了，我也少吃。”

友人见状对客人说：“那你还是拿回去吧！”客人随即把盖子盖上，一罐咸鱼带着它的大海转身走了。

留下我回味着刚刚那股大海深处的强悍之风。

三

这次与腌海鲜邂逅，像撕开了瓶子的封印，囚禁的海妖被放了出来。

它现在从我的血液里跳将出来捣乱。

回来后，我开始鼓捣着弄个腌生蚝过一下瘾。生蚝广州的菜市场有，大排档也有，且新鲜，完全可以满足一下口腹之欲。洗干净生蚝，沥干水分。把姜葱蒜芫荽辣椒切碎，用酱油浸泡，加香油，此为腌汁。把生蚝放进腌汁里，搅拌一下，马上可以吃。生蚝的鲜美被衬托得层次丰富，姜蒜辣椒自是去除腥味的重头戏，而葱和芫荽更把生蚝单纯的味道横向拉伸，借着这些芫荽独特的香味，荤的蚝和素的菜，自是最好的搭配。

以前，对生蚝的吃法更生猛。洗干净后，直接蘸鱼露吃，鲜美异常。只是这样的吃法，需要胃有垫底。不然空腹很容易激起反胃。

反胃是海鲜的腥造成的，吃"钱螺澥"也容易出现这种情况，一旦反胃呕吐，最少一年不敢再闻到此类味道。

"虾澥""墨鱼澥"，与生蚝的腌制不同，什么都不用加，狠命地加海盐，用盐把海产掩盖得严严实实，放两天后便可启封。每次开封，非我族群者自需远离，不然就像我那位友人一样落荒而逃，在他们的嗅觉里这是令人呕吐的腥臭。

"虾澥"可以当酱料，潮汕人喜欢用它蘸鲜鱿、鲜墨鱼，而炒菜加"虾澥"不仅解决了盐的问题，也解决了味精的问题，其鲜美可媲美味精或鸡精。有时吃粥也加点"虾澥"。唯有"虾澥"，它在我们这帮海边人这里，并非一成不变的爱，而是一阵一阵的，有时爱，有时厌，完全凭感觉。

"墨鱼澥"呢，说起这名词，我的口水都要流出来了。墨鱼不需大，小墨鱼更佳，掏干净内腹的东西便可，在盐的重压之下，隔了一个晚上就是"墨鱼澥"了。"墨鱼澥"特别下饭，需要蘸辣椒醋，这是稀释咸和腥的不二法则。

而腌制过程，还要不时把装墨鱼的瓶子端出来晒太阳，"吃"了阳光的墨鱼，腌渍出来的味道更佳。阳光真是奇妙的调和剂，腌制之物大多需要借助它的法力。

想起海边的盐埕，那里阳光暴晒的地面，盐花、海腥味混为一体，浓烈上头，让人都要躲着走，我想"熏陶"一词用在这里很是贴切。打小被这股味道熏陶出来，海盐和阳光的组合是刻在细胞里的基因了。

"墨鱼澥"与"虾澥"的区别是，"墨鱼澥"与潮汕粥为绝配。应当说明的是，有这样本土的一系潮汕人，喝粥加腌海鲜下饭，而腌海鲜之中，"墨鱼澥"与"钱螺澥"是这拨人的至爱。这股味道，与爱榴梿者闻着香、不爱者闻着臭一般道理。

海产"墨鱼澥"与"钱螺澥"自是超乎榴梿的重口味之物，它们具有惊世骇俗的吸引力。那股气味，即使用语言讲述，也像有一阵从远方漫卷而来的螺旋风，把我吸引到大海深处。我甚至听到海滩哗啦啦的阵响，像是呼吸。

是的，海浪的一阵往前，一阵退后，是大海的呼吸，就像我们的呼吸，我看着自己的肚腹，气流让它胀起，又让它收缩。

吃“墨鱼澥”，大海就在自己的腹中，这是多么美妙的事。海风海浪，随着自己的呼吸起伏，呼出的气息有墨鱼的腥，有大海的腥，有天地阔大的气味。

海水是咸的，雨水是咸的，我们的汗液也是咸的。

天地万物本来就带着它的盐分，不管化学成分是什么，在我们的味觉上，都有着海盐般的舌尖感受。看来，鱼类贝类和蠕虫类这些来自大海的族群，可能才是我们的本源。

食在广州，各种菜系，各种口味冲击味蕾，时间久了，反倒云疏烟淡了。潮汕人的饮食习惯，清淡、保留原味。

蔬菜，清炒或烫汤，才能保留原味。海鲜更是如此，红目灵、剥皮鱼、黄花鱼、金枪鱼……基本是清蒸，加上葱姜豆瓣酱，这样的鱼肉清美，保留它最本真的生鲜。

很多人认为腌制海鲜为重口味。此为误会，用盐仅是保存和保鲜的方式，保留了海产品最初的本质，与“咸”无关。我们依然是清淡的，哪怕空气弥漫着咸腥味。

海山般垒砌的盐，就是为了让海里的出产在离开大海之后，在陆地上能延续海的气味。

腌制，那是我们把海的生气保留在大地上，让它滞留在时间里。

四

“看起来挺不错哦！”女儿对着我清汤寡水的晚餐，垂涎欲滴。

一小碗米饭，一碟青菜，两条巴浪鱼，加了葱姜煮熟。这么一顿寡淡的晚餐，让每天奔波于外面，习惯肥膏厚腴的她，一下就有了食欲。她忍不住剔一些鱼肉，夹两筷子青菜……非常潮汕的吃法，早年胃里的记忆还在影响着她。

我的童年乃至青年，一直是坚持素淡的食法，对餐馆、酒楼以及食堂的烹饪方式极其抵触，在我看来，他们的烹调基本是厚味的，无论素菜或荤菜。即使是青菜，他们下的油也厚重。

我所说秉承的素淡饮食，并非没有荤，而是少油少盐，却一定有鱼虾蟹等海鲜。

即便是下个面条，我也会用上豆腐鱼或是生蚝、海贝，这样的汤水，就像让面条在大海里翻滚。

我喜欢杂鱼，在潮汕菜里，各类小鱼煲出来的汤水是厨师的神器——“上汤”，用这汤再加时令蔬菜或是鲍鱼等，才能衬托出主菜和食材的鲜美。

即便海鲜没法像海滨城市那样，有当天“出水”的新鲜，我后来对广州鱼市的新鲜度还是勉强认可，毕竟是大城市，物流环节有保障，我们买到的海产，“面世”时间已是最短的了。

现在菜市场买到的生蚝，新鲜度在一众海鲜之中遥遥领先。得益于它的保存方式：把它们浸泡在冰水中，能很好地保留它原初的质感。因此，买生蚝是最佳的选择，况且也不贵。虽然可选的蚝品种不多。其次是各种海虾，广州的种类虽少了很多，但它们的销量却是巨大。一般人也就凭个头和色度挑选虾类，明虾、九节虾、沙虾，它们在冰块里，依然保留着上岸时的生鲜气息。

个儿大的虾价格自然高，除非节日或家人专点，我一般不会买这种虚有其表的食材。价廉物美依然是我最佳的选择。虾也好鱼也罢，体积一大，价格就飙升。但个子大并非就好吃，仅仅是摆在盘子里好看而已，很多鱼虾，反倒是个头不大不小的肉质才嫩滑。

在阳江采风时，村头摊档吸引我驻足，那热腾腾的简陋铁锅里正煎煮着从旁边一大水桶里捞出来的海鲜杂鱼。各种小鱼虾，被竹笊篱捞出，沥干水分，裹上调和好的面粉。一团一团放进冒着油烟的铁锅，铲子抹平，再翻转一下，小虾小螃蟹已经变成了红色，小鱼也熟透了，一个个海鲜煎饼热腾腾地被端出来。

看着这样简单的食材和简单的烹饪方法，我垂涎欲滴。

只有海边的人，才容易被这样的饮食所吸引，一行人都走远了，有同伴回头看我待在原地，不停招呼我赶上队伍。

他们不解地问：“小的鱼虾竟然可以做小吃？”

他们不知道，最美的海鲜是这些名不见经传的小鱼虾，海鲜中最美味的是鱼的那些“边角料”……

女儿在网上买海鲜，每次会买一条野生鳗鱼，商家现场片好鱼肉录像，分装盒子寄过来。收到后一盒盒打开，我愣是找不到鱼头和鱼腹等鱼杂，女儿回应道：“卖家说这些杂碎都扔掉了。”

我跳将起来：“这商家不会不懂的，哪会把最值钱的部位丢了？！”

生长于海滨邹鲁，谁都晓得鱼头鱼鳍鱼鳔才是人间美味，当然，得因鱼而异。有个段子说，一家黑店，每一次试探借宿在此的旅人是不是有钱，店家都会杀一条鱼，看看旅客吃哪个部位。吃鱼肉的，是普通人，可以放过；吃鱼头的，那就是有钱人。

在潮汕，鱼头、鱼鳔和鱼腹内的东西是最贵的。你们丢弃的，在我们这里才是上品。夏天鲥鱼肥，我仅仅吃它肚子那一块地方，连着鱼肚子里的一切，不要掏掉。可惜，稍微吩咐慢了，卖家刀子一下，就把鱼腹内那些部分扔垃圾桶。

除了肉之外的一众鱼杂，有时才是这条鱼的至味。

五

每个离开故乡的人，总带着故乡的胃前行。

明代传教士利玛窦自踏上明朝领土之后，再也没有回到他的家乡。读利玛窦的书信，其中一句不经意的话语深深戳痛了我，他说："要知道，我已经过了多少年没有葡萄酒和面包的生活。"

一个以葡萄酒和面包为日常的人，在异国他乡喝粥、吃东方的菜，于他来说，再美味也无法比拟曾经在胃里垫底的面包，可以想象在遥远的国度，在血液深处，葡萄酒和面包的味道不时会跑出来作祟。

食物啊，是一个人思乡的底色。

我只有以海之生鲜来揣度其他地域的人对自己家乡食物之渴念，就如面包和葡萄酒，就如奶酪。

一个人根在故乡，此生不管去哪里，依然是故乡的味蕾。一位潮籍知名画家，他家里雇用保姆的一个要求，就是必须会做潮菜。他自少年离开潮州之后，八十多年的人生中，依然以潮州菜为"餐标"。他说，童年的饮食决定了我一辈子的生活。

广州离潮汕并不遥远，距离大海也并不遥远，我尚且用了好多年的时间约束舌尖上的诉求。所幸，资讯和交通发达的今天，地理距离被缩短，遥远的出产也变得触手可及。比如面包西点店早已进入我们的生活，在广州这样的大都会，各种各样的面点店琳琅满目，还有法式的、日式的、德式的细分。

大都市里，即便是地球另一端的菜，也能找到它们。正是因为有来自他乡的旅人，才有他们胃里的需要，很多异乡者在这移居的城市里才能吃到属于自己地域的食物。一个城市开拓着各种菜系，同时也开拓着每个人的舌尖，尝尝那些你不曾吃过的东西，此为另外的话题。

在大多数人看来，我舌尖的思乡有点矫情。不还是广东？不也是粤菜？同一个省份的潮汕人，你们简直是把自己当外人了啊？

粤菜可不是潮汕人的菜系，潮菜便是潮菜。潮汕人凭着刁钻的味蕾，食材的来源，厨师的籍贯，都可以通过一盘菜体现出来。比如清蒸鲥鱼，加酸梅还是加豆瓣酱，能分辨出澄海、惠来等潮汕小范围地域的饮食习惯。

每一个经历过潮汕水土的潮汕人，离开了潮汕，他的胃便带着整个潮汕的气息，我称之为“家乡的原始记忆”。

多少人心心念念，一番异乡奔波辗转之后，回到潮汕寻觅当初的味蕾记忆，却发现当下的潮汕已经不是记忆里那个潮汕了，我们带走的是自己的年代，回归的却是当下之境。

每一个地域都不是孤立的，它们构成了现代化的当下，包括生鲜的大海。

家乡的同学知道我喜欢吃香螺，趁我回潮州，专门带我到海鲜店“食香螺”。颗粒饱满的香螺如工艺品，如此陌生地与我隔世般相逢。

我懵然发问：“这是香螺吗？”

“是的。为什么不是？”老同学也愣住了。在她那里，这是这些年来她引以为自豪的本地特色美味。

缺油少荤的童年，香螺是唯一可以大啖一番的零食。一分钱满满一纸筒，细小尖头，用嘴啃掉尾巴，一吮吸，咸咸的螺肉被引入口腔，带着海水的鲜美。

“（这些香螺）个子不一样啊！”我笨拙地说出了一个理由。这也是物体最基本的形态，为什么那时的香螺真的像香？像焚烧的檀香般细（并不长）？

“嗯，现在就是这样的。”老同学应答得很勉强。

我努力想勾起她的记忆：“那时候你也吃过吧？用纸筒装的？”

她点点头：“那时候是那个样的，现在是这个样的。”说完，她也为这不能自圆其说的说辞陷入沉默。

一个物种在三十几年里会有如此大的变化？是不是大海里那种细小的香螺被我们吃光了、已经绝种了？

这样一种不起眼，连学名都未知的海里螺贝，是不是连灭绝了都被忽略了呢？这方面的知识留待以后补充。它喂养过我的童年，是饥饿者的饕餮，也仅仅是沧海中的一粟。它现在成了我记忆里的张望。

咸咸的海水味道，脆生生的肉质，没法大口大快朵颐，却能如细雨般与海风轻吻，你能从这些成堆的螺贝中感受大海的丰厚、大地的富饶。

那是生的大海，活的大海。

本文刊载于《青年文学》2025年第4期

赏析：

文章将大海与生活中的饮食、故乡情怀紧密相连。作者通过对各种海鲜及饮食习惯的描述，展现大海给予人们的丰富馈赠，以及这些与海相关的元素在生活中承载的意义，“生的海”不仅是物质的海，更是情感与记忆的海。文中处处流露出作者对故乡、对大海的深深眷恋。如提到儿时对香螺的记忆，一分钱一纸筒的香螺，带着海水的鲜美，是童年的珍贵零食，如今面对个大的香螺，作者却感到陌生，对过去的怀念之情溢于言表。同时，作者以自身经历为例，讲述了离开故乡后对家乡食物的渴念，体现了食物作为思乡底色的重要作用。在作者看来，大海早已超越自然景观，成为承载情感、记忆与文化的生命之海，在烟火与哲思间，照见人与海的永恒羁绊。

（华新越）

一砚一江湖

张鸿

友人送端砚一方，我不事书画，束之高阁。

去了多次肇庆，见了许多的所谓高低贵贱之端砚，越发喜爱这冷冷的石头。

今日收拾书房，我将高阁之砚从匣中取出，静置桌面。思顿后，将笔墨、纸张搁其侧。

一瞬间，山水氤氲。风雨飘摇，岸边芦苇低垂，戴斗笠的钓鱼老人气定神闲，小篷船静定，鱼竿虚置。我慢慢地摩挲砚石，冷石渐渐温润，质感越发细腻。

此砚为一本书的大小，色为深猪肝红，由不规则的一块石头打磨刻成，基本为长方形。砚边未经加工处理，砚面左边有一些凹凸，右边的砚面有一层石黄，雕刻家巧妙地把它设计成了芦苇。右上角，一老人静坐小船头，其余的砚面，皆借石头天成之纹，形成了风刮起的雨丝。砚边刻成了大波浪形的水纹，俨然湖面。边角处刻着一枚印章：陈炳标。砚的背面也只是将其收拾平整，没有下什么大功夫。

观其砚画和印章，大巧若拙。艺术家如果不刻砚也当是一文人画画家。此砚气韵生动，之清灵之寒意又有儒雅之致，用笔疏简清逸，不作多余渲染。虽然鲜见刻画，然错落有度增加了砚的层次感。以石色当水墨，他随手刻画，山水人物皆传神，于温雅之中别有一种生拙之趣。湖天渺茫之景致，无波的湖水和明灭变幻的雨丝用留白烘托，湿而浑厚。端庄、方正，油润如脂，有一种与生俱来的高贵之态、清隽之气和历史感的画境。砚由石做，石不能言，人以之言。苦瓜和尚在《题春江图》中写道："吾写此纸时，心入春江水。江花随我开，江水随我起。"真乃我此时读砚的心绪。

友人为端砚收藏家，大大小小，厚厚薄薄，各种形态，已过百方。我常去他的书房观砚，久之，他也就知道我的喜好。我越来越感觉到好的砚雕作品，艺术创意生发于砚料，构思紧扣砚料的形，一方砚是天成的面形、色泽、石品与人为的创意、艺术表现浑然一体的佳妙结合。因形生意，以刀代笔。写意，好比国画的手法，太过则为劣。制砚又全然不同于书画，是一刀一刀，慢工雕出的细活。

这位雕刻家的砚面画有着明代陆治的画风，而陆治的山水喜仿宋人，勾皴劲健爽利，湿笔淡墨渲染，造成清远空旷的景域感，静中有动，意趣横生。以雕刀替代画笔，笔力是要重许多的。

说到藏砚，我倒想起一典故。米芾任书学博士时，有一天宋徽宗与蔡京在艮岳谈论书法，召米芾前来，命米芾写一幅大屏条，指着御案上的端砚让米芾用。书写完毕，米芾捧着砚台下跪请求："这方砚台已经被臣弄脏了，不能再送到皇上的书房里去，恩宠到这里打住吧。"皇帝听了哈哈大笑，就把砚台赏赐给了他。米芾手舞足蹈地谢过，随即抱着砚台急步退出，尽管剩下的墨弄脏了衣服，但喜悦之情现于脸上，宋徽宗对蔡京说："米芾的颠名果不虚传。"蔡京进言道："米芾人品着实高雅，真是不可无一，不可有二呀。"是呀是呀，得好砚一方怎是一个"满足"了得。

这砚面的老人，是钓鱼还是看风雨，那只有他自知。他的静坐风雨中，倒是昭示内心湛然的一片光明海。内外明澈，顿觉真如。"一笑水云低"，说尽过去和现在。

风雨飘摇，不如归去，做一个闲人，一壶酒，一杯茶……

赏析：

笔墨纸砚自古以来就是"文房四宝"，砚在其中有着极重要的地位，不论作诗作画，砚都是磨墨、置笔的关键器物。砚除了使用功能之外，其本身也有着极高的艺术价值，端砚乃是广东肇庆特产，四大名砚之一。对藏砚人来说，观砚的过程同样也是品味江湖人生的过程。作者观友人送来的一方端砚，从砚面雕刻的山水造景中品味出一番独特意境，这种意境将造砚人、砚中景和藏砚人的内心牵连到一起，使作者能够遁入砚中世界感受周遭事物，并从中获得闲淡清雅、怡然自乐的豁达心境。

（邓秋鹏）

利安邨的空姐

周洁茹

我住的楼后面是利安邨，利安邨里有一个空姐。

我经常见到那个空姐，并不是我与她之间的缘分，只是我太注意空姐了。只要你开始注意哪一种人，哪一种人就会出现得特别多。我还注意所有的孕妇，她们也真的挺多的，十个迎面走过来的女人里面就会有一个是大肚子的孕妇。我认识的一个房产中介还说她根本就生不起小孩，她结婚十年了，可是不生小孩，她是我唯一认识的一个香港人，不是嫁香港人成为香港人的人，不是出生在内地童年来到香港的人，就是土生土长的一个香港人，然后嫁给另一个土生土长的香港人。我觉得她的确代表了一些香港人真实的生活状态，我相信他们可能是有点养不起小孩，但不是肯定养不起，他们选择不生小孩，不只是经济的负担，也有责任的承担，负担不起，承担不了，干脆放弃，不用去面对。

社区议员还没有为我们的社区争取到机场巴士的时候，空姐是搭港铁去机场的，我经常遇到她，有时候是早晨，有时候是傍晚。无论是白天还是黑夜，她都不是你想象的那么美丽的，她拖着她的箱子，国泰航空的红制服，黑色工作鞋，鼻尖出着油，口红残了一半。

乌溪沙站去到利安邨的那一段路也不是那么平稳的，她和她的箱子，难免叫人心疼。但是她的神情又是冷淡的，叫人想起来搭乘国泰港龙航班时不得不说的英语，你的心就没有那么疼了。奇异的只发生在中国人之间的英语的对话，当然你也可以挑战传说，跟香港空服讲普通话，反正我是不会再试第二次的。

我小时候看《重庆森林》，王菲扮演的擦来擦去的售货员，居然就去做空姐了，电影的最后，她也穿着制服，拖着箱子，靠在一道墙上，就跟梁朝伟轮廓分明的前空姐女朋友一模一样。从来没有去过香港的小时候的我就会这么想，香港的空姐倒是你想去做就去做的啊？

后来我在香港住了七年，也只见过一个空姐，所以香港的空姐其实也不是那么容易做的，所以王家卫的电影，很多时候也不是那么香港的。

后来议员为我们挣到了一个机场巴士站，空姐就搭巴士去机场了。我搭飞机的次数很少，但是每一次搭巴士，我就会遇到那位空姐，空姐总是拎着一个胶袋，里面装着一只隔了夜的面包。我有点理解不到她为什么不去机场吃早餐，香港机场不是有着全世界最齐全的早餐吗。

是的，香港机场有全世界的早餐，西式的，中式的，那也是很奇异的事情。机场的翠华就能够做出来不是翠华的公仔面，机场的大力水手也能够做出来最不像是大力水手应该做出来的炸鸡，能够从食物里吃出悲愤，也只发生在香港机场。然后有一天，我也拎着一只冷面包上了巴士，空姐排在我的后面，两个疲倦不快乐的女人，一起去飞机场。

从来不看八卦杂志的我也知道，香港的女艺人，如果被挖到邨屋出身，就会是翻不了身的咸鱼，邨屋两个字放在她的履历里，永远到永远。住邨屋的空姐，肯定也有很多，有人说香港百分之三十五的人都住在邨屋，但是香港之外的人不觉得空姐也应该住在邨屋，她们应该年轻漂亮，她们应该找富贵的男朋友，有邨屋之外的人生。

可是我看到了一个住在邨屋的空姐，肯定还有我没有看到的。生存从来都是艰难的，香港，或是香港之外，或者都只是愿与家人拥挤在一起。

港女的现实也真的是现实。但如果男人转不了她们后一半命，付了青春还付了一个坏名声，那就成了全世界最冤屈的女人。

香港男人在文学作品里往往是面目模糊的，港女太现实，所以他们宁愿把爱情托付给别处的女人，一个，再加一个。或者坐在家里打机，买一盒充气人形，若这个人形真变作了人类，也要拜托她变回去，因为真正的女人是他们的负担。

我有时候去利安邨，有时候在楼下碰到富贵的邻居，邻居说你干吗去呀。我说我去利安邨，我停了一下，说，去吃饭。邻居说天啊，那个地方我从来不去的。我说我要去啊我又没有工人我也不会做饭我还不会讲广东话叫外卖。这个邻居本来在我的朋友圈里的，有一天我发现她把我删掉了。

利安邨里有一间大家乐，大家乐之前是美心，桌椅都破旧了，角落里的电视永远停在翡翠台，有一天美心不见了，装修了很久，变成了大家乐，有一天大家乐也会不见，变成大快活，或者再变回美心。我会去那里吃饭。

我不喝茶，我也没有时间，所以我从来不去茶楼，我去茶餐厅，十分钟的一餐，不过是让自己活下去。我曾经在早晨厌倦，如今到了傍晚我也厌倦。生存意识很弱，但是还有一点，所以我会走去利安邨，吃一餐饭，至少让自己活过今天。

对面是一对母子，母亲买了一碟洋葱汁龙利鱼饭。刚刚放堂的幼稚园的小孩，动来动去。中国香港的幼稚园很多都是只上半天学，而且没有午饭，有的家庭把小孩送去两间幼稚园，上午校和下午校，上午在国际学校学英文，下午在本地学校学中文，或者上午中文，下午英文。香港小孩的中午，用来换校服和吃很快的饭。

母亲把鱼切成工整的方块，小孩吃一口饭，配一口鱼。

快吃快吃。母亲催促，饭要凉了。

小孩嘻嘻地笑，一口饭，一口鱼。

小孩养得很好，白白胖胖，天真无邪。

小孩吃完了饭，开始喝好立克，如果你还是不习惯香港人的奶茶，可以要一杯热柠茶，或者好立克。

母亲把剩下的米饭，是用汁拌了一拌，开始吃，汁不太够，她把酱汁碗完全倾倒了过来，洋葱汁捞饭，是一个母亲的午餐。

我没有抬头。

我母亲很小的时候外公去世，姐姐们出外谋生，嫁人，或去工厂做工，母亲还在上小学，与外婆相依为命。放学回家，一碗冷饭、茶泡饭、已经很满足，有时候冷饭也没有，做完功课，早早上床，床边的墙角已经长上了青苔，这是孤儿寡母的家。

她高中毕业考上做空姐，拿着通知书去做身体检查，贫血，低血糖，长期营养不良。已经错过别的学校，同班同学们入大学，母亲下了乡，整整十年。

我离开家去美国，安慰她，我不会苦的。她讲不就是洋插队？母亲从来没有讲过那十年插队生活，母亲讲过很多次做空姐的愿望，如果做一个空姐，会有多好，如果真的成了空姐，人生会多么不一样。没能成为一个空姐，成为母亲最大的缺憾。

我的第三个阿姨嫁去北方，江南吃米饭长大的女子，最终与现实妥协，学会一手好面食。她年老时总是搬一把椅子坐在院子里，端端正正，面朝南方。可是直到去世，她都没能回到南方。

赏析：

周洁茹是外地来客，文字却区别于大多数外乡人，并不倾吐身处异乡的疏离与孤独，而是承担起“观察者”的使命。她以细腻敏锐的感官，体察人情世故，静观他人冷暖，又将他们的生存状态透彻客观地表现出来，并不煽情，笔调自有成熟的苍凉感。她在本文中从几个微小细节透视一个住在邨屋里的空姐及廉租公屋居民的生活窘境，借此打破往常对空姐的光鲜想象，隐约展现其对名实关系的思考。她对香港的文学烛照正填补在印象到真实的距离，从幽微处还原港城众生相。

（沈梓昕）